Viento en los oídos

José Marzo

Viento en los oídos

(una fábula histórica)

ACVF EDITORIAL
MADRID

Diseño de la colección:
La Vieja Factoría
Ilustración de cubierta: David Vela

Lectura de original: Lola Coya
Lectura de prepublicación:
  Miguel Baquero, Ana Doblado y Lourdes González.

Primera edición: octubre 2007

ISBN: 978-84-935265-6-6

Impresión bajo demanda

Para Ángela Martín y José Manuel Ramírez, mis padres.

Para mis abuelos Luisa, Ángel, Victoriana y Pablo.

Su voz y su memoria sembraron esta fábula.

1

Años antes de que yo naciera, mi tío Isidro fue llamado a filas para defender a tiros las últimas posesiones del imperio.

Decenas de miles de hijos del emperador fueron reclutados en las vastas tierras del interior y enviados a las lejanas colonias de ultramar. Los pastores dijeron adiós a sus montañas y a sus perros, los campesinos abandonaron el arado y los bueyes, los golfillos se despidieron de las billeteras y las comisarías. «Restaurar el honor mancillado de nuestro pueblo». «Proteger los logros de la civilización». Desde la gloriosa época de la conquista, ninguna generación gozó como ellos de la oportunidad de dar su sangre por causas tan elevadas.

Después de un viaje en vagones de tren que duró días y de un viaje en bodegas de barco que duró semanas, arribaron a un luminoso puerto del trópico. Los edificios blancos resplandecían al sol. En la bocana, flanqueada por dos garitas vigía, se enseñoreaban los trapos coloreados de nuestra patria. Por entre las almenas de las murallas asomaban los cañones de bronce bruñido. Posados en ellos, unos pajarones desgarbados y jibosos, de plumas verdes y pico negro, escrutaban la espuma de las olas y emitían un incesante «ñac-ñac».

Los reclutas formaron en la plaza y se les ordenó que dejaran la ropa en las losas. Les lavaron el vómito del barco a baldazo limpio, con un agua de mar tan salada y tan caliente que desinfectaba las heridas y reblandecía los callos de los pies. Les cortaron el pelo al cero y los médicos comprobaron que todos tenían la dentadura completa y dos testículos, y cinco dedos en cada mano y en cada pie. Así, tal como vinieron al mundo, entraban ahora en el Mundo Nuevo. Y para que fueran por completo unos hombres nuevos, les entregaron una gorra de plato, una blusa y un pantalón, un cinto de caña trenzada, un par de botas, una pastilla de jabón y diez céntimos para tabaco.

Lo cierto es que, a la hora de la verdad, mi tío Isidro no pegó un solo tiro en ultramar. Fuera porque a él le bastaba con una zancada donde los demás necesitaban marcar dos pasos, fuera porque no había gorra que encajase en su cabeza ni botas que lo hicieran en su pies, le eximieron de la instrucción y le destinaron a una expuesta posición de la costa. Se encontraba el promontorio a toda una mañana de camino en chanclas por una senda acosada por una vegetación feraz que impedía ver el cielo, con flores hermosas y de olor nauseabundo en cuyos cálices libaban insectos del tamaño de un puño. Desde la altura rocosa se dominaba el paso navegable de dos leguas de ancho hasta un islote chato, y a sus pies dormía una cala de aguas de cristal. Lo dejaron solo, con un fusil en los brazos y dos balas en el cargador. Una para avisar a sus amigos, la otra para amedrentar a sus enemigos. Pasó la primera tarde con la vista fija en la línea breve del islote. La primera noche se emborrachó con el fulgor de las estrellas y la fragancia del mar. Por la mañana, el sol tiñó las aguas de amarillo y caldeó la arena de la playa, y al mediodía, aún no había llegado el relevo. Pasaron otra tarde, otra noche, otra mañana y de nuevo otra tarde, y a la tercera noche mi tío se dejó vencer por el sueño. Lo despertó un estruendo lejano. Aún estaban las estrellas altas en el firmamento, y muy lejos, tras un cabo, asomaba el resplandor de un incendio. Los días siguientes, la marea fue depositando en la cala restos de soldados. Pero a saber si se trataba de amigos o de enemigos, porque primero los ñac-ñac, que se lanzaban en picado sobre las aguas, y después los pececillos, que asaeteaban desde abajo, apuraban y rebañaban los huesos hasta dejarlos blanquísimos.

Perdió mi tío la cuenta de los días. Se le sombreó la barba y se le hundió el estómago, pues había en la playa melones de corteza dura, pero no sabía cómo abrirlos, y algunos peces se le ofrecían coleando hasta la misma orilla, pero no sabía cómo pescarlos. Y hacía tanto calor y estaba tan solo que fue olvidando su propio nombre. Aunque a veces, cuando miraba hacia el mar, tenía recuerdos de una llanura de cereales, de una ciudad de torres de piedra y un huerto con lechugas, sandías y una fila de olmos.

Apenas si habían transcurrido tres meses desde la mañana en que las calles recién lavadas de Titulcia, mi ciudad, «Titulcia la alta, la milenaria», despertaron con la noticia que, desde la capital, hablaba de la nueva guerra. Los pocos que sabían leer se congregaban ante los cartelones adosados a los muros, y los que no, formaban corros alrededor de los vendedores de periódicos, que cantaban los titulares con voz de castrato. «¡Estalló la guerra!» «El vil enemigo reta a nuestra patria». «Reunión urgente del gabinete ministerial». «Los reservistas serán llamados». «¡Los yanquis no nos vencerán!» Todos paladeaban la inminente contienda, que sabía a acero y a vapor. Los balcones se llenaron con las sonrisas de las muchachas, excitadas por la naftalina de los armarios y por los uniformes planchados, y hasta los caballos mansos de las calesas, que volvían a sentir en sus venas la sangre hirviente de sus ancestros, relinchaban con más vigor y batían alegres los adoquines con sus cascos herrados.

Era entonces mi tío Isidro un mocetón fibroso y alto. Aunque la nuez se le marcaba bajo la barbilla y sólo se afeitaba antes de ir al baile la noche de los sábados, ya tenía unas espaldas anchas. Sus hombros tensaban la camisa al descargar los cestos con tomates, cebollas y melones del carro con el que, los días de mercado, acudía desde las huertas de la pedanía hasta el pórtico de la catedral. Era persona de pocas palabras y no gustaba de vocear como los demás hortelanos, pero las criadas veteranas y sus pupilas jóvenes, que conocían el picor de sus ajos y la dulzura de sus lechugas, transmitían sus virtudes de cocina en cocina, y a primera hora de la mañana su mercancía ya se había agotado. «¡Ay, Isidro, que se te nos llevan a la guerra!» suspiraban. Mi tío, ocioso, recorría luego la ciudad con las manos en los bolsillos y la gorra calada y se quedaba de pie ante las mesas de los cafés, estudiando cómo unos viejos resolvían la partida de dominó. En otras ocasiones, se colaba furtivamente por la puerta de servicio en las cocinas de sus clientas y las ayudaba a entibiar la soledad. Les demostraba cómo pelar de una pieza los tomates cocidos y les enseñaba a lavarse las manos de modo que el contacto del ajo no dejara en ellas su olor, frotando los dedos con sal y luego colocándolos bajo un chorro de agua fría. Estos amores de pobres, ilegítimos según las letras del obispo, estaban bendecidos por el sentido común, pues era sabido que más valía que los obreros anduvieran entre bragas y sábanas limpias que por la orilla sucia del río, esas callejuelas angostas y esos cuartos desconchados de la antigua judería. Y para una criada soltera, ¿no era más digno y placentero el trato con un hortelano robusto que con el pálido y babeante primogénito de sus señores? Decía la señá Clara, con un conocimiento que debía tanto a la inteligencia como a la memoria, que si bien el amor es el rey, y reina sin ley, todas las aves vuelan con sus pares, lo cual quiere decir que cada cual debe emparejarse con los de su clase. La señá Clara, a quien en la pedanía llamaban la Señá sin más, no era su madre. Pero ella le había dado de mamar una leche tan cremosa que a los cinco años Isidro se peleaba con chiquillos que le doblaban la edad, y con ocho ya subía baldes de agua del pozo, agarrando la cuerda con las dos manos y haciendo palanca con ambas piernas en el brocal, tirando con todo el peso vivo de su esqueleto menudo. Ella lo sostuvo en el aire tras el parto y él extendió hacia su cara una manita casi traslúcida. Más tarde, en sus faldas de mujer joven buscaría refugio cuando la chiquillería, para apartarlo de sus juegos, le recordaba que su verdadera madre murió al parirlo. Callaba entonces la señá Clara y lo dejaba llorar, porque el lugar común repetía que un hijo sin madre es como un río sin cauce, que se desborda a menudo, pero ella no estaba de acuerdo con tal sabiduría de vecinas. Sentía la cabecita en el regazo y el cálido aliento en el muslo a través del lino, y rozaba apenas el vello de su nuca con los dedos, pues los huecos del sentimiento no se cubren con efusiones, sino con cariño templado y constante.

Cuando estalló la guerra, no era la señá Clara la anciana encorvada que tantos años después habría de abandonar su butacón para encabezar la manifestación de mujeres. Atravesaría la ciudad y, a las puertas del presidio, exigiría la liberación de unos presos que no eran ni sus hijos ni sus nietos, pero a los que había visto crecer y había querido y regañado. Ni siquiera era tan mayor como sus ropas de luto y su sobrenombre declaraban. Y cada noche, descalza y en camisón en la soledad de la alcoba, sentada frente al espejo del tocador, retiraba los alfileres del moño y sobre sus hombros de mármol blanco se desparramaba una cabellera negra y brillante. Quién hubiera sido hombre en aquella época para merecer sus labios, el fruto nocturno que su semblante severo escondía. Y qué desgraciado el que, teniéndolos cerca, no los alcanzaba. El mismo padre de Isidro bebía aguardiente a deshoras desde la muerte de su esposa, y no tanto por la mujer que había perdido como por la que nunca lograría del todo. Las noches muy frías, Clara le dejaba entrar en su alcoba, donde también dormía el niño, y le cedía un lado de su propia cama, de modo que le llegara el calor pero no pudiera tocar las brasas. Al amanecer, Clara lo arrojaba de la cama y, antes de darle el pan, el tocino y un trago, y de recordarle el camino de la huerta, le señalaba la cuna, para que tuviera presente que, si ya no era marido, siempre sería padre. De este modo, entre sudor y alcohol, transcurrieron los días del hombre, hasta que su hijo Isidro fue alto para alcanzar la crin de la mula y tuvo el brazo fuerte para empuñar el azadón. Desde entonces, Clara lo dejó dormir hasta el mediodía, pero puso un candado en la bodega y una cerradura en

14

su alcoba. Él supo que en adelante tendría que buscar aguardiente y amor donde los vendieran baratos, lejos, en los suburbios de otra ciudad. Pasó el resto de sus días en una urbe extranjera, donde saboreó la melancolía y habló en sueños cuanto quiso sin que lo entendieran, al tiempo que su sombra y su nombre se disipaban poco a poco en el olvido.

Se decía que era desmesurado el afecto que la señá Clara sentía por Isidro, porque no era posible que una mujer sintiera tal querencia por un niño que no había parido. A veces, ella misma se sorprendía mirándolo embelesada desde la puerta mientras él se encaminaba a los campos con el azadón al hombro. Algunas mañanas le llevaba un pedazo de queso hasta la cabecera de la canal. Si lo encontraba reposando a la sombra de un olmo con los ojos cerrados y un tallo tierno en la boca, Clara se descalzaba, se acercaba a él pisando levemente la hierba fresca y se inclinaba hasta casi rozarle la frente con los labios. Estaba Isidro tan acostumbrado a la ternura adusta de la Señá que nunca sospechó la existencia de la ternura traviesa de Clara. Ella también se acostumbró a escindir sus gestos de sus emociones, lo aparente de lo íntimo. Conforme Isidro crecía, los movimientos de Clara se volvieron aún más contenidos y su imaginación más alegre, y por no querer demostrar demasiado cariño, éste aumentó hasta que a ella misma le pareció excesivo.

Por eso no acudió a despedirle a la ciudad el día de la partida. Isidro sólo sería uno más entre los nuevos reclutas. Ya no le pertenecería a ella, sino a los demás, al ejército, al imperio. Habría banderolas y música patriótica. La multitud se congregaría entre la plaza Mayor y la estación ferroviaria al paso de la banda, los oficiales y la soldadesca. Habría niños encaramados a la lanza flaca de don Quijote y a la testuz del rucio de Sancho Panza, que supo lo que era gobernar una ínsula y perderla, y que miraría el estandarte con socarronería. Y habría madres y hermanas junto a las vías, para correr con torpeza unos pasos por la grava y agitar sus pañuelos húmedos, ennegrecidos por la carbonilla de la locomotora. En el mapamundi que obtuvo de regalo en el fondo de una lata de galletas, Clara había intentado ubicar el destino de los ejércitos. Sabía que el tren debía adentrarse en la llanura y, horas después, al anochecer, dejar a un lado las siluetas de la capital, y que sólo después de tres largas jornadas alcanzaría el puerto. Entre el reino y el borrón verde de la colonia había un océano, esa mancha de espuma de apenas una mano de anchura decorada con un pez azul de lomo plateado. Pero los mapas falseaban la realidad. Allí no cabían las muchas noches que Isidro, que ni siquiera sabía nadar, pasaría bajo la cubierta del barco, entre los ronquidos, las toses, el tufo y las conversaciones soterradas de sus compañeros. Tampoco cabían el odio desatado en los combates, ni la amistad de las trincheras, ni la esperanza de la paz. En ningún mapa se hubiera podido dibujar el temor que a ella, Clara, la mordía. Si acaso Isidro no regresaba, prefería recordarlo en el salón de la vieja casa, vistiéndose de pie junto a la mesa de encina, el rostro bañado por el fresco de una mañana como tantas otras mañanas.

—Cuando te den el uniforme, guarda tu ropa, te puede hacer falta —le recomendó mientras le ayudaba a abotonarse la camisa blanca.

—Sí, tía, la guardaré —afirmó Isidro con una sumisión que sólo dispensaba a la señá Clara.

—No juegues ni bebas. En la guerra con más motivo.

16

–No jugaré ni beberé. Aprenderé a escribir. Muchos lo hacen en el ejército. Le enviaré una carta.

«No arriesgues la vida sin necesidad –pensó Clara con el corazón paralizado–, vuelve entero».

–Ten presente que vas a luchar por tu ley y por tu rey –dijo la señá Clara, y antes de darse la vuelta para abrazarse a sí misma y ocultar el agua de sus ojos, añadió–: Ahora vete, y recuerda el camino de vuelta a casa.

Desde la ventanilla del tren, Isidro se despidió de las siete torres de Titulcia, resplandecientes a la luz del mediodía: la catedral, la cárcel de gobernación, el ayuntamiento, el monasterio, el palacete del conde, el alminar de la posada municipal. La séptima era la del homenaje del viejo castillo en ruinas que, a cierta distancia de la ciudad, se hallaba aupado en un monte de granito, rodeado por una maraña impenetrable de zarzas y horadado por el laberinto de cuevas excavado siglos atrás por los templarios. Aún resonaban los cascos de la montura de un monje caballero que, por rehuir el encuentro con unos moros, se escondió en las cuevas y desde entonces vagaba en busca de la salida, siempre persiguiendo la claridad que lo conducía a una nueva encrucijada. La ciudad había crecido de espaldas al viejo castillo. Sus barrios de casas apretadas y blancas, sus altivos y nobles edificios de piedra, las chimeneas de ladrillo de sus fábricas, sus jardines y sus paseos flanqueados de acacias y plátanos, se extendían por el valle a ambas orillas de un río de aguas encajonadas y agitadas que sólo al acercarse a la ciudad reposaban sobre un lecho de arena y se volvían verdes. En tiempos remotos, antes de que se inventaran el hierro y el latín, por el vado de Titulcia trashumaba el ganado nómada, que en verano correteaba por los pastos húmedos del norte y en invierno se refugiaba en las dehesas cálidas del sur. Los toros y las vacas pastaban en las riberas y se lamían las pezuñas a la sombra, bajo la mirada de un verraco de piedra que vigilaba el paso con las patas delanteras hundidas en el lodo.

Mientras el tren se alejaba y la silueta picuda del castillo se difuminaba atrás, en la distancia, mi tío recordó aquel otoño de su infancia en que un erudito rechoncho, con pantalones bombachos, pipa y monóculo, llegó de la capital para establecerse en la ciudad. Don Silvestre estaba provisto de una brújula, un péndulo y una piqueta con la que de vez en cuando, en el curso de sus paseos, arañaba el suelo en busca de piedras y monedas. También tenía telémetro y altímetro, y con ellos y mucha paciencia fue confeccionando un mapa lleno de curvas y complicados signos que nadie sabía qué utilidad podían tener. Don Silvestre olía al polvo de los libros en un radio de tres metros, y sabía tantas cosas y era tan discreto que a menudo, para no humillar a los demás con las luces de su conocimiento, prefería no hablar. Frecuentaba con agrado el vino de las tabernas populares, pero al entrar se sonrojaba y, para disimular su incomodidad, extremaba su desenvoltura y saludaba con una resuelta inclinación de la cabeza y un gruñido hosco. Desde el alba ya andaba don Silvestre escrutando las distancias y tomando apuntes. Seguirle la pista «al del monóculo» se convirtió en una alternativa cuando los niños se cansaban del «Antón Pirulero, cada cual aprenda su juego». A Isidro le gustaba seguirlo a cierto número de pasos, con tanto sigilo que, durante muchas semanas, don Silvestre no sospechó nada. No muy lejos de donde se encontrase el erudito, tarde o temprano acababan por asomarse, tras una roca, los ojos de Isidro. Don Silvestre exploró la ribera del río y dibujó a lápiz en su cuaderno el verraco partido en dos que rumiaba su sueño de siglos entre unos arbustos. Calculó la distancia entre el cauce y el viejo molino seco, con sus cangilones varados en la arena. Y en la antigua vaquería de Materno, en cuyas piletas llenas de cieno los niños criaban ranas en verano, pasó varias jornadas desescombrando de sol a sol, arrancando con su piqueta pedazos de tierra, llevando al río cubos de cieno y hierbas podridas y trayendo cubos con agua.

Tras largos días de trabajo, una tarde Isidro escuchó:

—Ven, acércate.

Se escondió detrás de un tronco y contuvo la respiración.

—Tú, muchacho. Esto te interesará.

Isidro se asomó despacio. Don Silvestre, que le mostraba la espalda, se hallaba en cuclillas junto a una de las piletas. En su superficie espejeaba el sol.

—No tengas miedo y acércate —le repitió mirándole por encima del hombro.

Isidro salió de su escondite y se le fue acercando por la espalda, a pasos cortos. En la pileta ya no había ranas ni cieno. Era amplia, lo suficiente para albergar media docena de vacas tumbadas, y estaba llena de agua clara. Pero lo que le sorprendió a Isidro fue la mujer del fondo. Su cabeza estaba coronada de flores, los ojos eran de un negro profundo, y la larga cabellera roja se enredaba en su cuerpo, abrazando su vientre desnudo y sus muslos. Isidro, que nunca había visto una mujer desnuda, cerró los ojos, más que para no ver, para guardar la visión en su retina. Don Silvestre se colocó junto a él y le puso una mano amistosa en el hombro.

—Es una náyade, una ninfa del agua —dijo.

Le explicó que el mosaico se compuso para consagrar el manantial cercano del que se abastecían las termas.

Había una inscripción latina, que le tradujo: «Quien se bañe en estas aguas enfermará de locura». Qué extraña práctica, consagrar el lugar y luego disuadir a los visitantes. El propietario del baño debió de ser un personaje importante. Recordó que el propio emperador Nerón padeció de parálisis por desafiar la prohibición de una náyade protectora de un acueducto.

–Pero sólo hay una manera de salir de dudas...

Dicho esto, don Silvestre se desprendió de la blusa y las botas y se metió en calzones en el agua, que le cubría hasta la barriga.

Desde entonces, Isidro acompañó a don Silvestre en todas sus exploraciones, cargando penosamente con un instrumento de medición y un trípode que lo superaba en altura. En otras ocasiones los seguía un burro con alforjas. Regresaban al atardecer con un cargamento de viejas monedas y adornos de cobre, fragmentos de cerámica y teselas. Encontraron, además de las ruinas de las termas, otras que parecían ser de una rica mansión y las de un templete levantado sobre un podio, y trazas de un sector de la antigua villa romana.

–¡Ni Pompeya ni Alejandría, ni siquiera Troya correspondería con tanta prodigalidad a la piqueta de sus amantes científicos! –exclamó don Silvestre tras desenterrar una mano de piedra. Luego besó los dedos terrosos y, exultante, alzó el miembro por encima de su cabeza, antes de agacharse de nuevo para entregarse a la búsqueda del resto del cuerpo.

Isidro no entendió sus palabras, pero se preguntó si no sería ya un síntoma avanzado de esa locura de la que les había advertido la hermosa náyade. Durante el día el erudito agujereaba los alrededores del vado como un topo, hincando a veces la pala donde ya había cavado la semana anterior. Por la noche, exhausto, recibía en el salón de su casa a los que, informados de sus hallazgos y sus progresos, venían a contribuir desinteresadamente a su empresa. Le traían teselas, brazaletes, monedas de cobre y pedazos de cerámica barnizada que, jugando de niños o paseando de adultos, habían ido encontrando sin pretenderlo. Desde tiempos sin memoria, los paisanos habían decorado los salones con cerámica romana y revestido sus cocinas con teselas de colores. También se habían jugado a los naipes unas deslucidas monedas carentes de valor acuñadas con perfiles de hombres de narices prominentes.

Comenzaba a sospechar don Silvestre que para la tarea de inventariar el pasado de Titulcia no bastaba la vida de un hombre. Ni siquiera cien vidas de cien hombres, pues él apenas si había entrevisto los restos legados por los iberos y los romanos y aún debía asomarse a las huellas de los godos, los árabes, los judíos, los arrianos, los católicos, los masones, los gitanos e incluso los heterodoxos, que también fueron muy abundantes por estas tierras. Así es como, desde el más encendido entusiasmo, se desplomó en una abulia que lo mantenía en cama la mayor parte del día. Apenas si comía y su figura gruesa fue perdiendo peso y escurriéndose. A veces se le veía en la taberna sentado sombrío con los codos en la mesa, absorto en su copa de vino. Mientras tanto, la ninfa iba cubriéndose de una renovada pátina de lodo y parecía sonreír.

Duró poco su decaimiento. Vino a ponerle fin el manto de Calatrava, cuya existencia alguien deslizó en su oído. Se trataba de una reliquia de la orden de caballería. En sueños, don Silvestre la imaginaba de terciopelo raso con engarces de esmeraldas y rubíes y con el escudo templario y la cruz de Calatrava bordados en oro. Los libros se referían a él con vaguedad, pero exaltaban su belleza. Era preciso dejar a un lado los métodos de investigación de campo y abrazar la disciplina del paciente estudio filológico. Las pistas le conducían unas veces a la biblioteca del ayuntamiento y otras a las dependencias del palacete del conde. Al obispo, en audiencia personal, le solicitó permiso para desmontar el retablo del altar. Sus lecturas le habían llevado a la conclusión de que el manto había sido escondido tras las ricas maderas talladas, en concreto en una hornacina que se hallaba justo detrás de una figura del arcángel san Gabriel, y que reposaba plegado en el fondo falso de un cofre finamente labrado con representaciones de los santos lugares de Jerusalén.

Un pastor puso fin a tales desvaríos. Mientras descansaba unos días en Titulcia de la fatiga de tantas semanas recorriendo la real cañada con su rebaño, tuvo noticia de las angustias del científico. En la taberna, se acercó a don Silvestre, que se encontraba reconcentrado con el monóculo en las letras de un grueso tocho. Se quitó la boina respetuosamente, y sujetándola con ambas manos delante del pecho, le dijo:

—Yo le enseñaré el manto.

Se dejó conducir por él, aunque don Silvestre dudaba de que un sencillo pastor pudiera mostrarle el paradero de un manto que ni los más sesudos libros desvelaban. El pastor, el científico y mi tío Isidro salieron de la taberna y atravesaron la plaza Mayor. Recorrieron la avenida Grande y la judería. Siempre en fila de a uno, primero el pastor, luego don Silvestre y por último Isidro, cruzaron el río por el puente romano y pronto dejaron atrás la ciudad. Después de un cuarto de hora de camino llegaron a las faldas del monte, en cuya cumbre se columpiaban los muros verticales del castillo. El pastor se abrió paso entre la maleza a golpes de cayado y echó a andar por una estrecha vereda que zigzagueaba entre roquedales y arbustos retorcidos. Y ascendieron. Ascendieron hasta el pie del castillo y, por una grieta en los muros, entraron en el patio de armas. Y luego treparon los trescientos escalones de la torre del homenaje. Arriba la luz hirió sus ojos y soplaba un viento tenue pero constante. Apoyándose en una almena, el pastor extendió el brazo hacia el horizonte: al frente, a la izquierda, a la derecha, detrás, todo alrededor. Un cuervo negro levantó el vuelo y descendió hacia los campos pausadamente.

—Ahí tiene el manto.

Recordaba mi tío, adormecido por el traqueteo del tren, que don Silvestre, al mirar por encima de las almenas, vio por primera vez el manto. El erudito recorrió el breve perímetro de la torre, mirando hacia los cuatro puntos cardinales, girando despacio sobre sí mismo. Allí estaba el manto de Calatrava, a sus pies, desplegado hasta donde alcanzaba la vista. Parecía extenderse más allá de la línea del horizonte. Un manto de retales verdes, amarillos y ocres formado por las huertas y los sembrados tiernos, los campos de trigo y de cebada, las tierras en barbecho. Un manto tejido por decenas de generaciones de campesinos y propiedad de quien hacía el simple esfuerzo de ascender hasta la torre del castillo para mirar el mundo con ojos nuevos.

2

El día que las autoridades tuvieron noticia de la derrota era fiesta en Titulcia. Las campanas de la ciudad ya habían repicado alegres a primera hora en honor del santo patrón, así que no se estimó oportuno que volvieran a sonar. A fin de cuentas, la última de las colonias sólo era una isla. Bonita, pero no muy grande. El calendario siguió con los festejos: por la mañana, encierro de toros, carreras de sacos y de huevos, lluvia de sangría; por la tarde, corrida de astados y final del campeonato de frontón; desde el anochecer, baile en la plaza Mayor, hasta que la luna se acostase.

El día siguiente los periódicos destacaron el peso y porte de los toros lidiados. Debajo se comentaba la pérdida de la flota de ultramar, barcos de madera hermosos y muy caros. ¿No era ésta la misma flota que tantas alegrías había deparado en el pasado? Cuatro siglos antes, barcos de la misma estirpe habían atracado en Cipango, habían circunnavegado el globo terrestre y se habían impuesto al turco en Lepanto. Una derrota o una victoria cambian la historia futura, pero nada pueden contra la que ya está escrita.

Aún pasó otra semana hasta que el tren arrojó en la estación de Titulcia un cargamento de soldados rotos. Brazos en cabestrillo, cráneos envueltos en vendas ensangrentadas, guerreras agujereadas por la metralla, hombros dislocados. En el vagón de cola llegaron algunos ataúdes, hundidos en hielo picado. Como era verano, el tren hizo el trayecto a toda máquina; pero al llegar a destino y descorrer las puertas con un chirrido, una ola de agua amarilla y fétida salpicó las botas de los enterradores, que cargaron los carros y fustigaron a los percherones hacia los cipreses del camposanto.

El pueblo todo de Titulcia se había congregado en los alrededores de la estación para recibir a sus conciudadanos, sus hermanos, sus hijos. Unos eran bajados del tren en camilla, en un silencio sólo roto por algún gemido ahogado. Otros bajaban por su propio pie, saltando de escalón en escalón con la única pierna y apoyados en una muleta. Algunos, al reconocer a sus parientes entre la multitud, levantaban desde la ventanilla el muñón del brazo con un gesto de alegre saludo que enseguida reprimían. Y otros, en fin, enteros entre tantos mutilados gloriosos, mostraban en sus rostros los estragos de la derrota, ese mutilamiento del alma para el que tampoco se conoce remedio. Las madres, las hermanas y las novias se abrazaban a ellos, palpaban sus piernas y sus brazos para cerciorarse de que se hallaban en el mismo sitio de antes de la partida, pero ellos no cambiaban la solemne expresión ni dejaban de mirar altivos al frente. En el cristalino de sus ojos aún se reflejaba el azul turquesa del mar. Ellos habían visto a los peces voladores celebrar los atardeceres saltando sobre el agua, y alcanzar a veces la cubierta de los barcos y llamar alegres al cocinero con un golpeteo de sus colas contra el tablazón. Pero también habían visto los mástiles a punto de hundirse en un mar que ardía. Los yanquis tenían leche en las venas, pero sus cruceros de metal, en cuyos cascos se reflejaba el sol, rompían a gran velocidad las aguas. Cuando los cañones del imperio los alcanzaban, las balas los arañaban con impotencia, y a menudo se limitaban a caer blandamente al mar en el surco recién cavado por las quillas de los barcos, que contestaban con una andanada de desprecio antes de virar y alejarse airosos hacia la línea del horizonte.

Se desconocía el paradero de Isidro. No constaba en la lista de caídos en combate ni entre los que aún sudaban la fiebre tropical en los hospitales, con la frente empapada y la orina verde. La señá Clara había acudido a la estación con la vaga esperanza de encontrar un rastro, un recuerdo de Isidro en la memoria de uno de sus compañeros. Mezclada con la multitud, buscaba con la mirada. Sabía que no regresaba en aquel tren, pero cada vez que una silueta más alta o un cabello más encrespado asomaban por la portezuela de un vagón, el corazón parecía querer escaparse de su pecho. Días antes, a la puerta de la casa, el oficial de Correos le había hecho entrega de un telegrama, y aunque ella le ofreció una silla y un vaso de vino, él se había montado sobre la marcha en la bicicleta, despidiéndose mientras pedaleaba camino adelante: «Mi tarea es entregar, no consolar... pero no tiene faldón negro, así que ¡volverá! ¡volverá!» Luego fue a la taberna en busca de don Silvestre y le extendió el papel. Ajustándose el monóculo y con el ceño fruncido, don Silvestre leyó: «isidro de tal y de cual stop posibilidad captura en combate stop ardua negociación liberación presos stop gobierno agotará recursos regreso valientes stop viva el rey stop». Estrujó el papel con puño tembloroso y se quitó el monóculo, que introdujo en el bolsillo del chaleco. Mirando a la señá Clara con los labios blancos y apretados, repitió con un gruñido: «Viva... el rey». Luego recuperó mecánicamente el monóculo para refugiarse en la lectura de un viejo libro de hojas quebradizas e ilustrado con triángulos mágicos, escuadras y cartabones, que versaba sobre los arquitectos y albañiles que construyeron la catedral.

Entre los soldados completos que regresaron a Titulcia se hallaba Juan Expósito. De pequeña estatura, pero robusto y colorado, no presentaba ni un descosido en el pantalón ni una arruga en la guerrera. Casi nadie hubiera podido reconocer en aquel hombre recio al bebé que veinte años antes fue abandonado en las escalinatas del hospicio una noche de helada, sin otro legado de sus padres que un antojo con forma de cangrejo en la cadera. El soldado Juan Expósito, con la gorra calada, las botas embetunadas y relucientes y una insignia al valor en el pecho, dejaba pasar los días deambulando con la mirada perdida por una ciudad que apenas si conocía. Del hospicio a las colonias, ésa era su biografía. Durante años y entre cuatro muros había seguido sin entusiasmo, pero con feliz disciplina, la rutina severa de los frailes. Con el mismo talante se había alistado al servicio del emperador y había partido rumbo a las colonias. Por más que le decían que el rey era aún más joven que él, se lo imaginaba bigotudo y algo gordo, señor de los destinos de sus súbditos y con voz a juego, de un tono más bien grave. Juan se sentía un «soldado del emperador», tres palabras que eran música para sus oídos. En aquellos barcos, al amparo del palo mayor, la más humilde tarea cobraba un significado pleno. Mientras rascaba a cuatro patas las tablas con el cepillo y el jabón, se acordaba del refectorio de los frailes, y del mismo modo que antes levantaba la vista hacia las figuras sacras de las vidrieras, ahora la levantaba hacia el cielo. Sentía entonces que de aquel sol grande como una pelota, que parecía flotar en el mar y que durante varios siglos no se puso en las tierras del emperador, también a él le correspondía un pedacito.

Tras la guerra, transcurrieron buenos días para los veteranos, disputados por las modistillas y por los taberneros. Las primeras porque podían quedarse preñadas con la seguridad de que su amor había sido vacunado, tenía los papeles en regla y no la abandonaría con el pretexto de tener que cumplir el servicio militar. Los segundos porque, por el convite de una limonada, un chato de vino o una ración de chorizo no muy curado, proporcionaban a su parroquia, ávida de emociones, la narración de una hazaña. Hasta que los casaderos ya estuvieron bien atados y todas las anécdotas se hubieron repetido, pasearse con uniforme garantizaba simpatía, buena mesa y buena cama, o cuando menos un revolcón en un pajar. Hasta tal extremo era esto así, que se llegó a decir que había en la ciudad más uniformes que veteranos de metralla, y la guardia urbana acabó desmantelando un comercio que los alquilaba baratos a los más necesitados. En su condición de veterano verídico y demostrable, Juan Expósito recibía las mayores atenciones. Sin cuartel al que regresar salvo para recoger la licencia y sin posibilidad de reintegrarse al hospicio, durante un par de meses se alimentó y durmió sin trabajar y sin tener que desembolsar un céntimo.

En principio se consideró una rareza que desviara la mirada cuando se cruzaba en la calle con algún capitán que iba a misa con su señora del brazo. Si tenía que pasar junto al cuartel durante la ceremonia del cambio de guardia, daba un rodeo, mientras que los demás soldados de los alrededores se cuadraban y levantaban el mentón. Si estaba presente en la apertura de la zarzuela, al sonar los compases marciales del himno se tapaba la nariz con un pañuelo y estornudaba. Sólo cuando, semanas después, en los prolegómenos de otra función, comenzó a haber más pañuelos que caras al descubierto, se conjeturó que más que de un caso aislado podía tratarse de una epidemia. La mitad de la población parecía contagiada. Por las tertulias de los cafés, por los zaguanes de los vecindarios, por las salas de espera de los médicos, comenzaron a circular chismes que atribuían irresponsabilidad al Gobierno y desorganización al ejército. Una cosa era dar la vida por la patria, se decía, y otra darla en un matadero, o incluso que más hubiera valido una rendición pactada que una derrota humillante.

Juan Expósito había jugado de niño con Isidro al pie de los muros del hospicio y, rumbo al trópico, ambos compartieron las vaharadas de vómito de la misma bodega. Escasas eran las noticias que sobre Isidro podía dar a la señá Clara, pero suficientes para que ésta viera confirmadas sus esperanzas. Si no había calzado para su talla, si no había entrado en combate como tripulante de un barco, si le habían enviado a relevar una guardia lejos del puerto, en plena naturaleza, entonces seguía vivo. A Isidro, que había caminado descalzo por los campos de la pedanía, le bastaba el olfato para distinguir un higo chumbo de una endrina. Sabía imitar el canto de la codorniz soplando en el cuenco de la mano y ella misma lo había visto subir a escondidas cada mañana a lo más alto de un olmo para revisar un nido de mirlos. ¿No había higos en el trópico, ni endrinas, ni codornices, ni mirlos, ni siquiera olmos? Isidro era hortelano, y las lechugas eran verdes en Titulcia y en Sebastopol.

Todas las mañanas a la misma hora, después de abrir de par en par las ventanas de la casa, barrer el patio y regar las flores, la señá Clara visitaba la estafeta de Correos.

Saludaba y luego esperaba frente al mostrador, hasta que el oficinista, con los dedos sucios de tinta y un cigarrillo bajo el bigote amarillo, levantaba la cabeza y repetía paciente:

—Hoy tampoco hay nada para usted.

En este trayecto coincidía con una mujer joven de piernas largas, que se cubría los hombros y el talle con un chal de lunares y caminaba con la cabeza gacha. Si la señá Clara miraba a sus espaldas, solía verla a una veintena de metros siguiendo sus pasos por la acera, y a la salida de la estafeta la encontraba de nuevo al otro lado de la plazoleta, al pie de un árbol, la cara sombreada por la fronda de hojas. Hasta que un día la miró de frente y dio un par de pasos hacia el árbol. La desconocida se ajustó el chal, dio media vuelta y desapareció tras una esquina.

No la vio de nuevo hasta el invierno siguiente. De vuelta de su recorrido mañanero, la encontró sentada en el poyo a la puerta de la casa, esperándola. En brazos sostenía un bebé, envuelto en el chal de lunares. Clara no necesitó escrutar los rasgos de la criatura, le bastó con la mirada de la madre. Enseguida supo que en esos ojos verdes se había bañado Isidro, que esos labios rojos le arrancaron una promesa antes de marchar. Y aunque sintió unos celos violentos de tanta juventud y una admiración creciente de tanta belleza, la gotita de agua salada que vio temblar en la córnea y negarse a resbalar la convenció de que acabaría queriéndola.

Mercedes y su hija, Alejandra, ocuparon el dormitorio más cálido de la casa, justo encima de la cocina. Mercedes sabía todo lo que una mujer tenía que saber e incluso más. No sólo cocinaba, planchaba, fregaba, cosía y bordaba, sino que además leía el periódico de corrido, como los diputados, sin atascarse en las palabras raras y largas, y escribía con una letra ladeada y elegante, en renglones uniformes y sin borrones. Criadita de unos ricachones desde los ocho años, la más vieja del servicio doméstico le había transmitido los números y las letras, porque no había buena criada que no aspirara a maestra, ni institutriz que no fuera también una criada. De modo que entre colada y colada, mientras la ropa se aclaraba al sol en el prado, Mercedes había aprendido a sumar, a dividir e incluso a hacer raíces cuadradas, y bajo la almohada guardaba la vida de Hipatia, aquella matemática antigua, hermosa y elocuente que, en el esplendor de su conocimiento, fue linchada en Alejandría por una turba de cristianos puritanos, que la acuchillaron con conchas marinas. Mercedes no había aprendido, sin embargo, a ocultar un embarazo, y cuando ya fue evidente que había quedado preñada, los de arriba le dieron una maleta de cartón y un billete de vuelta a su aldea, y los de abajo un cesto con parte del embutido y del queso sisados pacientemente en la compra.

—Yo no te puedo dar nada —le dijo la vieja criada sin contener las lágrimas—, ya te he dado todo.

Clara nunca le preguntó a Mercedes dónde se había ocultado todos esos meses ni cómo se había ganado la vida, pero tanto su ropa como su mirada estaban limpias. Mercedes había recibido en el rostro sin inmutarse los portazos de las casas en las que pedía trabajo. Se había despedido de los mesones cuando los encargados demostraron tener las manos largas. Había engañado a los propietarios de las fondas, comiendo y durmiendo a crédito durante varios días, y luego marchándose de madrugada para tomar el primer tren. Dio a luz en un hospital de beneficencia y regresó a Titulcia casi por casualidad. Viajaba rumbo a la capital en un coche de punto, atestado de jóvenes recién licenciados del servicio militar. Como no había caballos de refresco en la posta, tuvieron que hacer noche en la ciudad, una larga noche sentada en un banco de madera, con una frazada sobre las rodillas y la niña en brazos, calentándole las manitas con su aliento, pensando.

La señá Clara se desesperaba ante el futuro. No sabía cultivar la huerta, y la venta de las flores del patio, que apenas si le había dado hasta entonces para subsistir, menos le daría ahora para alimentar tres bocas. El fin de la guerra había arrojado un saldo tal de lisiados que muchas mujeres casadas y algunas mantenidas acabaron despidiendo a sus chachas y a su vez tuvieron que ponerse a trabajar de chachas, así que pronto se agotaron los empleos domésticos disponibles. Una tarde, Mercedes le pidió hilo blanco y agujas y se encerró en su habitación. Una luz tenue se reflejó toda la noche en el cristal de la ventana. Por la mañana le puso en las manos un mantel con una hermosa labor de bordado, que representaba una concha abierta con una perla. Mercedes hizo un mantel y después otro, mientras que la señá Clara los vendía de puerta en puerta en las casas bien del barrio alto. Mercedes se dejaba los ojos, la señá Clara se dejaba los zapatos. El negocio tuvo éxito. Tanto, que pronto en la ciudad no hubo mesa de las de candelabro de plata que no tuviera un mantel con una concha bordada, así que la demanda se derrumbó, y la señá Clara volvió a desesperarse.

No se equivocaba cuando presintió que acabaría por querer a Mercedes. A veces la miraba por la puerta entornada mientras bordaba, sentada a la luz de un quinqué de petróleo de llama agonizante. Alejandra dormía en su cuna y un gato maullaba en el tejado. Si Mercedes se pinchaba en la yema del dedo y se lo llevaba a la boca, a la señá Clara le dolía como si fuera su propio dedo. Todo sería tan distinto si Isidro estuviera con ellas... El petróleo se agotaba y la despensa se vaciaba. La huerta, sin brazos que la trabajasen, se iba llenado de hierbas malas. Se hallaba en la vega, a quince minutos a pie de la casa, y lindaba con el latifundio del conde. El título de nobleza había perdido validez décadas antes, pero las tierras pertenecían al último representante de la dinastía, un hombre de salud delicada y melancólico que vivía de las rentas. No pasaba año sin que su secretario, un hombre viejo y achacoso, los visitase para ofrecerles por la huerta cien pesetas en monedas de ley, una encima de otra. Mientras Isidro era niño, la señá Clara había declinado la oferta, año tras año, y cuando Isidro creció, fue él mismo quien le daba las gracias al secretario por la visita y le regalaba una cabeza de ajos, para su mujer, porque en ninguna parte los iba a encontrar tan tiernos. La señá Clara se preguntaba qué haría Isidro ahora si estuviera en el lugar de ella o si supiera de su situación. Y miraba a Mercedes y a la niña y volvía a desesperarse.

Ya había empeñado sus pendientes de oro, que perdió al vencer el pago. También empeñó su caja de peines de nácar. Pero cuando acudió al prestamista para ofrecerle la mesa de encina, éste, que era un hombre casado, le puso unas monedas en la palma de la mano y le dijo que no quería la mesa, pues si tenía a bien invitarle algún día a su casa, prefería que hubiera una mesa donde apoyar el vaso de vino. Ella, sin una palabra, cogió las monedas, pero luego le envió la mesa. Algo parecido le ocurrió con el carnicero, que una mañana llamó a la puerta y, sujetando la gorra sobre el mandil, le dijo ruborizado y tartamudeando que conocía su situación y que nada le agradaría tanto como poder servirle una vez por semana chuletas de vaca del costado que menos le disgustase. Y el zapatero le ofreció zapatos, y el panadero tortas, y un figurante de la zarzuela un abono para toda la temporada. La señá Clara se sentía halagada en lo más íntimo, pero sabía que en el rabillo de sus ojos ya se habían dibujado las patas de gallo y que sus pechos no eran tan firmes como antaño. En realidad, la miel a la que acudía tanta mosca se hallaba en el dormitorio de arriba, encima de la cocina. Cuando Mercedes paseaba por la calle con el cochecito de la niña, todas las miradas la seguían. Si se detenía y se volvía, las miradas caían al suelo, rendidas. Cuando las tardes de verano, tras lavarse el pelo y soltarlo sobre el balcón, el sol le arrancaba destellos rojos, hasta los maniquíes parecían querer asomarse fuera del escaparate de la lencería.

Unos casados y otros solteros, a Mercedes no le faltaban ni candidatos a amante ni propuestas de matrimonio. Le preocupaba que la señá Clara pasara dificultades por su culpa y sobre todo le preocupaba el futuro de su hija. Había comenzado a bordar una colcha, prometiéndose a sí misma que no tomaría partido hasta que la hubiera terminado. Quién sabe si entretanto volvería Isidro. Tres veces estuvo a punto de terminarla y otras tantas la deshizo y volvió a empezarla. Pasados dos años sin noticias de Isidro, el ejército envió un telegrama en el que manifestaba darlo por perdido y renunciaba a seguir buscando. Unos soldados, despedazados por las bombas, habían quedado irreconocibles; otros habían sido devorados por los peces; otros habían aprovechado la confusión para esfumarse bajo identidad falsa. La señá Clara quería creer que seguía vivo, aunque una noche soñó que Isidro se hundía en un mar infestado de tiburones y luego su cuerpo aparecía cubierto de algas en la arena de una playa. Pero si aún vivía y recordaba el camino de vuelta a casa, ¿qué pensaría cuando viera que la madre de su hija se había casado con otro?

La señá Clara resolvió vender la huerta al conde, pero cuando comunicó su decisión a Mercedes, ésta contestó:

–La huerta es lo que Isidro más quiere en esta vida. Sin la huerta, Isidro sería desgraciado. No haga eso. Usted nunca se lo perdonaría a sí misma. Y yo tampoco me lo perdonaría.

Nunca hasta entonces había visto la señá Clara a una mujer tan segura, tan decidida, tan digna. Mercedes se marchó con la niña y le dijo que alguien vendría para recoger sus cosas. Aquella misma tarde vino de visita el viejo secretario del conde y se fue cargado con la maleta de cartón, el cesto vacío, la colcha bordada.

Al otro lado del océano, mi tío Isidro tenía la piel tostada por el sol, salvo la estrecha banda cubierta por el taparrabos que componía toda su vestimenta. Dormía día y noche, cuando le acudía el sueño. Si sentía gana de comer, alargaba la mano y tomaba una pieza de fruta fresca o un pescado ahumado. Y tres muchachas menudas se turnaban para sonreírle, con pechos como mandarinas y dos hileras de dientes regulares que blanqueaban frotándoselos con raíces.

Casi se había olvidado de aquella noche en que vio tras la silueta del cabo las llamaradas de los barcos y oyó el estruendo de los cañonazos. Luego la calma y la espera. Pasaron días sin que llegara el relevo, sin agua dulce que beber ni nada que llevarse a la boca. Y ya estaba decidido a regresar por sus propios medios al puerto, a enfrentarse a aquella selva oscura con el fusil y las dos balas, cuando una medianoche de marea baja despertó en el centro de un círculo de hombrecillos desnudos. Sus pieles relucían a la luz de la luna llena y los brazaletes ceñían sus brazos y sus muslos. Llevaban consigo lanzas, arcos y flechas. Lo señalaban, se daban codazos y reían. Uno se agachó junto a él y le dio un tironcito de la barba.

Procedían de un cercano agrupamiento de islas. Aquel islote que se dibujaba frente al promontorio, del que lo separaban dos leguas de mar, era la frontera de su nación. No se trataba propiamente de un islote, sino de una península, atada al continente por un istmo que, al bajar la marea, se convertía durante unas horas en un camino despejado. ¿Por qué el ejército le había enviado a vigilar un estrecho por el que no hubiera podido pasar ningún barco? ¿Se habían confundido de promontorio? ¿Desconocían los geógrafos de la Marina la existencia del istmo? Pero ahora tenía cosas más urgentes en las que pensar, como el modo de escapar de sus captores. Pronto, sin embargo, sus temores se disiparon. Además de ser barbilampiños, los «hombres verdaderos», como se llamaban a sí mismos, se distinguían de los «hombres falsos» en que ellos cumplían la palabra dada, no guardaban rencor y amaban la paz. Tampoco bebían alcohol, que roba el alma a quien lo ingiere.

Los primeros días de su estancia, los hombres verdaderos le prestaron mucha atención. Todos, varones y mujeres, se fueron acercando ordenadamente a su choza y se presentaron. El protocolo establecía que el visitante y el visitado debían propinarse un palmotazo en sus respectivas frentes, señal de que antes se harían daño a sí mismos que hacérselo al otro, tras lo cual debían abrazarse. Le hicieron muchos regalos: cuentas de cristal pulido por las olas y la arena, pedacitos de coral ensartados. Con mucha pompa, una comitiva de ancianos ataviados con plumas en los hombros, y la cara y el cuello marcados con tintes azules y rojos, depositó a sus pies un botiquín oxidado, un violín sin cuerdas y un misal. Después se sentaron en el suelo a su alrededor, con los tobillos juntos y las rodillas separadas, y aguardaron. Mi tío tomó el libro en sus manos, lo hojeó con interés y, dado que estaba en latín, no descubrió una sola tilde, el único signo que reconocía. Luego levantó el violín. Recordó al ciego que lo tocaba a la puerta de la catedral de Titulcia. Qué hermoso instrumento. En tercer lugar levantó la tapa del botiquín, que chirrió. Estaba lleno de frasquitos cerrados. También contenía unas tijeras cortas y un rollo de esparadrapo. Como se creyó obligado a demostrar algo, tiró del rollo, cortó un trozo y, finalmente, se lo pegó en el dorso de la mano. Los ancianos se miraron unos a otros. Uno se levantó con esfuerzo, después otro. Fueron saliendo de la choza en silencio y cabizbajos, decepcionados.

El paraíso terrenal existía. Cuando los anfitriones se hubieron cansado de su huésped, éste pudo inspeccionar libremente el islote. Había más poblados en aquel pequeño archipiélago. Algún que otro hombre verdadero se divisaba desdibujado en la atmósfera húmeda, haciendo equilibrios sobre una barquichuela para, lanza en mano, atravesar un pescado. Existía un tranquilo comercio entre las islas, canoas que iban de una playa a otra llevando frutos, presentes y alguna que otra novia.

Playas de una arena que era como polvo de oro. Riachuelos que se desparramaban sobre hojas enormes y podridas. Frutos dulcísimos que se abrían al tomarlos en la mano y presionar su pulpa. Todos los días, todos los meses, el mismo sol tibio, la misma brisa salada. Alguna boda, fiestas de bienvenida a los recién nacidos.

Durante su estancia, fue respetado e ignorado a partes iguales. Podía participar en sus trabajos y en sus fiestas y yacer con cualquier muchacha, si ella estaba de acuerdo. Sólo se le prohibía tomar la saliva de los dioses, savia obtenida del tallo de una planta y gracias a la cual los hombres verdaderos se comunicaban con sus antepasados. Podía moverse libremente e incluso marcharse, si tal era su deseo. Una vez al mes, el istmo afloraba lo suficiente para mostrar el largo y sinuoso camino de vuelta, entre dos brazos de mar infestados de tiburones nodriza desdentados y vegetarianos. A veces se sentaba allí, con un poco de nostalgia de Titulcia y un cierto temor del ejército. Luego recostaba la cabeza y se dejaba mecer por el rumor de las olas y el titilar de las estrellas.

La afrenta que desencadenó la guerra entre dos poblados fue el incumplimiento de un acuerdo de matrimonio. La novia, que había sido devuelta en la misma canoa de la ida, aún estaba coronada de plumas y lucía el collar de cartílagos de peces raya ensartados. Lloraba, mientras que sus muchas madres y sus numerosas hermanas merodeaban por la orilla profiriendo lamentos. Noches después, un comando compuesto por varios de sus hermanos consiguió la cabeza del novio ultrajador. La costumbre prescribía que había que desollar la cabeza y vaciarla de músculos y órganos. Luego se exhibía el cráneo pelado en una estaca, clavada en la playa frente al islote rival. A diferencia de las guerras civilizadas, entre los hombres verdaderos las hostilidades sólo duraban hasta la siguiente luna llena y ganaba quien conseguía más cabezas, tras haber diezmado la población. Durante los más de siete días que duró, Isidro no abandonó su choza. Oía los forcejeos, los gritos, los cánticos. Finalmente, el silencio, un silencio denso. Cuando salió a la plaza del poblado, sus ojos presenciaron un paisaje alucinante. Los ancianos y las muchachas trastabillaban entre cadáveres, buscando unos a sus hijos y las otras a sus amantes; las madres marcaban la piel de los niños con la sangre cálida y brillante de los rivales, para que crecieran fuertes e implacables; los guerreros vencedores dormían amontonados a un lado, exhaustos y ebrios, ahítos de la saliva de los dioses.

Sin despedirse de nadie y sin mirar atrás, salió corriendo del poblado y pronto alcanzó el istmo. Amanecía. La marea ya había comenzado a subir, sus pies se clavaban en el lodo y de pronto se vio sumergido hasta la cintura en el agua, rodeado de tiburones nodriza, a una legua del islote de los hombres verdaderos y a otra legua de la isla de los hombres falsos. La marea alta arrojó su cuerpo cubierto de algas en la playa, al pie del promontorio. Tras despertar horas más tarde, y antes de adentrarse en la selva, dirigió una última mirada al islote chato. Lo saboreó con los ojos, intuyendo que algún día esa imagen le parecería un sueño.

Mi tío Isidro permaneció en paradero desconocido dos años, tres meses y diecisiete días. Cuando se presentó en el consulado del puerto y explicó quién era, dónde había estado y con quién, no le creyeron.

3

Alejandra tuvo una infancia feliz. Fue mimada por Mercedes, su madre, consentida por su padrastro el conde, adorada por Miguel, su hermanastro mayor. Apenas si se levantaba el sol cuando Carmela, una doncella de cofia, atravesaba el dormitorio con paso vivaz y, cantando «pío, pío, los pajarillos ya han saltado del nido, señorita», descorría las cortinas.

Mientras Carmela preparaba la jofaina de agua caliente para el aseo personal, ella se ponía de pie en la banqueta y miraba por la ventana. Abajo se extendía un prado y más allá un parque, con árboles frutales y el estanque entre macizos de flores. En el centro de la fuente se hallaba un conjunto de estatuas surtidores, para cuya instalación el abuelo del conde había contratado cincuenta años antes a un ingeniero y escultor gaditano. Enamorado de la mitología antigua pero conocedor de la nueva, el artista había resuelto el dilema esculpiendo hojas de acanto en el pubis de los héroes. En la lejanía, por entre las hileras de olivos de una loma, a veces se veía un potrillo cojo que triscaba. Era un mundo pequeño y grande; tan pequeño que se podía abarcar con la vista, tan grande que guardaba mil y un secretos.

Alejandra y Miguel desayunaban en silencio en el salón, en una mesa larga y con mantelería blanca, bajo la mirada severa del mayordomo. Era éste un hombre fiero de cejas negras y espesas que con una regleta les impedía mojar las magdalenas en la leche y les obligaba a esperar diez segundos de péndulo, lentos, lentísimos, entre bocado y bocado. Todas las cosas tenían su ritmo: el sol y la luna, las estaciones, las migraciones de los pájaros y la floración de las plantas, los trenes, las magdalenas y los jugos gástricos.

Los anaqueles de la biblioteca estaban cargados de libros con tapas de cuero. El centro de la sala inmensa lo ocupaba un globo terráqueo. Mientras que Miguel aún estudiaba modales en un gabinete cercano, Alejandra seguía el vuelo de una mosca con los codos clavados en una de las mesas de la biblioteca, en compañía de un cura amable, menudo y calvo, hombre de confianza del obispo y encargado de la transmisión de verdades incontaminadas. Barría la sala de un extremo a otro con la sotana mientras leía en voz alta un pasaje del *Nuevo testamento* o cantaba la tabla de multiplicar. Cuando alguien golpeaba con los nudillos en la puerta, el cura decía:

—Ave María purísima.

—Sin pecado concebida —respondían al otro lado.

—Adelante.

A menudo era su propia madre, la condesa, quien acudía en su rescate y se la llevaba con la disculpa de la visita de unos familiares o de algún notable, o para que la ayudara a desempaquetar revistas y libros o con los preparativos de otra colecta para los pobres. Siempre había tanto que hacer... Si no, se presentaba Antonia, la vieja criada que, en los tiempos de maricastaña, ejerció de institutriz de su madre. Alejandra a veces imitaba a la condesa y apoyaba la cara en el regazo de Antonia, que olía a bizcocho de huevo. La condesa la había hecho traer desde la casa de unos señores que, al parecer, le habían regalado de por vida un cuarto en la buhardilla, luminoso y muy ventilado, cálido en verano y fresco en invierno, donde esperaban que gozase de una vejez retirada y breve. Pero Antonia, decidida y saludable, entraba ahora en la biblioteca sin responder al saludo del cura y se dirigía a la esquina, donde se arrellanaba en un sillón. Después de unos minutos carraspeaba y después de otros tantos comenzaba a toser.

—Ya está usted tosiendo otra vez —observaba el cura.

—La ventaja de ser una anciana es que una puede toserle a quien quiera.

—Tendría usted que cuidarse esa tos, se puede atragantar —le recomendaba el cura.

—La niña me va a buscar ahora un vaso de agua, pero que la deje correr para que esté bien fría. A mí lo que no me gusta es el sabor del agua bendita, se estanca en la pila y se pone caldosa. ¿La ha probado usted?

Y Alejandra salía a la carrera de la biblioteca y los dejaba discutiendo sobre aguas, vinos, panes y peces.

Desde la fachada principal del palacete del conde se contemplaban las viejas torres de Titulcia y también las grúas, que se erguían sobre los edificios y cuyos brazos giraban con parsimonia a un lado y a otro. Alejandra se embelesaba con aquel rumor de carretas que traqueteaban por el adoquinado, con los martillazos, las sierras, las voces inconexas, como la música de una orquesta de locos. Sólo una cosa le gustaba más que recorrer las avenidas de Titulcia en el automóvil de explosión de su padrastro, y era salir los sábados por la mañana de la mano de su madre por la puerta de servicio, ambas vestidas con ropas sencillas, para mezclarse con la multitud del mercado. De incógnito, seguidas a distancia por un criado diligente, revolvían en los tenderetes de ropa y calzado, tocaban la fruta, regateaban el precio de la bisutería. Antes de regresar agotadas, en verano tomaban un refresco de zarzaparrilla en una de las concurridas terrazas junto al parque, a la sombra de los plátanos. En invierno pedían café bombón, con doble de leche condensada, y con el dedo hacían dibujos en el vaho de los ventanales.

En apenas un lustro, la ciudad se había transformado. Se habían levantado los pavimentos y las aceras para enterrar las tuberías del agua corriente, se había instalado el alumbrado eléctrico en las calles principales. Los guardias urbanos habían mudado sus viejos uniformes rojos y dorados por unos discretos de color azul con manguitos y cinturón blancos. La sustitución de los farolillos de gas con sus llamas lánguidas por los grandes arcos voltaicos había despertado mucha expectación. Supondría el principio del fin de los cacos, vaticinó el editorialista del semanario *La Gaceta Ilustrada*, porque las aceras y fachadas en sombra favorecían el robo y el asalto como las charcas malolientes la incubación de los mosquitos anofeles. La luz implicaba progreso, ciencia, armonía; las máquinas del futuro ya se estaban moviendo con luz. Otros, sin embargo, afirmaban que la luz a deshoras sería un reclamo para que las gentes de bien abandonaran la tranquilidad de sus hogares y perdieran el hábito del recogimiento nocturno. La Unión Patriótica, organización de padres de familia, guardiana de las siete llaves del sepulcro del Cid, publicó a doble página una carta al director en el diario *El Correo de la Verdad*. También convocó un congreso extraordinario. Cientos de militantes llegados de toda la comarca, identificados por un clavel azul en el ojal de la chaqueta, se reunieron una tarde en el parque alrededor del quiosco. Tras la actuación de la banda, que dio un animoso concierto de marchas militares, escucharon las conferencias de sus representantes. Llegaría el día, profetizaban con alarma, en que los comercios expondrían su mercancía por las noches, y los jóvenes, confundiendo el anochecer con el amanecer, saldrían de la casa paterna después de la cena. Si todo podía ser visto a cualquier hora, ¿no se perdería la vergüenza? La delincuencia no se erradicaría con más luz, sino con más medios para las fuerzas de orden público. Otros se preguntaban, por el contrario, que si todo podría ser visto de noche como de día, ¿no sería mayor el recato de quien se sabe mirado? Puso punto final a este debate la autoridad del nuevo obispo, que había estudiado teología: la verdadera vergüenza no es un efecto de la luz ni de su falta, explicó, sino la expresión de la conciencia iluminada por la recta razón de la naturaleza, que es divina. Para perjuicio del tesoro municipal, intervinieron en esta cuestión los golfillos. Apostados tras las esquinas, apuntaban sus tirachinas contra los arcos voltaicos, que explotaban con un puf y luego dejaban escapar una leve columna de humo, que ascendía y ascendía hasta disolverse en la oscuridad del cielo.

Nunca hasta entonces hubo en Titulcia tantos golfillos. Los había que ya tenían el bigote sombreado y otros que aún no sabían sonarse los mocos y llevaban una estalactita colgando de la nariz. Los mayores vestían gorra con visera y pañuelo al cuello y hasta chaleco, símbolo de su prosperidad, mientras que los más pequeños caminaban descalzos y tenían en el pantaloncillo una abertura vertical que seguía la raja del culo. Esta inteligente solución permitía que, al agacharse, la raja del pantalón se abriese, de modo que el golfillo podía evacuar el vientre sin quitarse el pantalón y siempre estaba preparado para echar de nuevo a correr. Corrían a menudo, solos o en grupo, tanto los mayores como los pequeños, delante de los tenderos. De vez en cuando, se veía a uno caminar al lado de un guardia, que lo llevaba cogido de la oreja hacia la comisaría o hacia casa. Algunos, cuando se les preguntaba por sus progenitores, indicaban el cielo. Otros, más realistas, señalaban hacia la tierra. Muchos no recordaban el camino de vuelta a casa porque sus padres les habían borrado la memoria a base de palizas.

¿No manifiesta el dinamismo del pueblo humilde la grandeza de una nación? Las infraestructuras, el gasómetro, la fábrica de luz, los talleres textiles, las manufacturas del metal, las obras incesantes, habían atraído a trabajadores de los cuatro puntos cardinales. Cada mañana el tren arrojaba en la estación un contingente de campesinos asustados que llevaban consigo todo: un hatillo con la ropa y los cacharros, la gallina en una jaula y la llave de hierro de la casucha que habían dejado atrás, en medio de una aldea perdida en un erial. En ocasiones eran recibidos por los familiares que les habían precedido años antes y que ya les tenían preparados un colchón en el que acostarse y la recomendación para un puesto de trabajo. En otros casos llegaban con un par de billetes para aguantar una semana, la boca para preguntar y el par de brazos para abrirse paso a solas en la vida. Alzaban los ojos hacia las torres y hacia las grúas, los bajaban hacia los escaparates, seguían con la vista los coches lujosos tirados por caballos lozanos, de pelo brillante, e imaginaban un decorado de palacio de titiritero ambulante tras las ventanas con cortinas. Luego caminaban hacia el río, por donde las calles se iban estrechando y el adoquinado era sustituido por barro apisonado, los edificios menguaban, las puertas encogían y se torcían, los perros ladraban y los ceños de sus habitantes se fruncían en una mirada de curiosidad y desconfianza. Otro recién llegado, otro estómago humillado. La ciudad se expandía. Quien entonces se abriera paso por entre las faldas llenas de maleza del monte y subiera al castillo, desde sus almenas vería los barrios de casas de adobe desparramarse en la distancia, por el campo de Calatrava, viviendas improvisadas con maderas y chapas entre caminillos retorcidos en los que brillaban las aguas residuales.

Acosada por estos barrios de Esperanza, la pedanía, como un foco de resistencia, mantenía vigentes las casitas encaladas, la ropa limpia tendida al clareo y la plazuela recoleta en cuya fuente bebían los pájaros, como si todo ocupara el lugar que siempre había ocupado. Cada mañana temprano, cuando las calles aún estaban azules, mi tío Isidro atravesaba la pedanía con la mula hacia la huerta, de donde regresaba cuando el sol declinante teñía las fachadas de naranja. Los años se sucedían apacibles, con esa constancia del tiempo bien trabajado. Mucho después, cuando su estancia en el trópico tenía ya la textura de los recuerdos lejanos, encontró un mediodía en la huerta a Juan Expósito, acostado a la sombra de un olmo. Un moscardón sobrevolaba su cabeza y junto a él se hallaban las cáscaras rebañadas de una sandía. A juzgar por la ropa ajada, la chaqueta a la que le faltaba una manga y el pantalón con los bajos deshilachados, sin cinto y descalzo, era cierto que a

Juan las cosas no le habían ido muy bien. ¿Qué tipo de hombre se levanta y huye cuando alguien lo despierta tocándolo suavemente en el hombro?

Circulaban acerca de Juan Expósito rumores que le atribuían o un ánimo perezoso o un carácter díscolo, y no faltaba quien lo acusara de estar gafado e incluso de ser víctima de un mal de ojo. Desde que, tras el final de la guerra, la cotización social de los soldados licenciados fue declinando, Juan había pasado por no menos de una docena de empleos. Cualquier otro trabajador no hubiera gozado de tantas oportunidades, pero él contaba con la confianza y la recomendación de los frailes que lo habían criado, que intercedían en su favor. De unos empleos acababan echándolo y de otros se marchaba por su propio pie, aunque del último se despidieron tanto él como el resto de los trabajadores y el propio dueño, pues el almacén ardió. Se trataba de un centro distribuidor de papel. Las bobinas se acumulaban ordenadamente en los estantes, situados hasta a siete metros de altura, de donde había que bajarlas con poleas que se deslizaban de un extremo a otro de la nave, colgadas de unos carriles empotrados en el techo. Olía a madera fresca y a química. Al comienzo de la jornada, tras haber permanecido varias horas con las puertas cerradas, caminar por el almacén recordaba a un paseo por un bosque de eucaliptos. Los obreros aspiraban casi con placer aquella atmósfera clínica que se clavaba en el cerebelo y producía un suave mareo. Juan trabajaba en el turno de noche, y antes del amanecer tomaba el camino de regreso hacia el otro lado del río, donde se alojaba en una de aquellas viviendas de techos remendados. Amaba hojear el primer periódico aún más que mordisquear el pan recién hecho. Recoger el ejemplar que un niño le ofrecía, poner los diez céntimos en la mano extendida, luego desplegarlo mientras caminaba con la cabeza gacha por el caminito escarchado, humedeciendo con su aliento la tinta fresca de los titulares. Aquel periódico se había impreso en el papel que él había descargado, en aquellas manchitas negras había un poquito de su esfuerzo. Con el derecho que su trabajo y su lectura matinal le otorgaban, muchas tardes, antes de dirigirse de nuevo al almacén, se sentaba con una infusión en la segunda fila de asientos de la tertulia del café Palas y escuchaba a los intelectuales y a los artistas. Nunca hablaba, pero retenía algunas frases brillantes que iluminaban la realidad por un instante, mientras que otras las masticaba en su memoria y las rebatía a solas, ahogándose en ese debate imaginario del que siempre salía con más dudas. Como un náufrago, también él necesitaba un madero al que aferrarse en alta mar. De todo se hablaba y casi todo estaba sometido a revisión. Participaban en la tertulia, entre otros, don Silvestre el arqueólogo y un boticario de la misma calle, y ambos se expresaban con tanto mimo como al acariciar sus piedras y al preparar sus compuestos medicinales. Un cirujano no haría uso del bisturí con mayor delicadeza al abrir las carnes. De toros se hablaba poco y en voz alta, como de las mujeres y de ese nuevo juego de equipo, el balompié, importado de las islas británicas y que consistía en empujar una pelota con la pierna hasta meterla entre los tres palos del equipo contrario, dos de ellos verticales y uno travesaño. De pintura y de literatura también se hablaba, con afectación, porque parece más importante la palabra que pocos entienden. De ciencia, sólo a veces y de pasada, puesto que ésta se formula con ecuaciones y allí todos admitían por consenso estatutario de la tertulia, le pesara a quien le pesara, así fuera al Gobierno como a la

Iglesia, que nada había que discutir cuando lo habían demostrado las probetas. Y de política, con prudencia, pero con profusión. Los tejemanejes de los gobernadores y las promesas incumplidas de los diputados... nada escapaba a la crítica; aunque a veces se esperaba a que el café cerrara sus puertas para proseguir la cháchara a media luz y en voz baja, con vino tinto de mejor añada y previa presentación de los asistentes. Se evitaban así orejas con pabellón auricular demasiado grande, con entrada en la tertulia y salida en los sótanos de gobernación. Llegado el momento, don Silvestre ponía en pie su figura menuda, se ajustaba el monóculo en la cuenca del ojo y, con la voz griega y las palmas apoyadas en la mesa, decía palabras que Juan juzgaba enigmáticas:

—Esta noche damos la bienvenida a caras nuevas. Todos me conocéis; por mi condición social puedo consagrar buena parte de mi tiempo al estudio y permitirme decir aquello que pienso; y sabéis que en virtud de las leyes, que cumplo, y del alto ideal de la República, que comparto, acato humildemente la constitución monárquica por imperativo legal. Si alguien desaprueba mi libertad, que lo exprese con la suya en este momento o renuncie a coartarla para siempre.

Con un ojo encogido tras el monóculo, la mirada deslizada entre sus manos blancas, esperaba. Todos permanecían sentados, y los veteranos miraban con interés a los nuevos contertulios, que guardaban silencio y asentían con una inclinación apenas perceptible de la cabeza. Finalmente, don Silvestre inspiraba, alzaba tímidamente la barbilla y el vaso y decía:

—Hoy el vino es de la mejor calidad, señores. Salud.

El concurso de varios provocadores acabaría temporalmente con la tertulia. Desde primera hora de la tarde, individuos de traje oscuro, sombrero hongo y semblante cetrino se sentaron en la tercera fila e interrumpieron las alocuciones con carraspeos y toses. Uno de ellos taconeaba continua, machaconamente la baldosa con la suela de metal de su zapato, y cuando cierto contertulio hablaba, difundían en susurros, de boca a oreja, chascarrillos sobre su mujer. Cuando alguien prolongaba mucho su charla, lo acusaban de «aburrido» y pedían que pasara la palabra, a veces tan sólo se llevaban la mano a la boca y bostezaban ruidosamente. Hasta que se les presentó la oportunidad de exponer un argumento incontestable en contra de la teoría del difunto señor Darwin:

—Si fuera cierto que descendemos del mono, ¿por qué sigue habiendo monos?

Se produjo un silencio incómodo, que rompió otro desde el lado opuesto de la mesa:

—Si todos descendemos del mono, ¿por qué usted no ha evolucionado?

Se cruzaron insultos, las sillas volaron por el aire, contra el mostrador y contra los ventanales, y los partidarios del creacionismo se enzarzaron a puñetazos con los seguidores del evolucionismo, y mientras que una parte de los clientes del café salía precipitadamente del local, una cuadrilla de guardias urbanos, que esperaban en los aledaños, fueron entrando porra en mano por otra puerta.

Don Silvestre y otros miembros de la tertulia pasaron aquella noche en comisaría, y aunque fueron puestos en libertad antes del alba, las reuniones en el café Palas se prohibieron hasta nueva orden. El local había quedado destrozado. «¿Quién pagará los desperfectos causados en la propiedad de este honrado padre de familia?» se preguntaba la Unión Patriótica en una carta al director publicada en *El Correo de la Verdad*. «¿Qué ha traído la modernidad? Confusión, desorden, anarquía. Mujeres que no quieren atender su casa, trabajadores que no quieren trabajar. Quien siembra con dudas los caminos del orden, ¿no está allanando el camino de las bombas?» El editorialista del semanario *La Gaceta Ilustrada*, por su parte, expresó de un modo un tanto críptico que «no existen pruebas sólidas de que visitaran la comisaría quienes debieron visitarla», que no procedía «meter tertulias y desorden en un mismo receptáculo» ni «mezclar la modernidad con la bomba de Mateo». Respondía así, de un modo que pocos entendieron, a la alusión de la Unión Patriótica, que había vinculado la tertulia con el reciente atentado sufrido en las calles de la capital por el joven rey, el mismo día de su boda, a cargo de un anarquista provisto de una bomba casera, y del cual había resultado ileso.

La misma noche en que *El Correo de la Verdad* se disponía a imprimir en sus páginas la nueva carta de la Unión Patriótica, los trabajadores del almacén de papel se pusieron en huelga. Con ella secundaban la que ya habían iniciado los impresores, que se negaban a entintar el periódico que acogía la dura soflama. Ésta acusaba a don Silvestre de ser el editorialista anónimo de *La Gaceta Ilustrada* y al difunto señor Darwin de sufrir mareos al navegar y de no haber abandonado su camarote durante la travesía del *Beagle*. Pero, sobre todo, exigía la persecución de los líderes de las asociaciones de trabajadores, que albergaban el propósito de acabar con la propiedad, sostén de la familia y de la solidaridad entre las generaciones de propietarios. Cuando el fuego se desató, la mayoría de los trabajadores del almacén y muchos otros que se habían sumado a la huelga desde varias imprentas de la ciudad se hallaban a la puerta. Estaban dispuestos a impedir el paso a un destacamento de soldados enviados para garantizar el suministro. En un extremo de la calle, formados en silencio, había tres filas de soldados bisoños con chorros de sudor que les resbalaban desde las patillas y se colaban bajo los cuellos almidonados; en el otro extremo, un montón de obreros de brazos peludos con las piernas temblorosas, un ojo al frente y el otro en la boca de un cercano callejón por el que escapar corriendo. Ya resonaban los hierros de los caballos de la guardia urbana montada, que se acercaban al trote. Todos, personas y caballos, relajaron un instante la musculatura cuando el resplandor rojo irrumpió en las ventanas. Las llamas ya alcanzaban varios metros de altura y lamían el tejado. Se oyó un cras, se vio una llamarada, y el cristal de una de las ventanas cayó hecho añicos. Los mismos soldados y obreros que apenas unos segundos antes se estudiaban desde lejos con la mirada, ahora se precipitaron juntos hacia el almacén con el propósito compartido de luchar contra el fuego. Improvisaron una cadena de brazos para traer agua en cubos desde el pozo cercano, mientras que otra mucho más larga se estiró hasta la misma orilla del río. Media docena de trabajadores y otros tantos soldados se iban pasando los cubos de agua que Juan Expósito sacaba del brocal. Lejos de apagarse, el fuego se avivaba, las llamas se estiraban, las vigas del techo se desmoronaban...

Horas después, con el sol ya alto, del almacén sólo quedaba un montón de maderos carbonizados. El inspector de la guardia urbana, que caminaba pisando las cenizas humeantes, hundió los dedos en un cubo que había al pie del pozo y luego se los llevó a la nariz. El agua olía a petróleo.

Hubieron de pasar diez días antes de que un fraile, el hermano Adrián, fuera autorizado para visitar a Juan Expósito, detenido en los sótanos de gobernación. Era un fraile calvo y herético, que había hecho votos de llevar siempre descalzo el pie izquierdo. La sala de visitas se hallaba en la planta primera en una pieza con vistas al patio interior. Por entre las rejas de la ventana asomaban las hojas trepadoras de una hiedra, cuyas raíces se hundían diez metros más abajo, en los muros de los calabozos. El hermano pasó adentro mientras que el guardián cerró la puerta y se quedó fuera. Juan se hallaba sentado en una banqueta. Las vendas le cubrían el torso y la cabeza, como una momia. Tenía un brazo en cabestrillo y una pierna entablillada, la nariz rota, un ojo hinchado y pocos dientes. El fraile suspiró:

—Juan... ¿Qué vamos a hacer contigo?

—Yo no he sido, hermano; se lo juro por lo que más quiera —farfulló con voz de caverna desde el interior de las vendas.

—Te creo, Juan. Por eso estoy aquí, y estos señores están dispuestos a dejarte salir sin cargos.

—Gracias, hermano, gracias.

—¿Quién echó petróleo en los cubos?

—No lo sé, hermano. Ya se lo he dicho a ellos cien veces; no lo sé, se lo juro.

—Pero ¿cómo es posible que no olieras el petróleo?

—Estaba constipado.

El fraile torció el gesto.

—Es la última vez que podemos ayudarte. En esta ocasión lo hemos conseguido, pero nos ha costado Dios y ayuda. Rezaremos por ti.

El fraile miró a su espalda, hacia la puerta, y luego se acercó un paso más a Juan. Le puso una mano en el hombro y éste se retorció de dolor.

−¿Cómo te has hecho esto, Juan?

Juan miró hacia la puerta. En el resquicio apreció la sombra del guardián, que en ese momento carraspeó.

−Me he caído por las escaleras, hermano −dijo finalmente Juan.

Hasta el mediodía en que mi tío Isidro encontró bajo el olmo a Juan, que se había tendido tras dar satisfacción a su estómago, pasaron no menos de dos años. En ese tiempo, había recorrido muchos caminos y había visitado muchas más ciudades. Dijeron haberlo visto en el norte con los riñones doblados en la vendimia y en el sur hundido hasta las rodillas en el lodo rojo de las minas. También lo vieron en la capital, acostado en las escalinatas de una iglesia, con un cartel de ciego, gafas oscuras y barba de tres meses, vestido con unos harapos que dejaban al aire la cadera con la marca del cangrejo. Acostumbrado a ser despreciado, a que se desconfiara de él, a huir cada cierto tiempo en busca de otro pueblo donde no se le conociera, las palabras cálidas de Isidro le confundieron.

−¿Por qué huyes, Juan?

Se detuvo y volvió la cabeza, miró atrás por encima del hombro. Isidro añadió:

−No está bien que el amigo al que no se ve desde hace años se vaya tan pronto.

Compartieron la tarde y el vino, y al final del día ambos acordaron con la palabra y un apretón de manos un contrato de aparcería. La huerta podía dar mucho más de lo que Isidro era capaz de cultivar y de vender por sí solo, así que en adelante Juan le ayudó con los mimos que la tierra requería, con la mejora del pozo y del vallado, y a cambio recibió los productos de las tomateras y las meloneras que él mismo plantaba. Jueves y sábados, iban juntos al mercado, instalaban sus tenderetes junto al pórtico de la catedral y vendían el género a buen precio; no tan barato que no les aprovechase el esfuerzo, ni tan caro que luego sobrara y hubiera que tirarlo. Las mujeres que le compraban a Isidro las granadas, luego le compraban a Juan los melones, y las que le compraban a Juan los tomates, luego le compraban a Isidro los ajos, de modo que entre los dos puestos se marchaban todas con la ensalada y el postre en la cesta.

Muchas mañanas, cuando Isidro llegaba a la huerta, ya estaba Juan hablando con sus tomateras y acariciando los bancales con el azadón. Fue recuperando peso y desarrugando el ceño, y llegó el día en que Isidro lo oyó silbar para sí. A mediodía se sentaban bajo un olmo y compartían la bota de vino, la hogaza de pan y el pedazo de queso. Ninguno de los dos sentía la necesidad de decir lo que cualquiera sabe: que el pan, el queso y el vino bien ganados saben mejor que el mejor de los banquetes.

4

El fondo del jardín permanecía en sombra casi todo el invierno. Aunque la primavera ya se había anunciado la tarde anterior con un breve rayo de luz en el muro, la escarcha amaneció en las baldosas. La helada cubría de blanco la tierra y quemaba las raíces delicadas. Tras el cristal de la ventana, la señá Clara miraba casi con temor las ramas desnudas de los rosales recién podados. Que un arbusto espinoso, recio y desgarbado pudiera derramar luego tanta belleza la inquietaba. Los días se alargaban. En apenas dos semanas, los rosales extenderían sus ramas en busca de la luz y se llenarían de hojas. Pronto las flores se abrirían sin pudor. Hasta seis cosechas consecutivas daban los rosales cada año. En la primera, las flores eran tan grandes que sólo se podían abarcar con las dos manos, y los tallos se vencían con su propio peso.

Las manos de la señá Clara ya no eran tan suaves ni su pelo tan brillante. Se sentía endurecida por dentro, como si el secreto que guardaba le hubiera empedrado el pecho para vencer la tentación de escapar. Casi todos los sábados se cruzaba en la misma callejuela del mercado con Mercedes y su hija, Alejandra.

–Buenos días, Clara.

–Buenos días, Mercedes.

–¿Ya ha hecho la compra?

–Tan temprano como siempre.

Miraba a la niña, que alzaba hacia ella sus ojos grandes, pero Clara volvía a fracasar en su intento de decirle o hacerle un cariño.

–Hola, Alejandra –se atrevía finalmente a decir, apenas sonriendo.

–Hola –respondía la niña, que la miraba con curiosidad.

Clara se contentaba con saludarlas. Si no se cruzaba con ellas, sabía que más tarde podría verlas a lo lejos sentadas en la terraza junto al parque. Cuánto se desesperó un sábado en que no acudieron a Titulcia. Deambuló durante horas por el mercado para hacerse la encontradiza, sin encontrarlas. A lo largo de la semana, varias veces paseó junto a la cancela de la finca del conde y distinguió en las ventanas del palacete las cortinas echadas. ¿Les habría ocurrido algo? El sábado siguiente madrugó y luego caminó por la callejuela con su cesta al brazo y el pulso acelerado.

–Buenos días, Clara.

–Buenos días, Mercedes.

–Hola –saludó Alejandra.

Otra vez las cosas eran como debían ser, pensó la señá Clara con alivio. O al menos volvían a ser como los últimos años. También la mentira nos consuela, cuando se convierte en rutina. Ya había arrinconado sus deseos de confesarle la verdad a Isidro. En una ocasión prometió a Mercedes que nunca se lo contaría, y aunque muchas veces estuvo a punto de faltar a su promesa, ahora le angustiaba la posibilidad de decirlo tanto como en otro tiempo le había afligido el hecho de callarlo. Si Isidro había vivido tranquilo, incluso feliz, sin una mujer ni una hija, ¿qué ganaría con saber que las había perdido?

Isidro no había dejado de ser un niño para Clara, ni siquiera cuando tuvo que partir para la guerra de ultramar. Eso también la ayudó a su regreso a no declararle su paternidad: un niño, incluso tan grande, no podía ser padre. Su madurez la golpeó con violencia tiempo después, al pasar una mañana temprano junto a la puerta entreabierta de su cuarto. Acababa de poner abajo la mesa del desayuno, los dos tazones de leche con achicoria, la media docena de magdalenas calientes, cuando en el pasillo percibió el olor de Isidro. La brocha con jabón, el sudor denso. Se afeitaba frente al espejo. Con una mano sostenía la navaja mientras que con la otra se estiraba la piel del cuello. Ras, ras. Cada tanto hundía la hoja en el agua y la agitaba. Tenía el torso desnudo, tensos los músculos de los brazos, pelo en los hombros y en el pecho. Admiró los movimientos lentos de la navaja sobre la piel, la espuma sucia arrastrada por la hoja, el clin-clin del metal contra la palangana. «¿Por qué he callado?» se preguntaba a sí misma. Tenía la impresión de que todos en la pedanía lo sabían menos el propio Isidro; que los hombres sonreían, que las consuegras cuchicheaban. Nadie, ni la misma Mercedes, hubiera podido reprocharle que dijera la verdad a Isidro tras su regreso. Pero el tiempo la había convertido en cómplice. Si ahora hablaba, sabía que él la acusaría por su silencio de años. Quizá lo perdería.

La buena marcha de la huerta, gracias a la sociedad entre Isidro y Juan Expósito, permitió que la señá Clara dedicara recursos a mejorar los cultivos del jardín. Ése era su reino, lleno de flores al abrigo del viento, con una tapia alta y blanca que era como una muralla que la resguardaba de las bandadas de pajarillos sin alas. No sólo los rosales, sino también las hortensias, los pensamientos, los claveles y los tulipanes iban turnándose y rivalizaban en atraer la atención y en reclamar cuidados. El patio se atestó de recipientes de cerámica y macetones de madera, cuyas junturas eran perforadas por las raíces más atrevidas para colonizar otros macetones vecinos. Una vez a la semana, una gitana lustrosa venía en una carreta con las dos navajas negras y peludas que eran sus dos hijos. Al partir se llevaban un cargamento de flor cortada. En los barrios de Titulcia y en todos los pueblos de la comarca se sabía cuándo llegaba la carreta de la gitana por el aroma que la precedía y que iba desparramando. Las novias daban un codazo a sus novios; las casadas echaban agua fresca en el jarrón vacío; las solteras abrían los postigos y adelantaban el busto sobre los alféizares; las beatas se probaban por encima un vestido atrevido frente al espejo del armario, que enseguida cerraban, avergonzadas. La gitana, que se llamaba Nubia, había venido al mundo una noche de luna llena y había sido criada en el límite del desierto. Auguraba, para todos, años de cosechas generosas, trabajo extenuante y niños correteando descalzos y alegres por las calles. A quien le pagara por escrutar las líneas de la mano le presagiaba también oro, pasiones y un corazón de roble.

—Veo felicidad ajena en esta casa —le dijo a la señá Clara.

—¿Por qué «ajena»? —preguntó.

—Yo sólo digo lo que veo, mi alhaja.

Y fue cierto. Con los dineros de su factoría de flores, la señá Clara tiró tabiques e hizo dormitorios, abrió más ventanas a la calle y encaló la fachada, puso un fogón mayor en la cocina. Por último, instaló en medio del jardín, entre las flores, una mesa con un sobre de granito de una sola pieza procedente de una lejana cantera de la tierra de las meigas y en el que cabían no menos de veinte comensales. Era este sobre tan grande y pesado que hubo de ser traído en un solo vagón del tren y para colocarlo sobre sus robustas patas fue necesario el esfuerzo aunado de veinte obreros. Éstos fueron los primeros en poner los codos en la mesa. Y viendo la señá Clara cómo el porrón de vino pasaba de mano en mano, con qué alegría viajaban las cucharas desde los platos de estofado de lentejas hasta las bocas, supo que bien podía ser ésa la felicidad ajena de la que le había hablado Nubia. En poco tiempo, la fama de sus guisos y la blancura de las sábanas corrió entre el gremio de los viajantes de comercio. No había vendedor de vajillas, ni de mantones de Manila, ni de postales de *cocottes* ligeras de ropa que acudiera a Titulcia y no se alimentase y durmiese en la fonda. A diferencia del hotel del centro de Titulcia, nadie les subía la maleta al dormitorio y en la fachada no había ningún cartelón, sino tan sólo la frase «Cama y comidas» escrita con carbón en una chapita de madera junto a la puerta. Pero de noche no había más jaleo que el de los grillos y por la mañana los despertaba el gallo y el suspiro de las magdalenas que se hinchaban en el horno. A mi tío Isidro le gustaba compartir su casa y la mesa con extraños. Quienes pasan la noche en un lugar al que sólo vuelven de temporada en temporada sueltan su lengua, no tanto por necesidad de expresar la verdad como por incapacidad para contener la imaginación. Isidro, que había atravesado el océano y había vivido en el trópico, no era hombre que se dejara embaucar. Esas historias de edificios de trescientos metros de altura por cuyas tripas subían y bajaban cabinas pendientes de cables las admitía. En Titulcia ya había edificios de siete pisos comunicados con ascensores, y hacer torres más altas y ascensores con cables más largos sólo era una cuestión de cantidad, del mismo modo que alguien que camina cinco kilómetros puede caminar otros cinco. Tampoco le deslumbraba que existieran mujeres hermosas que bailaban con faldas cortas y enseñaban las nalgas a gritos, que se dejaban caer al suelo abriendo las piernas. ¿No eran las mujeres de los hombres verdaderos, que él había conocido en el trópico, tan hermosas, tan divertidas, tanto o más elásticas? Le costaba admitir aquello de dos científicos que hablaban a través de un hilo desde habitaciones separadas, o lo de aquella caja que reproducía sonidos que viajaban por el aire. Pero don Silvestre, dejando colgar graciosamente el monóculo antes de mojarse los labios con la copa de vino, se lo había confirmado: el progreso era una línea recta por la que la ciencia se desplazaba con velocidad acelerada. Un viajante contó que había visto con sus propios ojos el prototipo de un avión, un aparato de metal parecido a un pájaro, que se elevaba en el aire unos segundos y luego caía pesadamente al suelo. Aunque los demás asistentes rieron y consideraron imposible tal cosa, Isidro habló de los cohetes cargados de pólvora que se lanzaban las noches de fiesta y coloreaban el cielo; y del juego del sapo volador, consistente en colocar al animalito en el extremo del palo del azadón, de tal modo que al golpear su pala con un mazo, salía catapultado y ascendía y ascendía emulando a los pájaros, hasta que caía informe, destripado por la presión.

Entre los viajantes que cada día se relevaban en la fonda, llegó una mañana un señor cordial y liviano, con perilla, chaleco y sombrero de ala. Traía consigo una bolsa de cuero y una maleta de cartón y pidió una habitación tranquila, donde pudiera leer sin ser molestado. Pagó por adelantado quince días. Se llamaba Fernando Platero. Se levantaba al alba cada mañana y, después de desayunar sobriamente en el salón, observando con sus ojos grandes y negros a los demás huéspedes, salía de la fonda con su pequeña bolsa cruzada en bandolera sobre los hombros. Apenas dos o tres horas después regresaba, saludaba con una leve sonrisa y se metía en su cuarto, de donde a veces no salía el resto del día. La señá Clara sentía una simpatía espontánea por él. Le parecía que elevaba el nivel de su clientela, no tanto porque llegara a creer que se trataba de alguien de alta cuna, sino porque hablaba en voz baja, con el tono sereno de quien está cargado de tantas razones que no precisa cacarearlas. Después de recoger la mesa de la comida, la señá Clara a veces le subía el plato humeante que le había reservado y un cubierto.

–Ya se le ha vuelto a olvidar –le decía.

–Dónde tendré la cabeza –respondía él–. Cuánto se lo agradezco. Huele de maravilla.

La señá Clara no se marchaba, sino que le pedía permiso, «si no le importa», y se sentaba en una silla de enea para charlar con él y mirarlo mientras comía. Le gustaba verlo comer con apetito, masticando despacito con la boca cerrada, disfrutando de la ternura del pan, que pellizcaba con los dedos, de los nutrientes de la sopa, que retenía entre la lengua y el paladar. Sin dejar de comer, de vez en cuando desviaba los ojos hacia un libro abierto sobre la mesa.

Fernando Platero albergaba ideas nuevas sobre las cosas. Pensaba que todos los seres humanos pertenecían a la misma especie, los pálidos y los achocolatados, los amarillos y los cobrizos, los enanos y los gigantes. Consideraba que por las venas del hijo del emperador, nacido sobre terciopelo, corría sangre tan roja como por las de una de esas crías que algunas madrugadas, abandonadas en las escalinatas frías de las iglesias, fallecían sin haber conocido una caricia. Afirmaba que no había motivo para pensar que las mujeres no fueran tan inteligentes como los hombres. Sostenía que los seres humanos no eran ni buenos ni malos por naturaleza, que era la sociedad, la biografía y la educación la que los hacía buenos o malos, pero con frecuencia ni una cosa ni la otra por completo, porque la realidad es compleja. Era hijo de una soprano apática y de un zapatero acomodado y se crió junto a la frontera del norte, en una apacible ciudad al pie de las montañas. Fue un estudiante disciplinado y destacado. Pero como anhelaba el sol del sur y no quería pasar el resto de su vida vendiendo zapatos de tacón, en su adolescencia se subió al último carromato de un circo. Tras un largo rodeo, meses después se bajó en la capital, donde se empleó como tipógrafo en una imprenta. Aunque trabajaba de noche, acabaría entreviendo en los papeles la luz que ansiaba, porque lo que componía bajo el resplandor difuso del gas lo devoraba luego junto al ventanuco de su buhardilla y en los bancos de los parques, a la sombra de las acacias. «¿Hay futuro para la humanidad?» se preguntaba. Convivía con los aguadores y las lavanderas, trabajaba con obreros de ojos de niño y hombros de viejo, compartía banco con locos cubiertos de harapos que habían sido muy pobres antes que locos, se enamoraba de niñas violadas y mujeres repudiadas que vendían su culpa en las aceras. Una tarde acudió a una cochera para ver en persona al famoso escritor y revolucionario Vivaldini. La cochera se ubicaba en un patio ciego en el que, cientos de años antes, el público arrojaba tomates hacia los decorados de madera pintada e interrumpía las comedias pataleando. Los asistentes a la conferencia llevaron sus propias sillas plegables, que dispusieron en filas en silencio para no despertar al fantasma del príncipe Segismundo, que pasó su larga existencia en una mazmorra y fue condenado a revivirla centenares de veces en teatros como aquél. La vida no es sueño, pero con sueños y materia se teje el contradictorio tapiz de la realidad. Vivaldini era un hombre mediano, grande, pequeño, cambiante y temperamental, con los codos de la chaqueta desgastados. Se dirigió hacia el fondo de la cochera con un halo de tristeza. No se sentó a la mesa en la que reposaba el vaso de agua, ni siquiera se subió al estrado. Dijo «buenos días», las únicas palabras que conocía de la lengua del imperio, y carraspeó tapándose la boca con el puño. De pie junto a las sillas, casi rodeado por la concurrencia, comenzó a hablar. Su voz era suave, como si se disculpara, pero al poco tiempo creció. Acompañaba sus palabras con gestos de los brazos, que levantaba y contorsionaba. Sus manos huesudas componían coreografías involuntarias. Fernando Platero vio cómo la tristeza del semblante de Vivaldini se disipaba. Aunque empleaba la lengua de los etruscos, todos le entendían, porque hablaba de experiencias comunes. Hablaba de largas jornadas de trabajo en factorías habitadas por máquinas enormes y ruidosas que sudaban grasa, de hombres con la espalda vencida por las poleas, de piernas aplastadas. Tocaba con la palma de la mano la cabeza invisible de un bambino que compartía dormitorio y sopa aguada con siete hermanos, y que sostenía un pico más grande que él; el pequeño tosía en el largo y húmedo invierno y su cuerpo era enterrado bajo cuatro paletadas de barro. Hablaba de una tejedora que se había quedado ciega y del capitalista que a la salida de la ópera, tieso y tocado con el sombrero de copa, arrojaba la moneducha al suelo sin mirar la mano extendida de su ex amante. También hablaba de hombres y mujeres que se erguían y contestaban al capataz. Que decían «basta». Que leían a la luz de un humilde quinqué. Que pensaban. Que se reunían y hablaban, que se organizaban. Los ojos de Vivaldini se iluminaban... Él, Fernando Platero, quería estar con ellos. Quería ser como aquellas siluetas orgullosas que pensaban por sí mismas y se tendían la mano las unas a las otras. ¿Cuánto tiempo pasó? No menos de treinta minutos, al cabo de los cuales Vivaldini se mostraba exhausto y emocionado. Alguien encendió una luz y todos se pusieron en pie en medio de un silencio denso. Un señor se acercó a Vivaldini y estrechó su mano. Una señora lo abrazó llorando. Nadie parecía querer abandonar la humilde cochera en la que se les acababa de revelar la idea para una vida distinta.

Durante años, Fernando Platero, que no estaba dotado para la mímica ni para la oratoria, leyó las obras de los filósofos de la igualdad y la libertad y escribió panfletos. Qué ardua tarea la de entrenar con letras cerebros que a veces no sabían descifrar las manchas de tinta, ¡que casi nunca querían pensar! Se decía a sí mismo que hombres y mujeres llegaban a la madurez torcidos por toda una vida de trabajo que ahogaba su sensibilidad y su inteligencia. Habían sido adobados en la rutina de la tabla de multiplicar sin comprender, del rezo sin creer y de la obediencia sin preguntar.

Cuando a la muerte de sus ancianos padres se acostó pobre y se despertó rico, decidió crear una Escuela Nueva, donde se enseñara a pensar y se estimulara la imaginación, donde la necesaria disciplina naciera de la inquietud. Sus pasos acabaron conduciéndole a la milenaria Titulcia, la de las siete torres, cancerbera de los más antiguos brillos y de añejos conocimientos. En sus mañaneras excursiones por la ciudad, tras el desayuno en la fonda, había buscado un local ventilado y luminoso. Contrató una cuadrilla de obreros. Supervisó los martillos de los carpinteros, las espátulas de los yeseros y las brochas de los pintores. Encargó sillas y mesas, cuadernos y lapiceros, y empleó a una muchacha limpia y puntual que barriera con paciencia y supiera servir tazones de leche caliente con galletas. Le resultó difícil encontrar a la adecuada. A la oferta se presentaron algunas que sabían hacer la colada y dejaban la ropa reluciente, pero gustaban demasiado del palique de comadres. Otras le sacaban bien el polvo a las mantas y las alfombras, azotándolas con saña armadas de una vara, pero no sabían llamar a las puertas antes de entrar. Finalmente llegó una a la que le gustaba cantar y bailar. Aunque la dulce Isabel cantaba desafinando y bailaba desacompasada, al caminar deslizaba los pies sin hacer ruido y, antes de hablar, esperaba a que su interlocutor hubiera callado.

La Escuela Nueva se hallaba en una calle transitada, a medio camino del centro y del río, tan cerca de las vajillas de porcelana como de las escudillas de latón. Cuando circulaba el pesado ómnibus tirado por caballos, haciendo sonar su campana, los ventanales vibraban contentos. Cuánta luz inundaba el aula y se vertía sobre los pupitres. El día de la apertura no acudió ningún alumno. La dulce Isabel barrió tres veces la Escuela Nueva, con ritmo y tarareando, y entre barrida y barrida se sentaba de lado en una silla y hundía el mentón en la palma de la mano. Observaba con curiosidad el globo terráqueo, sus ojos evitaban al sonriente esqueleto de plástico. Fernando Platero, de pie junto a la ventana, pensaba y miraba la calle: el afilador con su bicicleta y su rueda, las viejas encorvadas de vuelta de la iglesia, los aprendices de poco más de un metro vestidos con blusones grises. Había puesto un anuncio en *La Gaceta Ilustrada*, en el que ofrecía a buen precio letras y números. En sus paseos por la pedanía y por los barrios de Esperanza, a las asistentas y a los obreros les había ofrecido lo mismo por nada.

—No quiero su dinero —les decía—. Tan sólo hagan que sus hijos vengan limpios, peinados y contentos.

Quería que no les azotaran, que no les amenazaran con el cinturón ni con el hombre del saco, que les dieran cariño y confianza en sí mismos. Pasaban los días y nadie esperaba a la puerta antes de abrir la escuela por la mañana, nadie abandonaba el aula al cerrar por la noche. Hasta después de una semana no encontró la solución. Decidido, se apartó del ventanal, se puso el sombrero de ala y salió. Abordó en la acera a un pequeño recadero, agarrándolo del brazo. El niño se volvió. De la nariz le colgaba un moco transparente.

—¿Cómo te llamas? —le preguntó.

—Manuel, señor.

—Eres muy mayor. Seguro que no tienes menos de ocho años. ¿Dónde trabajas?

—En el almacén del mercado. Llevo los pedidos.

67

–¿Cuánto te pagan?

Levantó un dedo, un solo dedo.

–¿Una peseta a la semana? –se asombró Platero.

El niño sonrió.

–Un céntimo. Y sopa a mediodía. Los miércoles con pedazos de gallina.

–Está bien. Escúchame, Manuel. Esta noche dile a tus padres que yo te pagaré dos céntimos cada semana si vienes a la escuela. ¿Conoces mi escuela, verdad? –señaló hacia los ventanales–. Aprenderás muchas cosas y conocerás a otros niños. ¿Te gusta la leche con galletas?

La primera decena de alumnos de la Escuela Nueva eran almaceneros que no alcanzaban los estantes con la cabeza y criaditas que no podían levantar los cestos de ropa. Entre los pobres y el recién fundado Círculo del Progreso, pronto corrió la voz de que un filántropo sabio y loco había abierto en Titulcia una escuela donde se enseñaba sin pudor el esqueleto humano y que en la Tierra no había arriba ni abajo. Un ama de casa bien, pero sin servicio, y un almacenista desbordado por el trabajo enviaron sendas cartas de protesta al director de *El Correo de la Verdad*, que disculpó no publicarlas para evitar hacer publicidad gratuita. ¿Pagaba a sus alumnos? Pronto cerraría. El esqueleto sería enviado al trastero y se le cubriría púdicamente con un camisón, y en la Tierra habría norte y sur, oriente y occidente, como desde el principio de los tiempos.

La joven condesa Mercedes acudió de incógnito un día a la Escuela Nueva, acompañada de su hija y de Antonia, la vieja institutriz. Asistieron desde el fondo del aula a la conferencia de Fernando Platero, que explicó con dibujos de colores la circulación pulmonar de la sangre descubierta cientos de años antes por el mártir Miguel Servet, que fue asado en la hoguera por pensar por sí mismo. Eran muchos los curiosos de todas las edades que asistían a las clases vespertinas. Antes de entrar, los obreros se limpiaban las manos y las criadas se desprendían de las cofias. Ni disfrazada con andrajos habría podido disimular Mercedes la piel fina y la voz delicada. Las cabezas se volvieron cuando hizo una pregunta. Una campesina y una obrera se habrían mostrado intimidadas, sólo una gran dama podía conducirse de modo tan humilde. Pero ¿acaso no había sido la condesa una sencilla criadita? ¿No había trabajado tanto como ellos, fregando suelos, golpeando alfombras, frotando calzones? Era sabido que la niña no era del conde, sino de un matrimonio anterior, y se decía que el conde había recogido a madre e hija del arroyo, ¡que estaba perdidamente enamorado y que se medicaba por esta causa!

—No hemos entendido bien la sístole y la diástole —repitió Mercedes su pregunta, levantando una mano.

La hija de la condesa sería en adelante alumna de la escuela, y detrás de ella comenzaron a matricular a sus retoños las baronesas, las hidalgas y las señoronas de Titulcia. Casi se convirtió en una moda aquella escuela abierta desde la mañana hasta la noche, a ricos y a pobres, a hembras y a varones. A Fernando Platero le gustaba decir que allí se aprendía por dos cualidades. Una era la curiosidad. Gracias a la curiosidad, los alumnos se asomaban al claro paisaje de la ciencia, la novela moderna y el arte libre. La otra era la sociabilidad. Gracias a ella, alumnos de diferente condición social y sexo se sentaban en las mismas sillas y a la misma altura, entraban y salían por la misma puerta, compartían espacio, aire e inquietudes. Él no examinaba, eran los alumnos los que se examinaban unos a otros cuando dialogaban, de tal modo que estos exámenes eran menos una comprobación que un nuevo estímulo. Con el dinero que pagaban los padres ricos, se financiaba la instrucción de los hijos de los pobres. Pero todos los niños tomaban la leche con galletas que les servía la dulce Isabel, tralará, y se sonreían los unos a los otros con sus bigotes blancos.

Por fin *El Correo de la Verdad* publicó un artículo, firmado bajo pseudónimo, que venía a poner los puntos sobre las íes, y en cuyos latines muchos entrevieron la sombra del púlpito de la catedral. Era verdaderamente escandaloso que tantas personas de buena situación se abandonaran, por un capricho no contenido, a una práctica que todos esperaban que fuera pasajera. Con la autoridad de sus escasos, purgados y polvorientos libros, el autor concluía que la humanidad está constituida por hombres y mujeres, por los que rezan, los que luchan y los que trabajan. Pues aunque unos nacen ricos y otros pobres, la muerte a todos nos iguala. «Que no mezcle el hombre lo que el derecho natural en su inapelable sabiduría ha separado de una vez y para siempre». Algunos días después, en el mismo periódico se publicó un riguroso informe sobre Fernando Platero: era éste, se afirmaba, hijo de una cantante de cabaret y de un comerciante enriquecido en negocios junto a la frontera; educado en la disolución moral, aún siendo menor de edad huyó de su pueblo con una trupé de vagabundos buscavidas; se sabía que en la capital frecuentó el trato con los bajos fondos de la sociedad, teniendo por amigos a los delincuentes y por amigas a las perdidas; ¿de dónde, cuándo, cómo había obtenido su fortuna?

El primer lunes, dos pupitres se quedaron vacíos. El niño del moco transparente, otra vez ataviado con su blusón de recadero, atravesó correteando la calle y, sin decir una palabra, expresándose con agua en los ojos, dejó caer en el umbral del aula un ejemplar enfajado del periódico. Tal como había venido se marchó, correteando de regreso al almacén del mercado. Fue la primera y la última vez que sus alumnos vieron a Fernando Platero perder los nervios. Con el periódico crispado en la mano, abandonó el aula y se encerró en el despacho. Al día siguiente *El Correo de la Verdad* publicó su escrito de rectificación. Por desgracia, la linotipia estaba desajustada y por la página de cartas al director se extendió una mancha de tinta negra.

Las tardes de lluvia, cuando mi tío Isidro no podía trabajar la tierra, acudía a la Escuela Nueva para recoger a Fernando Platero y regresar caminando juntos a la fonda. Siempre se quedaba de pie junto a la puerta. A veces, Fernando Platero le indicaba un pupitre vacío, pero Isidro rechazaba la oferta. Algunas personas, mayores que él, con las piernas más cansadas, aparecían a mitad de la conferencia y necesitaban asiento. Le aterrorizaban los pupitres. Sobre los pupitres se ponían los libros llenos de letras, y los papeles blancos por cuya superficie se arrastraban gruñendo los lapiceros. Seguía sin saber leer ni escribir, pero le gustaba seguir con el oído las explicaciones del profesor, su voz templada. Escuchaba las descripciones de las partes de una libélula o del ojo humano como quien recibe una revelación. El mundo estaba lleno de cosas cuyo nombre desconocía. «Ala reticulada», «cristalino», «humor vítreo». Cada una de aquellas palabras era una llave que le permitía descifrar y entender lo que le rodeaba.

Y cuantas más palabras aprendía, más le asombraba el mundo: era la libélula aún más hermosa, el ojo humano le maravillaba. En adelante, fue a la escuela incluso las tardes en que no llovía. Coincidía al fondo del aula con otros curiosos y con los padres de algunos niños. También con Mercedes y Antonia, la vieja institutriz, que venían a recoger a la pequeña Alejandra. Isidro había reconocido desde el primer momento a Mercedes e intentaba no mirarla. Se le habían clavado en el pensamiento aquellas pupilas y aquel cabello rojo, encerrado en una redecilla, que había sentido caer libre una vez sobre su propio rostro.

A la vieja institutriz Antonia, que sabía tanto por vieja como por institutriz, no se le escapaban aquellas miradas de Isidro que se fugaban hacia Mercedes, ni la confusión y el sonrojo de Mercedes, que quería y no quería mirar a Isidro. ¡Pobre mi criadita Mercedes, a quien la vida convirtió en condesa! Buscaba la vieja pretextos para que Isidro se acercara a Mercedes y Alejandra. Le pedía al buen mozo que por favor les llevara los paquetes hasta el coche que las esperaba a la puerta. Que por favor le sostuviera el paraguas.

Una tarde radiante de primavera, insistió en regresar dando un paseo a pie hasta el palacete. Despidió al conductor.

—Es un capricho de vieja. Quién sabe si éste será mi último paseo.

Pidió a Fernando Platero y a su amigo Isidro que las acompañasen. ¿No se alojaban en la pedanía y les quedaba la finca del conde de paso? Dando un buen rodeo, es cierto, pero de paso. Se agarró del brazo del profesor y le pidió que le hablase de Servet, de Galileo y de Harvey. Delante de ella iba Mercedes, que componía un ramo con las flores que iba cogiendo de la cuneta del camino, y un poco más adelante Isidro, con un bolsón al hombro, y Alejandra, que musitaba una canción y saltaba sobre un pie y luego sobre el otro.

—Ten cuidado y no te caigas, Alejandra —dijo Mercedes—. Hay piedras en este camino.

Subió la cabeza Alejandra para mirar a Isidro, que bajó la vista para mirar a Alejandra. Sonrió a la niña y ésta le cogió de la mano. Aquella mano fuerte de Isidro la sostendría aunque tropezase con una piedra.

La vieja Antonia sintió que podía morir allí. Era un buen momento y un buen lugar para una criada cansada de la vida. Quería morir allí. Aquel olor a campo y aquella luz. Había merecido la pena llegar a vieja para ver y sentir aquello. Un profesor hablando de ciencia y de justicia, Mercedes con un ramo de flores, dos manos que por fin se encuentran.

5

Un obrero contaba que en su juventud, en el invierno más frío de su vida, recogió de los adoquines una paloma recién caída con las alas cubiertas de hielo.

Las noches de aquel invierno, mi tío Isidro se ponía un pantalón encima del otro y un par de jerséis de lana y, arrebujado en el capote, caminaba a contraviento hacia la casa de montería. La vieja construcción se hallaba a tan sólo diez minutos a pie desde la huerta, en un extremo de la finca del conde. Los terrones crujían bajo sus botas. Distinguía el fleco de humo que brotaba de la chimenea y que se deshilachaba hasta confundirse con la niebla. Durante meses, los dos amantes se miraron allí a los ojos. Copulaban toda la noche sobre un manto de pelo de jabalí, rodeados de cabezas de corzos, entre viejas escopetas y pilas de leña seca, y se perseguían los reflejos del fuego en la piel. Nunca desaparecía por completo el temor a que alguien irrumpiera en la puerta, ni la certeza de que tendrían que volver a separarse. Mercedes acudía a sus citas en un caballo andaluz, negro, ella misma envuelta de los pies a la cabeza en una capa oscura. Salía del palacete bajando en tirabuzón las escaleras empinadas de la torre, cuya portá desembocaba en campo abierto. Regresaba antes del amanecer por el mismo lugar. Se sentía turbada a menudo a lo largo del día, como si el secretario y el contable, las damas que la visitaban o los invitados de su marido pudieran leer sus pensamientos. Isidro le decía: «Este beso en la rodilla para que te acuerdes de mí en el desayuno», «este beso en el ombligo para que por la tarde sepas que pienso en ti», «este beso en la nuca te recordará que mañana debes regresar a mi lado».

–El sábado pasado estuve en la colecta, querida amiga –le decía una señora, sentada frente a ella, con un humeante tazón de chocolate en la mesa–. Vino con nosotras la señora de tal. Tenía un collar con perlas como aceitunas. Ya sabe usted que no soy dada a exagerar. Y se lo dije. ¿No sería preferible guardar ese hermoso collar para los bailes? Ay, no es lo más propio para una colecta, qué pensarán los pobres que nos ven. Estas nuevas ricas... Disculpe, querida... No recordaba. En fin. Fue una pena que no viniera, es usted tan guapa. Yo creo que les ablanda el corazón y el monedero. ¿Por qué será si no que el bote acaba más lleno cuando está usted con nosotras? Espero que venga el próximo sábado. (Ya sabe, querida, que más vale deshacerse hoy de cinco a que te quiten mañana veinte.) Serán un par de horas. Luego podemos ir de compras. Pero ¿se encuentra usted bien? Parece mareada...

–No es nada. Un enfriamiento.

–Entiendo. Hay que abrigarse muy bien con este frío. Sobre todo cuando se monta a caballo por el campo y cae la noche. Líbrenos Dios de otro invierno como éste. Por cierto, el chocolate está bueno, pero le recomiendo que ordene que le añadan un palito de canela...

Aunque en nada había cambiado el trato del propio conde hacia ella, también tenía la impresión de que él albergaba sospechas. En las primeras horas de la noche, le parecía oír que sus pasos se acercaban por el corredor y que giraba el tirador de la puerta, para cerciorarse de que estaba cerrada. Las noches de los sábados, como todos los sábados desde que se casaron, ella recorría en sentido contrario el mismo corredor hasta el ala donde se hallaban las habitaciones del conde. Caminaba descalza como una gata. Con una mano alzaba el camisón para no arrastrarlo por el suelo, con la otra sostenía en alto un candelabro. Como si el mundo estuviera hecho al revés, era en aquellos encuentros cuando se sentía adúltera. Entonces se desdoblaba. Mientras su cuerpo permanecía echado boca arriba en la cama con baldaquino, otra parte de sí misma espoleaba al caballo hacia la humilde casa de montería. ¿Hablaba en sueños? A veces despertaba bañada en sudor en su cama, con el olor a la saliva de Isidro en el pezón, con la sensación de que alguien la había espiado mientras dormía. Desde que falleció la vieja Antonia, no tenía a nadie en quien abandonar la cabeza ni los pensamientos. Se palpaba el regazo con temor. Su vientre se mostraba poco a poco más abultado y no podría disimularlo mucho más tiempo. Estaba embarazada de su marido. Ahora renegaba de aquel hijo que durante años anheló como encarnación del vínculo contraído con el conde. Estaba asustada. ¿Podría quererlo? Aquel niño no tendría culpa alguna de no haber sido concebido con amor, sino tan sólo con respeto. Crecería feliz, ocupando por derecho propio el trono en el que durante unos años se había sentado Alejandra.

Sólo por la niña se mordía la lengua para no confesarle a Isidro que era hija suya. Una vez más le había arrancado a la señá Clara la promesa renovada de que tampoco ella se lo diría. Alejandra había crecido llamando «Esteban» al conde, con el relato de que su padre natural había fallecido antes de que ella naciera. Esta verdad difusa se aceptaba con la misma confianza con la que sabemos que unas estaciones se suceden a las otras. Su padre, le decían, había muerto en el lejano trópico en el curso de la guerra colonial. Esto, que fue dicho como verdad durante mucho tiempo, después fue repetido como mentira. El regreso de Isidro superviviente fue primero una noticia a la que Mercedes no daba crédito; luego, el instrumento de cuerda que desentona en una orquesta de metales. Ahora hacía el amor con Isidro apasionadamente, lo mordía y lo arañaba con la urgencia de lo que acabamos de recobrar, con la desesperación de lo que estamos a punto de perder para siempre. El frío arreciaba. Se despedían casi sin mirarse, para no sentir en los párpados la hoja del cuchillo que los separaba. Una noche recorrieron a caballo envueltos en el capote las calles de Titulcia. Había vagabundos que dormían su miseria en los soportales de la plaza Mayor. Una luz mortecina se reflejaba en los ventanucos de los talleres, donde gruñían los telares. Un galgo hambriento y asustado caminaba pegado a las fachadas. Cuando un alguacil hizo sonar el silbato, los dos amantes huyeron al galope.

El conde había sido infinitamente bueno y paciente con Mercedes. Nunca le dirigió una mala palabra. Cada mañana, sin falta desde el día que se casaron, por orden suya la doncella que servía el desayuno a Mercedes le llevaba en la bandeja una orquídea, recién cortada del invernadero adosado a la fachada sur de la casa. El conde era un hombre no muy alto, de patillas plateadas y nariz aguileña. Aunque tenía la espalda vencida y era enfermizo y propenso al carraspeo, conservaba los ojos ovalados de su juventud. Un poco de nieve blanqueaba los hombros de sus trajes negros. Ni la esencia de albahaca ni la loción de la doctora Frau Alles habían conseguido derrotar a la caspa. Hablaba despacio y poco, con el comedimiento de quien es consciente de sus limitaciones. Pero la treintena de personas del servicio convenía en que desde la llegada de Mercedes parecía otro hombre, menos amarillo, menos triste... ¿Había algo que los de la planta baja desconocieran de cuanto sucediera arriba? No había sido feliz en su primer matrimonio, tampoco ellos. De su primera y difunta esposa, que en paz descanse, decían que era una cotorra que se ponía más telas que un repollo y se aderezaba como una ensalada. Nunca gritó de placer una sola vez las noches de los sábados; los gritos los reservaba para reclamar la presencia de una criada cuando no encontraba en el vestidor un par de zapatos, para echarla después de que ésta se los hubiera encontrado. El puesto semanal de doncella de la señora se rifaba en la cocina, de modo que la ganadora pelaba las patatas. El hijo de la pareja fue recibido con ilusión por los habitantes de la casa. ¿Contribuiría a suavizar el vinagre? ¿Ablandaría la piedra? Pronto debieron protegerlo. Miguel bajaba a todo correr la escalera, espantado por la cólera materna, y entraba con los ojos llorosos en la cálida cocina, donde se abrazaba a las piernas del jardinero, del ama de llaves o del caballerizo. Cuando, víctima de un vahído, falleció su difunta esposa, que en paz siguiera descansando, el conde los mandó llamar al salón, donde todos se reunieron graves y carilargos. Sacó de un bolsillo la nota que tenía preparada y leyó:

—Sobreviene un momento en la vida de un hombre en el que se derrumba el, ejem, pilar que hasta entonces

78

lo había mantenido en pie. Sólo mi hijo me estimula ahora a seguir adelante. Les pido que vistamos de luto unos meses, ejem, que ninguna voz destemplada venga a turbar la sentida tristeza de esta casa y que... perdón, corramos las cortinas para evitar que la luz hiera nuestro recogimiento.

De madrugada, los miembros del servicio fueron entrando de luto riguroso en la cocina. Con el calor del brasero y del vino, se iban quitando los trajes y los vestidos y se quedaban en calzones y en enaguas blancas. A los niños se les dejó que mojaran los meñiques en las copas de anís. Todos cantaron con voz queda. Forraron con trapos las sonajas de la pandereta para que guardaran la compostura. Y no tanto para impedir que entrara la luz de la luna como para que no se les viera bailar desde fuera, mantuvieron las cortinas echadas.

Las cortinas se descorrieron de nuevo años después, la misma mañana en que Mercedes, aún cohibida y con Alejandra en brazos, ascendió por primera vez la escalinata de la fachada principal del palacete. Le dio un vuelco el corazón al penetrar en un vestíbulo de techos tan altos. Caía la luz rota en colores desde las vidrieras y resbalaba por el suelo de mármol. Desde las paredes la miraban con curiosidad diez generaciones de hombres de óleo con napias de águila. Las mujeres, más hermosas, no menos severas, mantenían el mentón alzado y el cuello largo, embutido en pliegues de satén. Todas ellas estuvieron dotadas de hombros fuertes acostumbrados a cargar pedrería. La boda tuvo lugar allí mismo al día siguiente. Se celebró en la capilla particular, a puerta cerrada, con la presencia del cura, dos testigos y los respectivos hijos de los cónyuges. El servicio doméstico al completo esperó de pie fuera, en el vestíbulo. Cuando tras la bendición del cura resonó el lloro de Alejandra en su cuna, también la cocinera y la lavandera lloraron, y el cochero disimuló una lágrima pasándose el pañuelo primero por la mejilla y luego por la frente. Ya estaban todos allí cuando la novia había salido de su cuarto y, sin música pero majestuosa, había descendido la escalera. Los miró de frente, con tal humildad en las pupilas, que tuvieron la sensación de que con el conde se casaba una de las suyas. Se sintieron reafirmados al verla salir de la capilla tan sencilla como había entrado, quizá algo más alta. Vestía de crema, sin más adorno que una pulsera, unos pendientes de plata y, en el pelo, un imperdible. El secretario, siguiendo una costumbre de cinco siglos, se adelantó y se plantó ante la pareja. Dijo con solemnidad:

–Señora... señor conde... les ruego acepten la felicitación de los habitantes de la planta baja.

Luego procedió a cruzar el pie derecho por detrás del izquierdo, flexionó levemente las rodillas y, al tiempo que doblaba enérgicamente la espalda, describió un amplio círculo de izquierda a derecha con su diestro brazo, rozando el suelo con los nudillos. Era ya un hombre entrado en años, y aunque había estado practicando la reverencia una semana, luego pasó otra en cama con los riñones entumecidos.

¿Cómo es posible que la rutina diaria de un hombre pudiera transformarse de modo tan extremo? El mismo conde que desayunaba a mediodía en camisón, aún más cansado que al acostarse, ahora madrugaba y se rehacía el nudo de la corbata. Antes arrastraba las pantuflas por el pasillo, ahora lo tableteaba con las suelas de los zapatos. Si por las tardes el esfuerzo lo sumía de nuevo en su añejo abatimiento, por las mañanas derrochaba energía. Trabajaba intensamente en su despacho. No eran sólo los efectos de la dosis de tropocaína que, emulando a los más avanzados hombres de la época, se inyectaba en la sangradura del brazo tras el aseo matinal: Mercedes le había inspirado nueva vida, ansias de generar y producir. Acababa de descubrir la fiebre de dar zancadas hacia el futuro, la pasión por la máquina y el número. Con el dinero de la venta de lejanas propiedades agrícolas improductivas, financió las primeras acciones de la Sociedad Titulciana de Fomento. Invirtió en minas y en siderurgia y dispuso la construcción río arriba de una fábrica de luz, cuya energía alimentó las ruedas dentadas de las factorías. Desde el ventanal de su despacho miraba girar las grúas en el horizonte de la ciudad, los trenes que llegaban con hierro bruto y se marchaban con chasis cromados. Escuchaba en su imaginación el runrún fabril, los engranajes y los martillazos. Con parte de los beneficios patrocinó conciertos de música y exposiciones de pintura. Amaba la disonancia y los paisajes de colores imposibles. Qué hermosos eran el ruido y el movimiento, el progreso. Ordenó a su servicio doméstico que nunca más volvieran a llamarlo conde. Renunciaba al pasado, repudiaba la tierra y los títulos, abrazaba la industria y la incertidumbre. Él no era un noble, era un liberal. En adelante se llamaría «don Esteban».

Cuando Mercedes le comunicó su embarazo se sintió satisfecho. Sentados el uno frente al otro a la mesa del almuerzo, ella se lo dijo como quien pronuncia un parte médico, ocultando su nerviosismo. Pero enseguida se levantó azorada y, llegando hasta él y arrodillándose, lo abrazó y apoyó la cabeza en su pecho. Mercedes no se abrazaba al presente, impulsada por sus sentimientos; se comprometía con el futuro, impelida por una decisión. Nunca antes se habían hecho tales demostraciones de afecto, que nunca repetirían. Don Esteban intuyó que Mercedes quería encontrar en él un complemento a la determinación que había hallado en sí misma. Sabía de las correrías de su esposa desde que un miembro del servicio le avisó de que alguna noche había encontrado abierta la puerta de las cuadras. Don Esteban hizo que dos ojos de confianza siguieran la montura. Apenas si recordaba aquella vieja cabaña de caza de su infancia. Se sentía incapaz de juzgar, aún menos de reaccionar contra la infidelidad de su esposa. Un río se había desbordado. Aunque era un hombre celoso, su admiración por Mercedes era superior a sus celos, de modo que simplemente esperó. Ahora Mercedes ya había tomado una decisión. Había regresado y ya nunca se marcharía.

Muchas cosas cambiaron en la propiedad en las semanas siguientes. Para el hijo que estaba por llegar se reformó una habitación espaciosa, cuyas paredes se cubrieron con el revolucionario papel pintado de moda y que fue amueblada de metal. De la capilla se retiraron las imágenes y los símbolos, y los bancos fueron reemplazados por butacas: donde antes se encontraba el retablo, se colgó una pantalla blanca, y enfrente, sobre la puerta, se instaló el proyector cinematógrafo. La casa de montería, cuya techumbre amenazaba con hundirse, fue derribada. Don Esteban, finalmente, puso una exigencia. Estableció que su hijastra, Alejandra, dejara de asistir a la Escuela Nueva. El pensamiento de una madre suele rondar cerca de sus hijos; si alejaba a la pequeña Alejandra de Isidro, ¿no alejaba también a Mercedes? La niña recibiría clases particulares de *lady* Anne, la nueva institutriz.

Con la baja de Alejandra, perdió la escuela de Fernando Platero su mejor apoyo. Las mismas señoronas que antes consideraban oportuno inscribir a sus vástagos en la institución vanguardista, ya no encontraban motivo para mantenerlos en ella. Ahora decían recelar de un método educativo que predisponía a sus hijos a hacer preguntas. ¿Por qué el emperador lleva corona? ¿Por qué debo confesarme los domingos antes de tomar la hostia consagrada? ¿Por qué hay niños que trabajan? Y ellas qué sabían. La corona pertenecía al emperador, tomar la hostia sin confesar era impuro, el cielo era azul y las nubes blancas. A diario sus hijos les hablaban de sus nuevos amigos, e insistían en invitarlos a merendar a casa, pero finalmente éstos, intimidados, se presentaban en el umbral con sus alpargatas de esparto y sus camisas relimpias y deshilachadas. Ellas, abiertas a lo nuevo, al progreso y a la caridad, ya concedían algo de razón a quienes advertían contra la moda de ponderar la autonomía del individuo frente a la severa disciplina y de mezclar árboles con arbustos. ¿No cumplía cada cual su función en este santo mundo que es de todos?

Pero eran varias las cosas extrañas que Fernando Platero había observado los últimos meses. La primera vez que encontró abierta la puerta de la escuela por la mañana, lo atribuyó a su natural despistado. Durante la noche, con la corriente, incluso se había roto el cristal de una ventana. Alguna vez se encontró el tintero fuera del cajón, sobre la mesa. Pero una mañana la dulce Isabel lo esperaba a la puerta, despeinada y con los ojos espantados. La muchacha entró detrás de él, parapetada tras sus estrechas espaldas. El esqueleto de plástico estaba en medio del aula con los brazos en jarras. Aunque aquel mismo día se cambió la llave y se añadió otra cerradura, en adelante la dulce Isabel nunca entraría la primera en la escuela.

—Que no creo yo que esto sea cosa de bromistas...
—decía, mirando de reojo al esqueleto—. Mire qué ojos
tiene...

—No tiene ojos, son las cuencas vacías.

—Pues eso, peor me lo pone, las cuencas.

Fernando Platero, a la salida de la escuela al atardecer, gustaba de regresar a la fonda dando un rodeo.
Niños y viejos, todos en Titulcia reconocían en la distancia la figura del profesor, limpia y sucinta como una
coma. Provisto a veces de un bastón, que olvidaba uno
de cada dos días, con la chaqueta al hombro y un chaleco sobre la camisa blanca, atravesaba el parque y la
plaza Mayor. Pero ¿quién era esa Sombra que lo seguía
a varios pasos? El profesor recorría la avenida Grande
bajo las acacias y tomaba por un callejón hacia el río,
callejeaba por entre los edificios precarios de la vieja
judería. En las callejuelas solitarias, oía a sus espaldas
los pasos con suela de metal. Evitaba volver la cabeza. Tampoco aumentaba el ritmo. Al llegar al puente
romano, la Sombra siempre se detenía y encendía un
cigarrillo con un mechero de plata. Por entretenimiento, Fernando Platero variaba a menudo el trayecto. Con
frecuencia se detenía a observar los escaparates de los
artesanos, que con sus buriles repujaban cofres de cuero, las bandadas de niños que con una pelota de trapo
jugaban a meter gol en el pórtico de una iglesia. La
Sombra también se detenía, encendía otro cigarrillo,
y se desvanecía cuando el profesor, inquieto, volvía la
cabeza. No dormía bien por las noches. Estaba acostado cuando, de pronto, una piedrecita golpeaba los
postigos. Abandonaba la cama y abría la ventana. La
luna no iluminaba a nadie en las calles de la pedanía.
¿Había sonado realmente esta vez la piedra? Un viento

se levantaba y agitaba las copas de los árboles, arrastraba un cartón y una lata.

Un día lo paró un pillo por la calle con la mano extendida.

—Hola —dijo Fernando Platero, deteniéndose.

El pillo simplemente extendió aún más la mano.

—Deme algo —dijo.

—Bueno... —dudó un instante el profesor—. ¿Conoces mi escuela?

—Déjeme de escuelas. Usted es millonario. Deme algo —insistió.

—Bueno... ¿millonario yo? —buscó en su bolsa.

El pillo observó la moneda que le entregó. La frotó con el puño de la camisa, la mordió. Luego miró con ojos duros al profesor, escupió al suelo y, dándose la vuelta, se alejó despacio.

Por aquella época, los más dispares rumores sobre el profesor circulaban en Titulcia. ¿Era millonario? Sí, era cierto que tenía mucho dinero, pero no lo había ganado explotando a nadie. ¿Era incapaz de amar? A veces pensaba eso de sí mismo; había amado, pero no le habían amado a él, o eso pensaba; estaba entregado a la enseñanza, otra forma de amor. ¿Pertenecía al Esternón Azul? Fernando Platero sintió un escalofrío: aquella vieja leyenda de una organización secreta que muchos años antes fue la excusa para matar a cientos de soñadores, arrojados a los ríos con piedras atadas al cuello.

Juan Expósito también acabó tomando afición a la Escuela Nueva y no dejaba pasar la oportunidad de asistir cuando terminaba pronto en la huerta, en ocasiones con Isidro y en otras solo. Le gustaba la voz clara del profesor. También él, como muchos otros, se consideraba su amigo. Si por un lado lo admiraban, por otro lado se sentían empujados a cuidar de un hombre tan vulnerable, con tantos enemigos. Se turnaban para vigilarlo sin que él fuera consciente de ello. Nunca faltaba un amigo libertario de manos callosas y en alpargatas por los alrededores de la escuela. Uno se recostaba en la pared y leía el periódico al revés, otro instalaba su negocio de limpiabotas en la acera de enfrente sin quitar ojo de los ventanales y acababa frotando las pantorrillas del cliente con el trapo embetunado. Lo seguían a distancia, y si una persona de aspecto dudoso se aproximaba demasiado, tropezaban con ella. «Perdone, señor», se disculpaban, limpiándole el traje con las manos sucias. En una ocasión, Juan Expósito corrió tras la Sombra, que huyó y dobló una esquina. La acorraló en un callejón, pero no llegó a verle la cara. No recordaba nada más. El golpe que recibió en la cabeza lo mantuvo encamado una semana.

El número de alumnos había seguido descendiendo. ¿No recibían algunos padres advertencias en sus trabajos?

—Me han dicho, Demetrio, que llevas a tu hijo donde el terrorista.

—No es mal hombre, patrón, es bueno con los niños.

—¿Estás seguro? A saber qué ideas les mete en la cabeza. Hazme caso. Tú sabes que soy un padre para ti. Somos como una familia, ¿o no? A tus hijos nunca les faltará trabajo aquí. ¿Para qué meterte en líos?

Poco a poco, se había reducido tanto el alumnado que algunas horas no acudía nadie. Había más niños durante la merienda, cuando se distribuía la leche con galletas. Pero ¿era realmente leche sana? ¿No estaba contaminada? Fernando Platero, la dulce Isabel y Juan Expósito probaban la leche y las galletas delante de los alumnos.

Una y otras sobraban a menudo. El celador de un hospicio venía algunas noches y se las llevaba en su tartana. Se rumoreaba que las recogía por compromiso y que, escrupuloso, se deshacía de ellas por las alcantarillas del camino. Pero a Juan Expósito le maravillaba esa leche con galletas, tan rica, tan nutritiva. Se sentaba con los niños y reclamaba su ración. La dulce Isabel, cantando, le metía la galleta entre los dientes. Ponía el tazón ante él con un golpe del platillo sobre la mesa: «Y no pidas más, bribón». Juan Expósito siempre quería más. Se colaba en la cocina y él mismo se servía. Una tarde, el profesor abrió de improviso la puerta de la cocina y lo sorprendió buscando otra ración entre las faldas de la dulce Isabel, que con gusto se la proporcionaba sentada en el fogón.

Pasaron no menos de dos semanas hasta que la dulce Isabel, avergonzada, encontró la ocasión de hablar con Fernando Platero. En ese momento, la media docena de alumnos de la escuela resolvían un ejercicio en el aula casi vacía, y el profesor había entrado en la oficina. La puerta estaba entreabierta. La dulce Isabel lo vio sentado con los codos apoyados en el despacho, el rostro hundido entre las manos. Se mesaba unos cabellos cada vez más canos. Levantó la cabeza al oírla entrar.

–Yo... –dijo Isabel–. Quiero pedirle... pedirte. Que siento lo del otro día.

–¿El otro día?

–Ya sabe, sabes... en la cocina.

–Oh... la cocina.

–Lo siento mucho, eso no estuvo bien.

–Supongo que lo importante no era el qué, sino el cuándo y el dónde –dijo distraído.

–El cuándo y el dónde... –repitió Isabel para sí, comprendiendo.

Aún se mantuvo un rato de pie en el despacho, con las manos cruzadas por delante, mirando al profesor, que había vuelto a bajar la cabeza y a mesarse los cabellos. Pero como ya había dicho lo que había venido a decir, dio media vuelta y se dirigió a la salida.

—Perdona un momento, Isabel —dijo Fernando Platero—. Haz el favor, cierra la puerta y siéntate. Yo también quería hablar contigo... Sabes que la escuela no va bien. No me quieren aquí. Se han ido la mayoría de los niños y... qué te voy a contar. Dime, ¿te gustan las bicicletas?

—Yo... no sé montar en bicicleta —se encogió de hombros—. Sé cantar y bailar.

—Te he encontrado un puesto de trabajo en la fábrica de bicicletas. He hablado con don Esteban, el propietario... el ex conde. El sueldo no es alto, pero te respetarán.

En el año que Fernando Platero pasó en Titulcia hizo muchos amigos y muchos enemigos. Aunque había acumulado muchos libros, no podía llevárselos consigo.

—Déjenlos aquí en la habitación —le pidió a la señá Clara—. Así, los que pasen por aquí tendrán para leer.

La señá Clara lo acariciaba con la mirada mientras él intentaba cerrar la maleta, que estaba sobre la cama. Ella se sentía llena de temor. ¿Adónde iría un hombre tan ligero de equipaje, tan cargado de ideas? Nubia había soñado con graves disturbios, arroyos de sangre que corrían por las calles, piras en las que ardía el papel de los científicos. En cuanto se hubo marchado Fernando Platero, la señá Clara dispuso que se cegara la ventana y la puerta y se encalara de nuevo la fachada. Nunca volvió a alquilar aquella habitación. Se repintó el corredor y, donde antes se encontraba la puerta, se colgó un espejo de cuerpo entero. El espejo estaba mal hecho, su superficie formaba pliegues, y ante él los viajantes, camino de sus cuartos, se detenían y se veían gordos y flacos, deformados y recompuestos, ridículos y favorecidos. Si estaban solos, sacaban la lengua, metían la tripa, se doblaban el pabellón de las orejas y se tiraban de las comisuras de los labios con los dedos.

Pronto hubo arroyos de sangre en Titulcia, cuando nuestro glorioso ejército quiso reclutar mozos para una nueva guerra. La orden de leva se pegó en todas las farolas, en letras de molde y con el sello imperial. Había entonces mucho paro, también muchos desiertos por defender. Bien porque faltasen tierras, bien porque sobraran estómagos, los sabios cañones siempre equilibraron la balanza, pues si no aumentaban las primeras, reducían el número de los segundos. Muchos mozos se ofrecían voluntarios, unos por la patria y otros en lugar del que tenía dinero para pagar un sustituto. Las madres, las esposas y las hermanas de los reticentes tomaron la plaza Mayor, mientras que los hombres cortaron las vías del tren. Ardieron edificios en la noche. Cuadrillas de hombres furibundos recorrían las calles con las guadañas y azadas herrumbrosas que habían heredado de sus abuelos. Se sentían iluminados por la desesperación y creían ser los primeros rebeldes de la historia. Sólo el hierro guardaba manchas en memoria de otras noches de ira, enterradas por el tiempo. Revisaban las manos de los ciudadanos y mataron a algunos cuyas palmas, por ser demasiado blancas, demasiado suaves, delataban una vida sin trabajar la tierra ni ensuciarse con grasa. Otros, escondidos entre el ruido y las llamas, forzaban puertas y robaban el género de los almacenes. Los borrachos rompían las botellas contra las ventanas. Toda la noche hubo risas sin freno, gritos y llantos. Con la primera luz del día, en Titulcia entró el ejército con sus tambores. Se dice que en la plaza Mayor dispararon sin discriminar a cuantos se encontraban en ella, apiñados y unidos por las manos. Registraron muchas casas. A los que guardaban armas, los fusilaban en el acto contra las fachadas de sus domicilios. Cañonearon focos de insurrectos en los barrios de Esperanza. Se torturó a los insolentes. ¿Quiénes eran los cabecillas? ¿Quién había organizado la revuelta?

La señá Clara sabía ya entonces que la memoria de los hombres es resistente, pero que algunas cosas se recuerdan como una pesadilla y de ellas se aprende poco. ¿Había tenido realmente lugar en Titulcia una revuelta? Para testificarlo quedaban el miedo y las sillas vacías de los desaparecidos, de los cuales nunca más se hablaría.

Fernando Platero fue encontrado en un suburbio de la capital y hecho preso. Lo trajeron en un vagón blindado, escoltado por cien de entre los mejores soldados y con grilletes en pies y manos. El juicio tuvo lugar a puerta cerrada en una hermosa sala de gobernación decorada con estandartes y retratos de hombres de mirada ambigua. Aunque no se encontraba en Titulcia cuando acontecieron los hechos, fue acusado del delito consumado de rebelión militar, y condenado a muerte «en concepto de autor y como jefe de la rebelión».

No hay injusticia que no encuentre eco en algún pecho. En su vejez, a uno de aquellos jovenzuelos imberbes escogidos por sorteo para integrar el pelotón de fusilamiento le seguían temblando el pulso y las piernas cada vez que relataba los últimos minutos de Fernando

Platero. Se sorprendió el muchacho al salir de buena mañana al patio de gobernación y ver a un hombre tan menudo atado al poste con las manos a la espalda. El reo parecía asustado, pero sereno. Aceptó que le vendaran los ojos. Antes de que el sargento ordenara disparar, la voz del profesor resonó firme, clara:

—¡Soy inocente! ¡Viva la Escuela Nueva!

6

Llegué a conocer a aquella vagabunda que rebuscaba en las basuras y caminaba tirando de un cochecito, rodeada de gatos. La seguían a pie, a veces se peleaban por la cima del vehículo. Una cabecita asomaba al mundo sus ojos felinos por el bolsillo del gabán andrajoso. Era yo muy niño y la vagabunda parecía muy vieja: mellada, los pelos larguísimos y sucios, la mirada huidiza. La pobre loca tarareaba, la chiquillería la acosaba. Hacían corro a su alrededor. «La dulce Isabel, amor. La dulce Isabel, señor». A estas voces, la señá Clara, que se hallaba sentada a la fresca junto a la casa, se levantaba de su butaca. Apoyada en el bastón, desplazaba sus huesos de anciana enorme hasta donde se encontraba el grupo.

–Niños estúpidos... –y añadía para sí misma–: Siempre se agrupan para asustar al débil.

Daba una limosna a la vagabunda, que la correspondía mirándola con curiosidad: su moño, su cutis tan terso. Quizá la reconocía, porque se echaba a gemir, casi a llorar. Luego acariciaba el gato que tenía al hombro y frotaba su mejilla contra el lomo encrespado;

asía el timón de su carrito y se marchaba. Se decía que en algún recosido o rebaba de aquel carrito atestado de trapos y latones, guardaba un alfiler en el que se engastaba un diamante africano de ochenta quilates. Regalo de un monarca negro como el azabache y con dentadura blanca de elefante, era el vestigio de la fortuna que la dulce Isabel atesoró cuando aún era joven y jugosa. Al menos dos veces la asaltaron y registraron los delincuentes, pero no encontraron el alfiler. Resignada, volvía a recoger los trastos desperdigados por la calle, con la paciencia de tener todo el tiempo para sí, con la paz de no poseer nada que puedan envidiar los otros.

Pero hubo una época en que los capitalistas y los monarcas requerían su arte. Míster Johnson, constructor de rascacielos, y Herr Hermann, fabricante de turbinas, fueron generosos. El consorte de la princesa de Galaecia, el rey destronado de Trepisonda, el heredero al trono de Aquisgrán, hasta una docena de primos de la alta estofa del viejo continente se la disputaban. No bastaba con un título rimbombante, había que ser muy rico y tener un buen joyero para conseguir una actuación privada de la dulce Isabel. Cantaba acomodando su trasero caliente en los brazos de los sofás y en las rodillas de sus anfitriones y bailaba sobre los manteles, apartando los platos de los postres a puntapiés. ¿Sería cierto que fue servida desnuda en una gran bandeja de oro al príncipe del Don y sus oficiales? Sin el obstáculo de la ropa, que retiene y desvirtúa la pureza del sonido, y con nada más que unas fricciones de jena entre los senos, su voz vibró limpia y todos los sentidos de los asistentes se despejaron. ¡Alabada sea la naturaleza! Tras el clímax de la actuación, entraron en el salón los caballos tártaros, y el príncipe, revitalizado, rompió contra el suelo, por la felicidad de su pueblo, las pocas copas que aún quedaban enteras. Él y sus oficiales desestimaron las guerreras galonadas y se pusieron las rústicas blusas de lino. Y al galope tendido de sus monturas, se fueron a recorrer las vastas llanuras asiáticas de sus ancestros los cosacos.

En su momento de mayor esplendor, la dulce Isabel paseaba por la ciudad en un coche conducido por un chófer mulato y llegó a compartir cartel con el Gran Jacinto. Para la obra, de género chico pese al tamaño del cantante, se habían previsto dos semanas de actuaciones. Aunque se prorrogó otras dos semanas, fueron muchos los admiradores que en la última función se agolparon sin billete a la puerta del teatro Celestina. Para que también los de fuera pudieran gozar del canto, se instalaron megáfonos en el frontispicio. Hasta en el último rincón de la ciudad, aquella noche de verano los bebés velaron en sus cunas, los ancianos en sus camas y los pájaros en sus ramas. Toda Titulcia vibró con los gorgoritos, las distrepencias y las galladuras de la pareja. Era de temer, sobre todo, el siiiiiii del Gran Jacinto, que, según se había comprobado en laboratorio, no sólo podía resquebrajar los vidrios, sino también ablandar los metales. De tal modo que quien estuviera tomando la sopa a esa hora, podía fallar al llevarse la cuchara a la boca y se vertía los fideos en el escote. Era en verdad el Gran Jacinto grande en todo, en voz, en corpulencia y en ansiedad. Después de llenar un teatro, en lo que quedaba de noche podía vaciar las reservas de licor de una tasca. La dulce Isabel no se rezagaba en esto. Si en el escenario, al lado de Jacinto, apenas si parecía una pincelada y nadie reparaba en ella por más plumas que coronasen su cabeza y por más transparentes que fuesen las faldas, junto a las

94

barras nadie entendía dónde vertía tanta botella. La afición por la bebida acabaría siendo una de las causas de su declive. No tanto porque le estropease el hígado, que lo tenía muy fuerte, como porque le impidió conservar la lucidez necesaria para templar su inveterada compasión. Todo lo que fue recibiendo lo fue dando. El dinero en metálico lo iba soltando entre los tullidos que exhibían sus cicatrices y muñones en las aceras; las propiedades las repartió entre ateneos, hogares y comederos; a las joyas, en fin, recurría cuando no tenía calderilla a mano. Incluso acabó devolviendo al príncipe del Don su más preciado regalo, cuando años después llamó a su puerta. Había llegado en un coche descapotable y abrillantado conducido por un lacayo, y vestía el uniforme de gala con hombreras y caminaba tieso, pero Isabel enseguida apreció los descosidos del cuello, el descolorido de las mangas y el resentimiento del carácter. Gemía como un niño y crispaba el puño al hablar de los oficiales traidores. En sus ojos brillaba el odio hacia los proletarios implacables que se habían levantado en su tierra y ahora la gobernaban. Aunque Isabel intuía que aquel hombre no lo merecía, le entregó el caballo de plata. Supo después que lo perdió aquel mismo día en el casino, donde pretendió que la ruleta le devolviera en un instante parte de lo que la sed de justicia de su pueblo le había quitado. Se hizo de nuevo a la carretera sentado con altivez en la trasera de su descapotable. Llegó tan lejos como le permitieron las reservas de gasolina, a la vista de una ciudad del norte. Pegó al fiel lacayo con la fusta hasta matarlo y arrojó el cadáver a la cuneta. Luego se cambió de ropa, malvendió el coche en un taller de despiece y, confundiéndose con el populacho, fue borrado definitivamente de la historia.

Se dice que de la dulce Isabel los hombres no anhelaban tanto su belleza, más bien vulgar, como sus travesuras. Lo que para ellos llegaba a ser una pasión incontenible, para ella se quedaba en una partida en la que jugaba con ventaja. Su desdén y su frivolidad los encendía, también su carácter silvestre, de flor sencilla que rebrota entre las rodadas de los caminos. Ningún hombre penetraba en su corazón. Los ecos de las francachelas organizadas por el Gran Jacinto y la dulce Isabel llegaban al último villorrio del reino. Barriles de ron de la isla bonita, música de violines tras las celosías, una gigantesca bañera en la que las coristas y los selectos invitados se perseguían buceando entre montañas de espuma rosa. A veces los dos anfitriones desaparecían de la mano escaleras arriba. La cama crujía bajo el peso de Jacinto, que sudaba acosado por la timidez y la borrachera. Sentada y perdida en la cima de aquel vientre inmenso, Isabel aplicaba todo su orgullo de mujer para intentar despertar el orgullo viril de su amante. Lo acariciaba con las yemas de los dedos, lo frotaba con los pezones, lo mordisqueaba, lo empapaba de saliva. Isabel acababa agotada, Jacinto lloraba. Se sentía aún más tímido, abrumado por los complejos.

Entre juergas, amantes y actuaciones, la dulce Isabel encontraba a veces un minuto para pensar en sí misma. Como si de pronto se abriese un claro en el cielo, veía su pasado, pero se apresuraba a cerrar los ojos. ¿Qué había de verdadero en aquel rumor que la emparentaba con el legendario justiciero Juan Expósito? En los periódicos, por el contrario, se había escrito sobre sus supuestos orígenes criollos. Hija menor de un cacique y de la descendiente de una princesa inca, fue enviada a estudiar al viejo continente, a la ciudad de la luz, donde su virtuosismo en el canto y la danza la habrían convertido en una primera dama de los cabarés. La absenta milagrosa acabaría eliminando de su cabecita todo recuerdo de los Andes y de la lengua de los francos. A lo largo de una prolongada gira, por fin en Titulcia había encontrado reposo para su alma, el equilibrio entre lo de arriba y lo de abajo, pues la ligereza mundana de las noches se trocaba por las mañanas en una devoción sincera por la Virgen de los Desamparados. Estaba a salvo de las críticas, de unas por sus limosnas y de otras por los secretos de alcoba que sabía guardar. Aunque algunas mujeres no alcanzaban a disimular su desprecio cuando se cruzaban con ella por la avenida, no había hombre vestido de sastre y con cuenta en el banco que no la sonriera y se quitara el sombrero o, cuando menos, apartara avergonzado los ojos. En algunas ocasiones, sentía ganas de gritar la verdad, de gritarse a sí misma quién era realmente. ¿Un cacique y una inca? Ella era Isabel, hija de una campesina que también se llamaba Isabel, como su abuela y su bisabuela, que tampoco habían salido nunca de la comarca de Titulcia. Sí, claro que estuvo casada con Juan Expósito. En lo más hondo de sí misma seguía siendo su esposa. Pese a lo ocurrido, aún estaba enamorada del hombre que la había amado sin ofrecerle nada más que su amor, que le había reclamado leche con galletas y la había engrandecido en la cocina, en la despensa y a la sombra de los chopos negros. Odiaba aquello en lo que ambos se habían convertido, amaba lo que la sociedad les había arrebatado.

Dos lustros antes, cuando ya no le cabían dudas de que estaba preñada, los perros aún olisqueaban en los adoquines de la plaza Mayor las manchas de sangre seca, vestigios de la revuelta contra la leva. La dulce

Isabel sentía arcadas a la vista del turrón de almendras y del chorizo y tenía antojo de pan duro, señal de que la nueva vida sería varón y tendría un carácter sobrio. Ya trabajaba en la fábrica de bicicletas. Había aprendido a montar y cada día recorría dos veces a pedaladas, tarareando, los veinte minutos que separaban su buhardilla de la factoría. Al alba, hacía sonar el timbre al cruzarse en el puente romano con el lechero. Los cántaros de cinc tamborileaban sobre las piedras pulidas. De regreso al anochecer, se desviaba hacia los barrios de Esperanza. En una de aquellas callejuelas barrosas, en cuyos charcos se miraba la luna, se detenía al llegar a una tapia. Había un poste de telégrafos clavado junto a ella. Cinco pasos después, a un metro del suelo, estaba la piedra con una manchita de betún. No era ésa. Era la tercera piedra a su derecha la que se movía. La retiraba despacio y con la otra mano palpaba dentro. La mayoría de las veces las yemas de sus dedos tocaban sólo el polvo gris. En otras ocasiones encontraba un papelito envuelto en plástico o una cajita, que se guardaba de inmediato en el bolsillo. Luego volvía a colocar la piedra con cuidado y se alejaba pedaleando. De tapia en tapia, de nicho en nicho, de puchero en puchero, la Organización de Amigos Libertarios había creado una red de comunicaciones que se extendía como una tela de araña por todas las provincias. En tan sólo una semana, y sin que un enlace conociera a otro, los miembros de la dirección clandestina podían comunicar una decisión a los delegados o enviar un suspiro a sus mujeres o una lágrima a sus madres. La dulce Isabel había ido coleccionando un montón de papelitos con torpes dibujos de amapolas, margaritas y soles, cosas que significaban mucho pero no la comprometían en nada. ¿Dónde se hallaban Juan Expósito y los demás hombres? Un rumor los situaba en lo más intrincado de los montes, en parajes donde sólo los lobos se aventuraban. También se decía que recorrían los pueblos y las ciudades disfrazados de músicos, o que se habían establecido en la capital, en la que atendían como simples camareros un restaurante. Así que los guardias habían rastreado los montes, habían tirado de las barbas a los trompetistas de las orquestas ambulantes, habían husmeado en las cocinas de los restaurantes. Se decían tantas cosas que llegó un momento en que cualquier trabajador, incluso el más solícito de los sirvientes, levantaba sospechas de ser un amigo. ¿Qué mejor disfraz para un rebelde que la librea de un mayordomo de carácter servil? De unos pocos, como Juan, se conocía la identidad; de otros tan sólo el sobrenombre, que debían a sus anteriores oficios: el Mamporrero, el Tronchacepas... La mera mención de tales apodos despertaba admiración en unas casas y terror en otras. Algunas madres, para conseguir que su hijo se comiera la sopa de ajo, amenazaban con llamar al feroz Destripaterrones. Cuando los niños jugaban a guardias y bandoleros entre la chatarra y los detritus de los descampados, casi todos querían ser los perseguidos. Las niñas suspiraban por compartir con sus novios la romántica vida de los caminos, pero acababan estableciéndose con sus muñecas de trapo en una casita hecha con hilo y cartones.

A Juan Expósito se le atribuían las acciones más osadas. Se le había identificado en el robo del tren-correo, así como en el asalto al cuartelillo militar de un pueblo cercano. Un amigo trepó de noche por los muros y, desde el interior, abrió la puerta trasera, por donde entró el resto. Había tan sólo un par de soldados de guardia junto a los calabozos. Los despertaron mostrándoles las navajas al tiempo que les decían «Calla y vive», y luego abrieron la celda del enlace preso, que ya no esperaba más futuro que el garrote vil. Abandonaron a toda prisa y en fila de a uno el edificio, pero antes de alcanzar el bosquecillo donde habían dejado los caballos, sonó el primer disparo a sus espaldas. La cuadrilla de soldados los persiguió al galope el resto de la noche y todo el día siguiente. La segunda noche se habían alejado tanto de la civilización que las sendas se habían borrado. Unos y otros caminaban llevando a los caballos de las riendas entre robledales y por barrancos. La segunda mañana, uno de los oficiales se distrajo. Mientras que los demás soldados ya habían decidido volver sobre sus pasos, asustados por aquella tierra de águilas y quebrantahuesos, él iba y venía de monte en monte, atravesando el mismo arroyo por lugares distintos. Desde lo alto de un farallón, Juan Expósito lo observaba: el joven oficial miraba a un lado y a otro buscando una salida. Las piernas le flaqueaban, su caballo se negaba a seguir avanzando. Cuando, exhausto, se tumbó y se quedó dormido, los amigos aprovecharon para acercarse y capturarlo.

El oficial despertó ya de noche. Sentía frío en los riñones, pero mucho calor en el rostro. Un conejo se asaba al fuego y arriba lucían las estrellas. Se hallaba tumbado de costado y no lograba incorporarse. Sintió la quemadura de la cuerda alrededor de las muñecas, atadas detrás de la espalda. Había cinco hombres alrededor de la hoguera.

—Ya despierta —dijo uno, mordisqueando una costilla.

Una semana después, el alférez Servando se presentaría a sus superiores en Titulcia para dar parte de su estancia con los fugitivos. Eran gentes brutas e ignorantes, informó, de costumbres toscas; idealistas a su manera, deslumbrados por teorías sociales absurdas. Algunos no se lavaban las manos antes de comer, se limitaban a purificarse las palmas y los dedos al calor de las llamas. Uno incluso creía que el orín desinfecta las heridas. Nunca pasaban dos noches en el mismo lugar. Se alimentaban de la caza, pero también disponían de productos como queso de oveja y vino. Aunque tenían enlaces en las aldeas y los pueblos, no pudo verlos, pues a él le vendaban los ojos cuando alguno los visitaba. Reconocían a Juan Expósito como su jefe, porque había estudiado con los frailes y sabía las letras, aunque no era especialmente inteligente. Le pareció aún más fanático que los otros; su mirada era oscura, clavileña. Es cierto que no le maltrataron. Probablemente, temían las represalias por torturar o simplemente vejar a un militar de academia. Le dijeron que estaban dispuestos a abandonar las armas a cambio de una amnistía para los presos políticos sin delitos de sangre y de que se reconociera la libertad de asociación de los trabajadores.

–En mi opinión, comandante, es una estrategia para ganar tiempo y reagruparse –concluyó su informe.

–Estoy de acuerdo. No repita a nadie lo que me ha contado. Puede retirarse.

En la fábrica de bicicletas, la dulce Isabel trabajaba al pie de un lucernario, por donde la luz del invierno entraba a chorros, pero que evitaba la del verano. Desde la misma puerta, una vía privada comunicaba la factoría con la estación de tren. No menos de doscientas bicicletas salían cada día de aquella nave listas para la venta, a falta de inflar las ruedas. Don Esteban y sus ingenieros habían aplicado allí nuevos métodos, basados en técnicas científicas sobre la especialización de las tareas y el control del tiempo. Había un reloj de agujas en lo alto de la pared y la sirena horadaba el aire al comienzo y al término de la jornada. Al contrario que en otras factorías de la ciudad, hombres y mujeres compartían el mismo espacio, no había niños menores de doce años y sólo se trabajaba doce horas seis días a la semana. La mayoría de los trabajadores convenían en que don Esteban era un hombre muy bueno. Sin embargo, aquellos socialistas, cejijuntos ellos, presumidas ellas, mostraban su desacuerdo con monosílabos. A la hora del bocadillo, confabulaban en corros acerca de los tres ochos. Ocho horas de trabajo, ocho de cultura, ocho de descanso. ¡Cinco días a la semana! La mayoría les daba la espalda. A todos se les ocurría qué hacer con las ocho de descanso, pero las ocho de cultura no las entendían. Además de leer, que no sabían, ¿eran cultura las zarzuelas? ¿Y el guiñol y el dominó? ¿No había suficiente descanso con los domingos? ¿No era mejor trabajar las horas que hicieran falta y ganarse los cuartos que andar por ahí holgazaneando? ¡Pensar! Eso no servía para nada. En sus barrios no conocían a nadie que pensando sacase para dar de comer a sus hijos.

La dulce Isabel solía comer a solas el bocadillo. Todos, compañeros y capataces, la trataban con respeto, pero con frialdad. Cuando le daban una orden, se lo pedían por favor, si no era molestia. Si se acercaba a un grupo, las risas se apagaban. La novia de Juan Expósito no era una mujer como las demás. Unos barruntaban que decirle una palabra más alta que otra les acarrearía problemas, y la mayoría prefería no dejarse ver demasiado cerca de ella. Las mujeres predecían un mal futuro de madre soltera para aquella embarazada de un fugitivo. Pocos sabían que no sólo era su novia. La noche de la separación, el hermano Adrián, descalzo del pie izquierdo, los había casado en secreto en la bodega de la fonda. Con voz trémula declaró su potestad para celebrar aquella boda: por los poderes que le habían sido otorgados y porque el ser supremo estaba en todas partes, no sólo ante los retablos policromados. El fraile miró el vientre de la novia con curiosidad. Con temor repasó aquella media docena de rostros en los que titilaba la luz del candil. La señá Clara lo tranquilizó:

–Tómese su tiempo y no se preocupe. Aquí todos somos amigos.

El temor del buen fraile no disminuyó ante tal afirmación. Uno de los concurrentes, también amigo, pero de la organización, carraspeó. Otros amigos ni siquiera habían sido informados de la ceremonia, que habrían desaprobado. Pensaban que el hombre había nacido libre y dueño de sus actos, y que el amor no precisaba de la bendición de funcionarios de la Iglesia ni del Estado. Ya despuntaba la claridad del alba en el cielo. La dulce Isabel tuvo la premonición de que aquel primer beso de casada, dado con premura en los labios, sería también el último. Ahora que Juan Expósito era suyo, ya no le pertenecía: se debía a una causa, a una idea. Él corrió escaleras arriba seguido de sus compañeros, ella sintió en los hombros los brazos de la señá Clara, que la enlazaban y la retenían por la espalda. En el patio y bajo la luz de la luna, Juan Expósito y mi tío Isidro se dieron un abrazo.

En los ojos de Isidro, Juan leyó tras la sombra del afecto un fondo de acusación. Recogió su escopeta, apoyada en el brocal del pozo. Subió por la escala que colgaba de la tapia y, al encaramarse a lo alto, volvió la cabeza.

—Si todos los hombres fueran como tú, no sería necesario esto —dijo alzando apenas el arma, antes de descolgarse al otro lado.

—No olvides dónde tienes un amigo de verdad —dijo mi tío en voz baja, ante la tapia ya solitaria.

El día en que la dulce Isabel habría de romper aguas, al sentir la primera contracción, simplemente se levantó de su puesto en la factoría y abandonó la nave. Obedeciendo un llamado antiguo, sus pasos la condujeron por un camino de mulas, en el que hasta tres veces se detuvo paralizada por el dolor. Se alejaba de Titulcia y de sus hospitales, donde al dar a luz, según se rumoreaba, muchas mujeres morían a causa de seres diminutos que los ojos no distinguían, y donde los recién nacidos eran cambiados de cuna. Su madre y su abuela, como las demás mujeres prudentes de la aldea, habían recorrido el mismo camino. El destino era una piedra pagana con forma de columna truncada que se alzaba junto a un cruce. Desde allí se avistaban las grúas de Titulcia, que asomaban tras la cresta de un monte. El dolmen medía unos tres metros de altura y era tan grueso que dos mozos talludos apenas si hubieran abarcado su perímetro con los brazos. La superficie estaba adornada con petroglifos, mensajes grabados en un lenguaje mudo y repulidos por el viento y la lluvia. En la base de la piedra se sentó la dulce Isabel, apoyó en ella la espalda y separó las rodillas, apretando los dientes para ahogar los gritos. Sus manos empuñaron sendas matas de tomillo.

Parió un niño liviano y callado. Casi lloró más la madre que el hijo, al sentir ahora sobre su regazo el cuerpo. Cortó el cordón umbilical con los dientes y, aún con lágrimas en los ojos, lamió con destreza de loba los restos esparcidos por la piel de la criatura, hasta descubrir en su cadera la marca del cangrejo. Luego se levantó penosamente y llegó al manantial cercano, donde fue recogiendo agua con el cuenco de la mano para acabar de lavarlo. Lo envolvió en un pañuelo y lo calentó entre sus brazos. La madre y el hijo pasarían así la tarde, sentados junto a la piedra, y al hundirse el sol tras la silueta de Titulcia, la dulce Isabel ya había decidido que se llamaría Simeón.

¡Qué pequeña y lóbrega le pareció la buhardilla al regresar a ella! Apenas si medía dos metros de ancho por cinco de profundo. La ventana, encajada en una tronera, hacía también las veces de chimenea. ¿Dónde dormiría el niño? En el suelo estaba el infiernillo con el que calentaba la sopa y se desenfriaba los pies. A un lado, el somier oxidado, y sobre él, un colchón de paja. Las patas estaban metidas en latas llenas de agua. De este modo, las chinches, que no sabían nadar, retrocedían ante el foso acuático que protegía la fortaleza de la cama. Eran animales listos, que resolvían trepar por las paredes y desde el techo se dejaban caer sobre el cuerpo de sus víctimas. En un ángulo, la dulce Isabel colocó la caja de madera para el bebé, dispuso en el fondo trapos limpios, de colores alegres, y la cubrió por entero con una fina gasa transparente, inexpugnable, tanto para los insectos trepadores como para los aéreos.

A la dulce Isabel ahora las jornadas en la factoría se le hacían aún más largas. Cuando sonaba la sirena cada tarde, se abalanzaba sobre su bicicleta, con dolor en la entrepierna y en los pezones, y enseguida se encontraba subiendo la avenida Grande con vigor, puesta en pie sobre los pedales. Recogía al pequeño Simeón en la portería, donde todos los retoños de la casa esperaban en sus cunas miserables. ¡Con qué locura lo estrechaba entre sus brazos! ¡Con qué dulzura los labios del bebé mordían la tela de su pecho! Espera, pequeño; ahora tendrás la leche de mamá, que te adora... Eran días tristes y felices, en los que aún cabía la esperanza e Isabel no presentía la pesadumbre que estaba por llegar.

Apenas a dos calles de distancia, la oscuridad se trocaba en luz, y la humedad, en sol. El alférez Servando estaba enamorado de su novia, la señorita Ortiz, de sus lóbulos traslúcidos, de sus tobillos delicados y su mirada recatada, que descendía cuando él depositaba los ojos en ella. Los domingos, a la salida de la catedral, paseaban del brazo por el parque, seguidos a varios pasos por la suegra. En el curso de media hora, el alférez debía llevarse el dedo índice al botón de la gorra no menos de veinte veces, cuando se cruzaba con un superior o con un subalterno. La raya del uniforme bien planchada en la piedra, los botones de la guerrera bien cosidos, los zapatos bien embetunados. Eran saludos relajados, sin la firmeza marcial de a diario. A su lado, la señorita Ortiz sonreía con rubor a las esposas de los capitanes mientras hacía girar la sombrilla por encima de la cabeza. El resto de la semana, el alférez Servando sentía en su brazo el recuerdo de este gesto, la suave presión del guante blanco en el que su novia embutía la mano. A veces, pícara, ella le presionaba un poco más. La boda estaba concertada para dentro de un año, y para entonces ya le habrían ascendido a capitán. Su carrera en el ejército había sido rápida y lucida como una carga triunfal. Desde la balconada de la cantina de oficiales se disponía de una vista del parque de Titulcia. Con las manos a la espalda, recto, Servando meditaba mientras observaba a los viandantes. Le gustaban la laboriosidad de las gentes que se dirigían a sus despachos con trajes negros y esa convivencia armónica de caballos y máquinas. Era consciente de asistir a un cambio profundo de la sociedad: los primeros vehículos con motor a explosión pintaban el aire con la humareda gris y el penetrante aroma de la gasolina, pero en los cruces aún cedían el paso a los últimos taxis tirados por caballos, que cada tanto marcaban las calzadas con sus excrementos. No entendía bien el mundo, aunque deseaba comprenderlo. ¿Qué buscaban personas como Juan Expósito? ¿Por qué misterioso e irracional impulso arriesgaban sus vidas inútilmente? ¿Para qué destruir la paz y el orden social? Pero comprender al enemigo, sus motivaciones y sus objetivos, era más que una muestra de compasión. Había que empatizar con él para entenderlo, había que entenderlo para derrotarlo. ¿Hasta qué punto tal entendimiento podía transformarnos a nosotros mismos? ¿No era, en cierto modo, un atisbo de la propia derrota? En las guerras, ¿no perdían algo los dos bandos? A causa de la semana que había pasado como prisionero de los fugitivos y de la experiencia adquirida, se le había puesto al mando de su persecución. Desde hacía semanas, dos de sus hombres vigilaban a la dulce Isabel. Eran hombres sin pulir, perezosos, tal era su opinión; sin embargo, sus expedientes relucían inmaculados después de años de servicio. El superior de ellos, el sargento, ya le había dejado en su despacho el informe sobre la sospechosa. En la fábrica de bicicletas se daba por cierto que el recién nacido era hijo de Juan Expósito. Los informantes habían detectado un paréntesis de varios minutos en los trayectos de Isabel en bicicleta. En efecto, existía un buzón clandestino en un suburbio, un hueco en una tapia, donde la sospechosa recogía y entregaba mensajes. Eran notas extrañas, en clave: figuras de animales, un sol, la luna... en el departamento de inteligencia trabajaban para descifrarlo. El enlace era un tal Isidro, vecino de la pedanía, sin antecedentes, propietario de una huerta y veterano de la guerra colonial. Depositaba las notas en el buzón camino del trabajo y en pleno día, como si no diera importancia a su acción. Las notas las recogía en su propia huerta, enganchadas de una trampa para pájaros. Imposible saber quién las dejaba allí. Podía ser cualquiera de esos niños que por las noches se colaban para robar peras. Seguían investigando, convencidos de que la sospechosa sabía más de lo que aparentaba.

Pero en el informe no comunicaron que en el buzón habían dejado ellos otro mensaje: un sol negro, tachado y atravesado por una flecha. Al sacar aquella nota del buzón, la dulce Isabel la dejó caer al suelo como si le quemara. Miró nerviosa a su alrededor y, tras colocar la piedra precipitadamente, escapó a toda prisa en la bicicleta.

Tampoco contaron que habían registrado la buhardilla. No encontraron nada que llamara su atención; estaba claro que la chica de Juan Expósito era una mujer inteligente, avispada. Una tarde la esperaron dentro al regreso del trabajo. Contaron los segundos mientras sus pasos subían por la escalera.

La dulce Isabel percibió en el rellano el olor a tabaco, pero lo achacó a la buhardilla de al lado. En sus brazos dormía el pequeño Simeón. Nada más entrar en la vivienda, se dirigió a su caja y lo dejó en ella, lo tapó hasta el cuello con los trapos. Entonces oyó a sus espaldas el sonido del fósforo al ser rascado contra la lija; el resplandor se reflejó un instante en la pared. Se dio la vuelta sobresaltada.

—¿Quiénes son? ¿Cómo han entrado?

—Somos amigos —dijo uno. Luego dio una calada a su cigarrillo.

—¿Amigos?

El otro rió.

—Claro —prosiguió el que fumaba, y que parecía ser el jefe—. Amigos que te quieren. Por eso vas a decirnos todo lo que sepas.

—¡Yo no sé nada! ¡Márchense!

—Ésa no es manera de tratar a unos amigos. Tienes que hablar bajito.

—Márchense, por favor... —dijo—. El niño está dormido.

—Claro, y nadie quiere que el hijo de Juan Expósito despierte, ¿verdad?

—Por favor, les diré todo lo que sé. Yo... yo no sé nada. Se lo juro...

—No te preocupes. Aquí mi amigo y yo, los tres juntos vamos a tener mucho tiempo para conocernos. Pero no vuelvas a levantar la voz si no quieres que me enfade. Tienes que ser cariñosa con los amigos, ¿me has entendido? Vamos a venir mucho por aquí, a visitar a nuestra amiga.

En las semanas que siguieron, el sargento y el cabo visitaron casi a diario a la dulce Isabel.

7

Sostenía don Silvestre, citando a un oscuro filósofo griego, que la guerra es la madre de todas las cosas, pues a unas naciones las convierte en vencedoras y a otras en vencidas, a unos hombres los libera y a otros los esclaviza.

–Van a destruirse –predijo un día en el café después de hojear el periódico, dejando caer el monóculo y recostándose en la butaca, echándose al coleto un chato de vino–. Antes que animales políticos, *zoon politikon*, somos animales guerreros, *zoon polemikon*.

Allá en el norte del norte, tan diferente de nuestra patria, las mismas minas de carbón y las mismas fundiciones de acero eran reclamadas por dos Gobiernos distintos. También los mismos puertos, los mismos ríos, las mismas piedras. Era una tierra maldita y fértil que había cambiado de nación cada siglo. Así que sus pobladores habían aprendido a jurar lealtad primero a un rey y después a otro, a comerciar en una lengua y después en otra, como quien se cambia de camisa cada semana. En las casas, los recién nacidos seguían mamando la leche de las mismas tetas, y en las tabernas, jóvenes y viejos blasfemaban en un idioma que sólo ellos comprendían. Se sentían halagados por el interés de los ejércitos extranjeros. Primero acogían a los soldados de un lado, que avanzaban, y luego a los del otro, en la contraofensiva. Ambos pagaban bien por la cerveza y los asados y se enamoraban de las mujeres, a las que cargaban de promesas. Luego regresaban a sus patrias sobrias, donde el resto de sus días añoraban aquella tierra de fronteras variables, mesas repletas y camas ardientes.

Pero cuando estalló, se vio enseguida que ésta no sería la misma guerra de siempre, sino una Gran Guerra. A lo largo de los cientos de kilómetros del frente, los galos cavaron una profunda zanja, protegida por alambradas. Los tudescos les imitaron e hicieron una zanja aún más profunda, y en lugar de una hilera de alambradas, instalaron dos. Por el cielo se perseguían los acróbatas en avioneta. Si los aparatos zumbaban como mosquitos, sus pilotos llevaban gafas estrambóticas como ojos de mosca. Volaban cabeza abajo, caían en picado, remontaban en contrapicado y dibujaban bucles, giraban en redondo y en oblicuo, todas ellas cosas de mucho mérito que hacían sin dejar de apretar los dientes ni el gatillo de la ametralladora. También llevaban consigo algunas bombas. De vez en cuando dejaban caer una con la mano sobre las filas enemigas, luego saludaban a los admiradores haciendo una uve con los dedos. Si alguno se quedaba sin combustible, aterrizaba segando los sembrados y se entregaba enarbolando un pañuelo no muy blanco. Mostraba a sus captores un ejemplar trilingüe de no sé qué convención que garantizaba un buen trato a los presos de guerra. Era la hora del almuerzo. Como no le habían entendido y se miraban unos a otros encogiéndose de hombros, él simulaba llevarse a la boca un pedazo de pan y un vaso. Parecían seguir sin entenderle, de modo que se frotaba el estómago sonriendo.

Por primera vez en nuestra dilatada y brillante historia, el imperio decidió declararse neutral. Mientras allá en el barro de las trincheras se decidía el futuro del mundo, en Titulcia se degustaba el sabor del presente. Cada atardecer, las aceras céntricas hervían bajo las suelas de los paseantes, que recorrían las avenidas y la plaza Mayor para ver y dejarse ver. Aquel verano, los camareros de las terrazas no dejaron de servir jarras de horchata con pajita a una clientela bulliciosa. Era tal la demanda que cada noche un vagón cisterna del mercancías traía jugo fresco de chufa desde la misma orilla del Mediterráneo. Los camareros se abrían paso entre las mesas con los codos levantados y las jarras por encima de la cabeza, esquivando a los niños con hábiles fintas. Trabajaban a comisión, así que tanto servían, tanto cobraban. Los menos avezados en el oficio llevaban dos jarras en cada mano, otros se las apañaban para duplicar esta cantidad, e incluso había uno que, por una propina, sudando añadía a las ocho que cargaba en las extremidades otra en equilibrio en lo alto de la frente. Pero antes de que un compañero le ayudara a emplazar la novena jarra, ambos se cercioraban de que el tranvía no se acercaba. Al paso de la máquina, los farolillos de papel que colgaban de las sombrillas se bamboleaban y las mesas trepidaban.

A los tres tranvías que recorrían Titulcia se les puso nombre de mujer. Como por una vez las fuerzas subterráneas de la sociedad estaban de acuerdo en algo, en este caso en la conveniencia de que hubiera tranvía, los debates se habían centrado en sus nombres. La Unión Patriótica propuso *La Pinta*, *La Niña* y la *Santa María*, para honrar la memoria de la mayor gesta naviera que hayan conocido los tiempos pasados e incluso los imaginarios. Los tres nombres propuestos por un comité de sabios del Círculo del Progreso fueron Uno, Dos y Tres, opción eficiente y neutra, plena de rigor denominativo. Finalmente, el secretario municipal planteó que se asignara a las máquinas el nombre de las tres primeras hembras que pasaran por la calle. Cansados de unas deliberaciones que ya duraban semanas, todos se mostraron de acuerdo. Los nombres de los tres tranvías empezaron por M. Así que, uniendo la plaza Mayor con el mercado y la catedral, era *María del Carmen* la que daba vueltas cada quince minutos alrededor de la parte alta de la ciudad. *María Teresa* comunicaba la elegante zona residencial del nuevo campo de fútbol con el puente romano, atravesando el centro y recorriendo la avenida Grande. *María Josefa*, a cuya inspiradora llamaban Maripepa en su casa, recorría con su campanilla el otro lado del río, la linde de los barrios de Esperanza, y se clavaba en lo profundo de la zona industrial; después regresaba ufana por la orilla contraria. A ciertas horas, los tres tranvías iban atestados, con pasajeros desbordando por las puertas y las ventanillas y otros agarrados como trapecistas a los pescantes. De vez en cuando se oía un «¡uy!» Las muchachas defendían su virtud con alfileres, pinchando los brazos y las piernas de los caballeros tímidos que, muy rectos y mirando para otro lado, no encontraban mejor lugar ni más apretado para sus acercamientos.

A fin de que *Maripepa* pudiera abrirse paso por los barrios de Esperanza, se despejó un vial de diez metros de ancho. Se trazó una línea recta de un kilómetro a ese lado del río, y en un parpadeo se demolieron todas las chabolas que se interponían en su trayecto. Partiendo de ella, también se trazaron líneas perpendiculares, atravesadas por nuevas líneas paralelas a la primera, hasta conformar una retícula tan cabal como la escuadra y el cartabón del urbanista. Se clavaron altos postes de madera a intervalos regulares y se tendieron los cables de la electricidad. Se hizo el alcantarillado. El presupuesto municipal se acabó antes de que se pudieran pavimentar las calles, que se quedarían de arena apisonada, pero bastó para llevar las acometidas del agua. En cada esquina, antes del amanecer, desde cada fuente de agua potable partía una cola de mujeres en bata y chiquillos despeinados. Se había prescrito que cada persona sólo llevara consigo dos cubos, que llenaba y cargaba de regreso a su vivienda. Había entonces mucho trabajo en las fábricas y los almacenes de Titulcia. Con los salarios de todos los miembros de cada familia, desde el niño hasta el abuelo, aquí y allá se iban levantando muros de ladrillo. El hormigón se petrificaba en los suelos. Donde antes había una chabola, ahora se sostenía una casa con techumbre de teja y fachada casi recta, que sólo pasados varios años habría que apuntalar con maderos.

Alejandra ya era por entonces una mocita alta y hermosa. A su puesta de largo acudieron al palacete de don Esteban los mejores apellidos de Titulcia. Un sastre y tres modistas se habían aplicado durante dos meses para confeccionar el vestido. Mercedes había supervisado la labor. Más holgadas las hombreras, ojo con este pespunte, un poco más de vuelo en la falda. Hoy, contemplando a su hija mientras ésta refunfuñaba ante el espejo, se sentía llena de admiración. Se veía retratada en los ojos y la boca de Alejandra, descubría en su mentón la curva suave de Isidro. Le deslumbraba su cabello, más rojo y brillante que el suyo, que se había ido oscureciendo.

—¡Esto es una estupidez, mamá! —protestaba Alejandra, mirándose con aquel hermoso vestido que su piel rechazaba—. ¡Parezco una tonta!

—Estás guapísima.

—¡Ésta no soy yo! —repetía.

Cuando protestaba, quería sonreír; cuando se le escapaba la sonrisa, quería protestar. Se giraba para mirarse de lado, se ceñía el talle con ambas manos. Al mirarse de nuevo la falda y comprobar que los bajos le alcanzaban el tobillo, sentía deseos de arrancarse el vestido.

Un murmullo se colaba en la habitación. La noche anterior ya habían llegado invitados de otras ciudades e incluso de la capital. Desde primera hora de la mañana, coches negros y brillantes de ruedas blancas no habían dejado de entrar por la cancela. Chóferes de uniforme marrón se sentaban a los volantes. A la entrada de la casa, Miguel, ya un joven grueso, pálido y ojeroso, vestido de frac y con una pajarita apretada al cuello, recibía a los invitados. Daba la mano a los hombres, con una inclinación besaba la mano que le tendían las mujeres. Luisito, su hermano pequeño, el único hijo natural de Mercedes y don Esteban, merodeaba por el vestíbulo. Era un niño callado, de ojos grandes y redondos. Se le acercaba una señora: «Tú debes de ser Luisito, qué niño tan guapo». Le daba un pellizco en el moflete. Él la miraba sin conmoverse desde lo alto de sus diez años. Ni siquiera pestañeaba. Al cabo de unos segundos que a la señora, que palidecía, le parecían minutos, él contestaba: «Luis, llámeme Luis. Sea bienvenida a esta casa».

Desde la ventana de la habitación, Alejandra veía parte del jardín y del quiosco, con los instrumentos de viento y de cuerda, el piano. En algunas sombras que caminaban con aplomo por entre los parterres, identificó a esos pretendientes de los que las bobas de sus amigas le hablaban. Eran halcones que, con arrullos de pichón, intentaban camelar a su presa antes de clavarle las garras. Ella los conocía. En una ocasión vio a un joven heredero recién casado salir del casino tambaleándose, apoyado en dos mujeres de piel lacia con mucho carmín en los labios y polvo de arroz en las mejillas. Ellas respondían con risas estentóreas mientras él manoseaba el trasero de una e intentaba introducir la lengua en la boca de la otra, y luego los tres desaparecieron en los asientos traseros de una limusina.

Su madre acababa de abandonar la habitación. También ella la esperaría en el vestíbulo, con los demás. Faltaban cinco minutos para el mediodía. Otra tradición familiar que Alejandra no entendía establecía que debía bajar sola los ochenta y seis peldaños de la escalinata. Abajo, los invitados elevarían sus copas a su salud mientras ella descendía flotando como una aparición. Si en lo alto de la escalinata era aún niña incorpórea, escalón a escalón se haría mujer terrenal. Al final del descenso, su madre y su padrastro la recogerían y la introducirían definitivamente en el mundo adulto. La irían presentando a cada uno de los invitados, viejos tabacosos con sus esposas de dentadura postiza, sus hijos delfines y sus hijas morsas. Ella, convertida de modo irreversible en carne de casorio, sonreiría a los desconocidos que la saludaban y que escudriñaban en sus pupilas un lote de acciones de la Sociedad Titulciana de Fomento.

A las doce y cuarto, cuando el vino espumoso comenzaba a ensoparse, Mercedes subió a la habitación de Alejandra y encontró el vestido nuevo sobre la alfombra. Entretanto, don Esteban, que sospechaba lo ocurrido, se escabulló hacia el jardín. Ordenó a la orquesta que tocara música alegre y se dirigió a las caballerizas. Madre e hija eran propensas a dar rienda suelta a sus instintos, a desfogar con una galopada sus miedos. Tan tozuda e independiente era la hija como la madre. También las quería por eso. Dejó que su montura siguiera el trayecto hecho por el caballo de Alejandra. Lo llevó al otro lado de los olivares, atravesaron un encinar. Cruzaron un riachuelo de guijarros blancos y reconoció el paraje donde la casa de montería se levantaba hacía años. Unos centenares de metros más allá, el caballo de Alejandra mordisqueaba unas hierbas junto a la canal de riego que separaba su finca de los huertos. Don Esteban desmontó y encontró un paso entre arbustos. No le sorprendió encontrar allí oculto el poni de Luisito: el pequeño no se separaba de su hermana y, al parecer, la había seguido.

Alejandra dormía a la sombra de un olmo, con pantalones y chaqueta de amazona, tendida sobre la hierba. Don Esteban, tapado por las zarzas, asistió desde lejos a la escena. Vio que Luisito se acercaba casi de puntillas al árbol. Aunque tenía una pajita en la mano, no la utilizó para juguetear con la piel de su hermana y despertarla. Se limitó a sentarse en cuclillas detrás de ella, en silencio. Alejandra despertó cuando el sol, cada vez más alto, desplazó la sombra del árbol y acarició su mejilla.

—Mmmm... Luisito... ¿Qué haces aquí?

El niño no se inmutó. Miraba a su hermana, que se incorporó y estiró los brazos.

—¿Qué hora será? ¿Hace mucho que duermo?... ¡La fiesta! ¡Deben de estar buscándonos!... Pero... Es una fiesta estúpida. No me gustan esas fiestas, ¡aún menos si es por mí!

—Sabía que estarías aquí.

—¿Ah, sí? ¿Eres adivino?

—Te he visto otras veces, hablando con el campesino.

—Espía, eres un espía. ¿Te envía don Esteban? Claro que no, te gusta espiar porque sí, sin motivo, ¿verdad? No lo llames campesino. Tiene un nombre. Se llama Isidro y es mi amigo. Me deja montar en su mula y sacar cubos del pozo.

—¿Para qué quieres una mula si tienes un caballo?

—Hay cosas que no entiendes. Isidro es un trabajador. Es amable y cariñoso. A veces me regala flores. Me ha dicho que me quiere, como si fuera su propia hija.

Luisito miró alrededor. Arrancó una margarita de entre la hierba.

—Yo también te quiero —dijo, extendiéndosela a su hermana.

Luisito había hecho esta confesión bajando la mirada y con una voz que a Alejandra le pareció distinta. Aceptó la margarita.

—Bueno... yo también te quiero a ti. Eres mi hermano... —lo abrazó un instante, intentando atraerlo hacia ella. Pero enseguida se separó de nuevo, al ver que su hermano no correspondía—. A veces me asustas. Pareces una piedra.

Alejandra se puso en pie y se sacudió el pantalón.

–Te he dicho mil veces que no me sigas a todas partes... ¿No tienes nada mejor que hacer? Quiero que me prometas que vas a dejar de seguirme... Promételo. ¿Qué pasa, se te ha comido la lengua el gato? Bah. Eres un niño tonto.

–No.

–¿No qué? ¿Que no eres tonto?

–Tengo que cuidar de ti.

–¿De dónde te has sacado eso? ¿Cómo va a cuidarme un mocoso como tú?

–Mira –dijo con determinación Luisito.

Se puso en pie de un salto y, con la puntera reforzada de su bota, le propinó una patada al árbol, que soltó algunas hojas. Lo empujó con el hombro y forcejeó con él, abrazado al tronco. Tomó carrerilla y descargó en el árbol con el pie todo el peso y la fuerza de su cuerpo. Algo cayó desde las ramas sobre la hierba mullida. Era un nido, se distinguían dos o tres huevecitos blancos. Luisito, aún enrojecido por el esfuerzo, lo miró y levantó la rodilla.

–¡No! –gritó Alejandra, pero su hermano ya lo pisaba con la bota.

Don Esteban se alejó en su caballo, confundido. Acababa de descubrir que Alejandra y Luisito eran dos completos desconocidos para él. Igual que a la ida, dejó que su caballo decidiera el camino de regreso. Su montura caminaba lentamente, con la cabeza gacha, y también él mantenía baja la suya, como si un peso agobiara sus hombros. Las cigarras, escondidas entre los sembrados, frotaban los timbales con monotonía de celista viejo. Sus hijos, su mujer, sus amistades y relaciones, sus obreros... a veces se sentía un extraño entre todos ellos. Era un hombre afortunado, que había triunfado en cuanto se había propuesto. Había logrado mantener unida a su familia, las fábricas recibían pedidos de todo el continente, el valor de las acciones no cesaba de aumentar. Pero con el éxito, sus proyectos habían perdido sentido. Hubo un tiempo en que pensó que su empresa traería a Titulcia no sólo prosperidad, sino también armonía social, que la electricidad y la máquina conseguirían que la existencia fuera más sencilla y feliz. En sus sueños, las aceras mecánicas se desplazaban lentamente a lo largo de las calles, ahorrando a los ciudadanos el esfuerzo de andar. Había imaginado que los niños cantaban camino del colegio, que las adolescentes se bañaban despreocupadas en el vado del río mostrando su piel... Pero en la realidad las calles amanecían llenas de empleados que se dirigían a su puesto de trabajo con pesadumbre y las piernas pesadas; había niños abandonados que las noches de invierno, arrebujados con frazadas, tosían en los soportales; y para encontrar vida y peces en el río, que bajaba contaminado, había que remontarse varios kilómetros aguas arriba. Una vez visitó una de sus fábricas y observó la nave desde la ventana de la oficina. Conocía por su nombre y apellidos a la mayoría de aquellos hombres y mujeres que se afanaban en la cadena de producción. Uno de ellos era el autor del anónimo que había recibido: «Explotador. Quitas la salud a hombres que nacen libres. Produces el armamento con el que se mata a otros hombres. Te apropias de las plusvalías del trabajo ajeno».

Con la llegada de la guerra, descendió abruptamente la demanda de bicicletas y tuvo que adaptar sus factorías, primero para la producción de motocicletas y después de blindados. En sus fábricas también se hacían los trenes de despegue para las avionetas que, según los periódicos, barrían los frentes de batalla. Los obreros críticos ¿habrían preferido estar en el paro o regresar a labrar los campos de sus abuelos? Él sólo hacía lo que podía hacer. No era más libre que ellos. Estaba sentado en lo alto de un engranaje que se había puesto en marcha, funcionaba por inercia y nadie sabía cómo parar. Qué ingenuidad pensar que él hubiera podido cambiar las cosas o contribuir a que el mundo fuera más justo. Todos cumplían un papel en una vasta obra, y a él tan sólo se le había reservado el privilegio de interpretar un personaje más atractivo. Estaba cansado, cansado de mostrarse optimista, y en ese momento preveía que el mundo que intentaba levantar se venía abajo, o incluso que nunca había existido más que en sus ilusiones. Quería descansar. De regreso en el palacete, se deslizaría a hurtadillas hasta su gabinete y se encerraría por dentro. Nunca volvería a tomar tropocaína por las mañanas. Se veía tumbado en el diván, en bata y pantuflas, más gordo, macilento; las cortinas echadas para evitar el sol; mirando el techo y viendo ascender la voluta blanca de su cigarrillo; pensando en sí mismo y en nada.

Camino del palacete, su caballo se había parado. El viejo animal sabía que su amo siempre se detenía en lo alto de la loma, desde donde observaba la ciudad. El sol espejeaba en las tejas de la torre de gobernación, que sobresalía por entre las calles tortuosas del casco viejo y las manchas de arbolado verde de las avenidas. Todo tenía un aspecto apacible y sereno. En el periódico no se había publicado que, desde hacía un mes, el proscrito Juan Expósito se encontraba encadenado en el último sótano del vetusto edificio, en un cuarto sin ventanas, insonorizado, cuyas paredes estaban cubiertas de almohadones de caucho. Una vez por semana entraba un funcionario con un trapo y un cubo, restregaba las paredes y escurría el trapo en un agua roja en la que flotaban grumos de sangre. Con unas pinzas quitaba los pelos y algún diente incrustados en el caucho.

Ya quedaba lejos la época en que Juan Expósito y sus amigos llegaron a desafiar al Gobierno. El grupo de proscritos había ido aumentando con los miembros de la organización que iban siendo descubiertos en sus empleos tapadera. Se quitaban entonces el disfraz y los postizos y huían a la carrera campo a través. Era todo un reto ocultar, dar techo y comida a un centenar de hombres inquietos. Mientras aguardaban las condiciones óptimas para la revolución final, en asamblea decidieron constituir la isla de Utopía, siguiendo las letras de los visionarios. Exploraron la comarca más alejada de las rutas, la más miserable. Escogieron una población fantasma entre dos barrancos, formada por una veintena de casas abandonadas en cuyos dormitorios anidaban las palomas, y proclamaron la República Independiente del Secarral. Desescombraron las casas, rehabilitaron los huertos, los gallineros y las pocilgas, e invitaron a todas las mozas casaderas de la comarca a un baile en la plaza recién empedrada. La noche permaneció despejada, y las estrellas, que no tienen propietario ni reconocen señor, bendijeron las pupilas de los soñadores. Nueve meses después, los lloros de los primeros ciudadanos nacidos iguales y libres alegraban las noches.

Pero no todos los habitantes del Secarral eran felices. Había que trabajar duro para arrancarle cebollas y zanahorias a una tierra tan rica en piedras, y algunos amigos, hechos a la grasa de las turbinas y al polvo de los almacenes, sentían nostalgia de las fábricas.

Otros, educados en la escuela de la conspiración política, añoraban el vértigo de la sospecha, el sudor de las persecuciones y el calambre de las reyertas. ¿Cómo podían ellos disfrutar del aire puro, del amor libre y del pan hecho con las propias manos, mientras los trabajadores de todo el mundo seguían sometidos al yugo del capital?

La responsabilidad de organizar y defender la comunidad había hecho de Juan Expósito un hombre grave y le había plateado las sienes. Al término de la jornada, los demás regresaban cansados y alegres de los barrancos, la azada al hombro. Él se rezagaba, cavilando sobre un futuro incierto. Las noches de música y baile, se retiraba taciturno a su cuarto, donde a veces el amanecer se presentaba antes de que él hubiera pegado ojo.

Después de muchos meses sin recibir mensajes de Isabel, mordido por el deseo y por la incertidumbre, decidió abandonar el cobijo de su República y regresó a Titulcia. Los dos colaboradores que lo acompañaban se quedaron escondidos junto con los caballos en una finca, a escasos kilómetros de la ciudad. Al atardecer, él partió solo y a pie, con un maletín, chaleco, reloj de cadena y sombrero; sin barba, pero con bigote. Mientras caminaba por la pedanía, ya de noche, sentía que dos ojos le vigilaban desde algún postigo entreabierto, que una sombra se apostaba tras una esquina. Había metido en el bolsillo del pantalón la mano que le temblaba compulsivamente. Ni disfrazado de titiritero, pensó la señá Clara, habría dejado de reconocer a Juan Expósito. Aquel viajante reservado había buscado una mesa apartada de los demás clientes, en un rincón del comedor de la fonda. Tenía el sombrero echado sobre los ojos y le había pedido la sopa de la cena sin alzar la cabeza ni casi mover los labios.

—A esta hora ya no servimos en las mesas, señor —le dijo ella—. Pero pase a la cocina, que algo encontraremos para darle.

Isidro, que lo aguardaba de pie junto al horno, avanzó un paso al encuentro de Juan Expósito y quiso abrazarlo. También quiso decirle una palabra de afecto, «amigo...» pero no abrió la boca. Se tomaron el uno al otro de los hombros y se observaron, como si intentaran reconocerse.

—Cuánto tiempo... —balbuceó Juan Expósito.

—Mucho tiempo —confirmó Isidro.

«Ha pasado demasiado tiempo —pensó la señá Clara—, demasiadas cosas».

Antes del amanecer ya estaba Juan Expósito de vuelta en la finca donde lo esperaban sus dos colaboradores. Pero llegó sin chaleco y sin sombrero, corriendo bañado en sudor. No tenía heridas visibles, pero la llaga de la venganza le atravesaba la conciencia. Él mismo se había desprendido de las ropas por el camino y las había arrojado sobre las zarzas, había gritado en los despoblados el nombre de Isabel, había elevado contra Dios y contra los hombres palabras duras que el viento esparció. «Voy a matarlos —dijo—. Podéis estar conmigo o podéis volver al Secarral, decidid». Se quedaron con él, y la noche siguiente entraron en Titulcia en carreta, como sencillos hortelanos. A punta de pistola, detuvieron a los dos militares, los amordazaron y les embutieron las cabezas en sendos sacos de arpillera. A uno lo habían esperado a la salida de un café, donde echaba su partida de cartas, y a otro lo habían secuestrado mientras aún se encontraba arrodillado, rezando piadosamente, en una capilla de la catedral. Los bajaron de la carreta a patadas a las afueras de Titulcia, y uno de los hombres de Juan Expósito, para evitarles un sufrimiento mayor, sin descubrirles el rostro les disparó al corazón a quemarropa.

«Esto les sucede a quienes violan a nuestras mujeres», quedó escrito en una tabla.

Aunque las autoridades militares encontraron los cuerpos del sargento y el cabo a la mañana siguiente, la tabla con la advertencia, escrita de puño y letra por Juan Expósito, permaneció allí hasta que el sol y la lluvia la pudrieron. No sólo los amigos, sino también los enemigos, todos reconocían que aquel asesinato estaba asistido por una legitimidad anterior a las mismas leyes, que siempre quisieron atar las pasiones. Por eso un destacamento de soldados llevó los cuerpos al cementerio sin pompa ni estandartes y los enterró en una fosa común. Sobre ésta, el capellán masculló deprisa cuatro palabras e hizo la señal de la cruz con desgana.

Pero la venganza no le proporcionó a Juan Expósito la paz de la conciencia. Dos muertos no le bastaban: todos eran responsables, todo el sistema estaba podrido y había que purificarlo. Su odio era fuego. Con una decena de sus hombres más resueltos, desde entonces recorrió pueblos y ciudades. Secuestró y ejecutó a otros supuestos violadores, y después de los violadores procedió del mismo modo con los torturadores, y luego fustigó a los corruptos... ¿Le guiaba la justicia o huía de sí mismo? Mientras que los demás intentaban dormir bajo la luz de una luna resplandeciente, y los rescoldos de la hoguera se enfriaban, él permanecía despierto y buscaba en los mapas caminos para acceder a un cuartel o a una casa, atajos para la escapada. Llevaba junto al vientre un cuaderno con una lista de nombres propios que iba tachando, pero sus compañeros ya habían comprobado que por cada nombre que tachaba, dos nombres nuevos se sumaban. Comía separado del resto, sentado en una piedra, y casi les parecía que no masticaba tanto los alimentos como rumiaba sus pensamientos.

Uno de sus hombres de confianza intentó convencerle de que regresaran al Secarral. Estaban cansados e inquietos, y echaban de menos a sus mujeres y a sus hijos. ¿No había corrido ya sangre suficiente? Según un informante, los delitos cometidos habían hecho que el ejército se planteara intervenir contra su República. Habían localizado el Secarral, pero estaban dispuestos a tolerar la existencia de una República pintoresca que nadie conocía, a condición de que dejaran las armas y en el futuro se limitaran a cultivar sus huertos. Juan Expósito respondió derribando a su compañero. Le colocó la bota en el pecho y el cañón de la pistola en la frente.

–No hay marcha atrás. Antes que padres y maridos, somos soldados. No habrá piedad con los traidores. ¡Seremos implacables!

Aún pasaron varias semanas hasta que Juan Expósito, atado, amordazado y envuelto por completo en un lienzo blanco, fue conducido al edificio de gobernación. Había sido detenido mientras dormía en una cuadra. Estaba desarmado, demacrado y aterido de frío, asustado. Por primera vez en su vida, había dejado de entender el mundo y de encontrarle un significado. ¿Qué había ocurrido? Temblaba al recordarlo. Daba un paseo de rutina con dos compañeros. Era una mañana soleada. Desmontó del caballo, se acercó a la cuneta y se desabotonó la bragueta. Mientras orinaba, sintió el cañón de la pistola en su nuca.

—Mátalo ahora —oyó.

Aún pudo respirar varias veces hasta que el compañero que le encañonaba le dijo con voz trémula:

—Deja caer tu cinturón al suelo... quítate las botas y los calcetines... Quítate también la cazadora... Ahora quiero que corras. Corre y no mires atrás. Olvídate de nosotros. De todos nosotros. Ya no tienes amigos... ¡Corre!

Había corrido tanto, que ya nada importaba y todo volvía a repetirse. Entre aquellas paredes de caucho, testigos de puñetazos y de patadas y de amenazas, despertaba cada día para revivir el mismo dolor del día anterior. Incluso atado, nunca había dejado de correr. Y ahora, tantos meses después, cuando por fin tenía la oportunidad de ver a Isabel, que llevaba un hermoso vestido de flores y unos zapatos de tacón rojos, sabía que ya nunca podría dejar de correr y que todo se repetiría sin fin, como en una sala de espejos del tiempo. No podía juzgar el porqué ni analizarlo. Las cosas habían sucedido de este modo, las cosas eran así. Su mujer convertida en prostituta, como su madre. Y su hijo, Simeón, dejado con los frailes, como él mismo. Por más que cambiara el decorado, cada generación parecía destinada a repetir el mismo guión.

Pero no había espejos en aquella sala de gobernación donde se le permitió mantener un vis a vis con Isabel, sino tan sólo dos sillas enfrentadas y un camastro. Sobre el colchón sucio, cientos de presos antes que él habían copulado con sus mujeres. Él no se levantó de la silla, ella tampoco. No hablaron y ambos bajaban los ojos, avergonzados. Sentados apenas a dos metros de distancia, cuando sus miradas se cruzaron, Juan escupió a Isabel. ¿Por qué lo hizo? No porque la juzgara. Él estaba acabado, era un traidor, había delatado a decenas de sus antiguos amigos, a los que ya sólo podía odiar. Pero en su último resto de humanidad, quería que ella lo despreciara, que borrara de sí misma cualquier atisbo de afecto que aún pudiera sentir por él. Por eso escupió en el rostro de lo que más había amado, para que la ruptura con el pasado y con la vida fuera completa y definitiva, sin posibilidad de perdón ni esperanza.

Isabel sintió la saliva en su mejilla y, sin limpiársela, se puso en pie y llamó al carcelero. La dulce Isabel nunca sabría que, al salir de la sala, Juan Expósito, sentado aún y con la cabeza sobre el pecho, lloró, ni que aquellas lágrimas de hombre serían las últimas. Dicen los que trataron a Juan Expósito en el futuro, que sus ojos se convirtieron en vidrios y no eran capaces de distinguir lo feo de lo hermoso, lo justo de lo injusto. También la dulce Isabel sintió arder sus ojos y sus mejillas mientras cruzaba el vestíbulo de gobernación bajo las sonrisas de algunos guardias. Y al tiempo que salía a la calle, alzando el mentón y desplegando su sombrilla, se prometió a sí misma que nunca más volvería a derramar una sola lágrima por ningún hombre. Y lo cumplió.

8

En pleno verano del desierto, bajo un cielo sin nubes dominado por un sol de oro, mi tío Isidro, vestido con chilaba de pelo de burra, calzado con alpargatas de piel de cabra y la cabeza cubierta con un turbante de hilo de palmera, recorrió una ruta por la que sólo se atrevían los camelleros más experimentados.

Caminaba de noche, a la luz de luna, cuando había luna, o a la luz de las estrellas, cuando había estrellas. Descansaba de día, escondido en las cuevas de los chacales. En las treinta jornadas de su gesta solitaria, no probó más agua que ese delicado rocío que de madrugada descendía del cielo para humedecerle los labios, pero también masticó la pulpa agria de unos cactus revestidos con clavos. La comida le fue más fácil de obtener. Los lagartos, animales confiados, se acercaban al resplandor de las hogueras que prendía con raíces y hierbas secas, y como castigo por su curiosidad quedaban paralizados, asados. De modo que para completar la cocción, a mi tío le bastaba con tomar al reseco animalito por la cola y sujetarlo sobre una llama.

Amanecía cuando llegó a aquel fortín emplazado en la misma frontera de la tierra habitable, con el desierto a la espalda y un valle de naranjales a los pies. Los muros, amasados con arena y cuajarón de buitre, se hundían en las dunas, y el tejado polvoriento se confundía con el cielo. A esa hora, el disco del sol comenzaba a alzarse sobre el horizonte y cegó a los guardianes, que tomaron al desconocido por un hombre azul. Hasta tres veces le pidieron el santo y seña a aquella aparición, tal como estaba escrito en las ordenanzas, y como no obtuvieron respuesta, dispararon, hasta agotar la munición. Sea porque eran novatos y les temblaba el pulso, sea porque la atmósfera tórrida protege con sus reverberaciones a los hijos del desierto, ni una sola bala rozó a mi tío. Continuó caminando imperturbable, rodeado por el tiroteo, y al llegar junto a la garita voceó, despacio y claro:

—¡Titulcia!

Sería la única palabra que aquel destacamento fronterizo escucharía de su labios. No valieron ni las amenazas ni las cortesías. Un cabo se acercó al hombre melenudo y barbudo, de labios agrietados y sellados, decidido a arrancarle su historia a bofetadas, pero ante aquel cuerpo que le sacaba la cabeza y aquella nariz chepuda que delataba inteligencia, sus músculos se aflojaron. El teniente lo llamó a su despacho y le ofreció asiento y un vino dulce que guardaba bajo llave para paladear una vez por semana, pero después de media hora el asiento seguía vacío, la copa de vino llena, y el invitado de pie y callado. Habían deducido que se trataba de uno de aquellos soldados que, en el curso de la prolongada guerra contra los bereberes, habían desertado del ejército y se habían unido a las caravanas. No les cabía duda de que estaba loco. Rechazaba toda compañía y comía a solas en su celda, masticando con parsimonia el mendrugo de pan. Igual que durante su travesía del desierto, seguía durmiendo de día. En la oscuridad de la noche, su mirada, fija, despedía un brillo que les causaba desazón.

Como un león del Atlas, fue llevado cargado de cadenas y enjaulado en una carreta hasta la ciudadela costera en la que se hallaba el Estado Mayor. Siguiendo la pista de la palabra «Titulcia», finalmente lo identificaron, pero un médico sabio dictaminó que el cerebro del encausado había sido macerado por el sol y que el sujeto resultaba inofensivo. El tribunal se confesó incompetente para juzgarlo y ordenó su repatriación y puesta en libertad.

Ésta es la explicación de por qué una tarde de otoño, recién llegado en tren a la vieja Titulcia, mi tío Isidro fue visto con chilaba, alpargatas y turbante saliendo de la estación, hacia la pedanía, caminando con tanta levedad que parecía que sus pies levitaran sobre el adoquinado.

Después de tantos meses perdido en el desierto y en la burocracia militar, tenía la barba por el pecho, la piel tostada y una pesadumbre en los párpados. Dos días tardó la señá Clara en cortarle la barba, en arrancarle las primeras palabras y en despiojarle, hasta llenar una palangana con los insectos viajeros. Al cabo de dos meses acabaría perdiendo mi tío lo bronceado de la piel, pero la pesadumbre echó raíces en su carácter. Tampoco recuperaría la normalidad del sueño; si bien no volvería a dormir de día, salvo la siesta sagrada de los veranos, tampoco lo haría de noche. Un insomnio tenaz se apoderó de sus madrugadas, como un amigo puntual que nos visita siempre a la misma hora, de modo que Isidro dialogaba en la oscuridad consigo mismo, tumbado boca arriba en la cama con los manos enlazadas en la nuca.

Durante el día ayudaba a la señá Clara en la fonda. Limpiaba las mesas del desayuno y barría los suelos con la escoba de paja. Escardaba las lentejas y desvirgaba las judías verdes. Sacudía los colchones de lana y las alfombras. Escuchaba las conversaciones de los vendedores de sostenes y de frasquitos de agua mineral contra la gota y el envejecimiento. En ratos libres salía a pasear con las manos en los bolsillos. Llegaba hasta la vieja huerta y apoyaba los codos en la cerca: miraba con tristeza, a veces con rabia, las tomateras abandonadas, el olmo sediento, los surcos que se rebelaban contra el olvido dejando crecer hierbas estériles, el pozo tapado con una chapa de metal y un candado. En las aguas fétidas de las acequias, los insectos ponían sus huevos y se multiplicaban.

Aquella vida de mayordomo de fonda no estaba hecha para Isidro. Se olvidaba de barrer las esquinas del comedor, algunas judías verdes llegaban al plato con hebras, a veces sacudía los colchones hasta dejarlos finos como papel de fumar y, en las conversaciones con los charlatanes, no siempre reprimía el bostezo. A la señá Clara, cuando desde el balcón de su alcoba lo miraba emprender un nuevo paseo errático, le parecía que la espalda de Isidro se iba encorvando, que sus rodillas se doblaban y que sus pies se hundían en las aceras.

Existía en el centro de Titulcia un enorme solar diáfano. A lo largo de un siglo, allí se ubicó una vaquería, hasta que el Ayuntamiento ordenó su traslado a las afueras, porque los mosquitos trompeteros incubados bajo las pezuñas de las vacas avivaban las noches de verano del vecindario y estimulaban el llanto de los niños de pecho. Ante la disyuntiva de dejar allí los excrementos de veinte generaciones de vacas o de acarrearlos hasta el vertedero, se optó por lo primero, y para cubrir las apariencias y el olor, se extendieron toneladas de arena negra traída de la ribera del río. En los años siguientes, no se le había dado más uso que el de acoger unos pocos días de invierno la feria y el baile de los carnavales, pero ahora el Ayuntamiento ya había decidido que aquel estiércol enterrado se convirtiera en abono y el solar en el Parque Nuevo. Se convocó una plaza de jardinero, y entre las decenas de candidaturas presentadas se escogió la de un vecino de la pedanía en paro. En la instancia constaba que era el antiguo usufructuario de un huerto, hombre orgulloso y rebelde, pero trabajador, y que había combatido en el desierto en pago por sus errores y las deudas contraídas con la justicia del rey. Firmaban la recomendación doña Mercedes, condesa honorífica de la comarca, y otras veinte damas con largos apellidos que, a los ruegos de la señá Clara, habían aceptado responder de la probidad del protegido.

Despejado de establos y de cisternas lecheras, sin barracas de feriantes ni la tribuna de la orquesta, aquel terreno podía albergar diez campos de fútbol. En su primera jornada como jardinero municipal, mi tío Isidro se demoró contemplándolo. Con las piernas abiertas y el azadón en la mano, parecía un gigante dispuesto a tomar posesión de sus vastos dominios. Donde los demás no podían ver más que un solar hosco, expuesto a la lluvia y al sol y cubierto de maleza, él contemplaba un año de duro trabajo. Veía senderos de grava entre macizos de flores, una rosaleda, avenidas de castaños de indias y plátanos, y en el centro una extensa pradera de hierba y amapolas. En la sucesión de las generaciones, como de las plantas, había épocas para recoger los frutos y épocas para sembrar. Éstos eran tiempos de opresión y de silencio, así que empuñó con más fuerza el palo del azadón, determinado a no abrir la boca hasta haber cumplido su tarea.

Los carnavales que habían tenido lugar tan sólo cinco años antes en aquel mismo descampado fueron los más calenturientos, parlanchines y trifulqueros de la historia de la ciudad. Durante el baile, las parejas de novios se reconocían tras los antifaces y se alejaban de la multitud para meterse mano en los portales. Las comparsas, en el escenario o subidas a un carro, despotricaban contra los reyes, el clero y los capitalistas. Y arropados con la capa negra y la peluca, algunos navajeros marcaron su rencor en las nalgas de sus vecinos. Fueron unas fiestas dignas de memoria, que dejaron un celebrado saldo de costillas rotas y ojos morados, buenos nombres emporcados y, al cabo de los meses, un centenar de niños rollizos.

De todas las comparsas, la más numerosa fue la de los osos. Un mayorista albino de acento extranjero había distribuido a buen precio todo un cargamento de aquellas caretas de morro negro, que se vendieron en todos los puestos. A miles de kilómetros de distancia, en las estepas del este continental, los osos proletarios habían vencido en armas a los príncipes y los banqueros. En sus primeros meses de Gobierno, habían decretado que en adelante no habría ni reyes ni tribunos, ni ricos ni pobres, que todo era de todos y que todos eran hermanos. La nueva había corrido de ciudad en ciudad, atravesando fronteras y saltando mares. Tal como afirmó el editorialista de *La Gaceta Ilustrada*, «el eje de rotación de la Tierra está cambiando». En el futuro el sol, sobre las viejas llanuras heladas, extendería una primavera perpetua. Las multicopistas de medio mundo escupían sus panfletos para empapelar las calles con demandas de justicia. Las criadas contestaban a sus señoras, los trabajadores se encaraban con sus capataces y no había afrenta ni vejación que no encontrara respuesta. Una semana antes de los carnavales, en un artículo publicado en *El Correo de la Verdad*, el portavoz de la Unión Patriótica había comparado a los revolucionarios, y en general a los sindicalistas, con osos, «bestias groseras incapaces de agarrar un tenedor con las zarpas». Aquello solivantó a los obreros. Muchos se cubrieron con madejas de lana encoladas a una sábana y se pusieron la careta. Eran osos tiernos y terribles. El oso de los Urales lame las patas de sus crías y despedaza los miembros de sus enemigos. Entre los que se disfrazaban de bebé, momia, bruja o anciano, entre las mujeres con bigote y los hombres de labios pintados, también muchos llevaban de reserva una careta de oso colgada del cuello. Miles de osos convirtieron por unos días la ciudad en el vasto escenario de una obra de teatro alegre y fraterna.

Mi tío no podía pasar desapercibido ni con careta de oso. Su cabeza sobresalía junto a la barraca del tiro al blanco y entre los que estrujaban decepcionados sus boletos de la tómbola. El hércules, a su lado, se ruborizaba, metía la tripa y se ponía de puntillas. Cuando golpeó el yunque de fuerza con el martillo, donde tantos se habían retirado sin lograr hacer subir la pesa más de un palmo, sonó un bong, el mango del martillo se partió y el tope saltó. Por primera vez en diez años de negocio, después de mil y una fiestas, el feriante se deshizo del premio mayor, una muñeca de trapo con cara de porcelana que era el vivo retrato de María Magdalena. En el baile, Isidro era el oso más alto. Llevaba en volandas a su pareja, ahora una gallina, ahora una enfermera de la Cruz Roja con un hacha entajada en la frente. A los cuarenta años, conservaba el brazo duro, toda la pelambre en la cabeza y la sonrisa de marfil. Un par de veces cada noche se veía arrastrado por sus sucesivas parejas hacia la oscuridad de los portales, donde le exigían una nueva demostración de sus talentos y el premio de otra muñeca.

La señá Clara ya andaba buscando una mujer para Isidro. Y por más que se decía que la chica debía gustarle a él, anteponía las necesidades de la casa. Cuando el calor entre las sábanas se disipa, lo que calienta un hogar es el fuego de la cocina. No le había puesto silueta ni rostro, pero la imaginaba muy parecida a Petra, una muchacha de la pedanía que ayudaba en la fonda en los picos de trabajo y cobraba por horas. Petra tenía las mejillas coloradas, las pantorrillas regordetas y un mechón tostado que le caía sobre la frente y se le colaba una y otra vez en el ojo. Estropeaba sin descanso la misma copla mientras enceraba de rodillas la madera del pasillo, meneando al unísono la bayeta y el trasero. En el comedor se movía en silencio entre las sillas de los clientes y servía los platos sin meter los dedos en la sopa. Probaba el caldo en una cuchara de madera antes de retirar el perolo de la lumbre, y tenía las uñas largas, señal de que no perdía el tiempo metiéndose los dedos en la boca. La señá Clara veía cómo a la chica se le encendían aún más las mejillas, y hasta las orejas, en presencia de Isidro, pero él ni siquiera reparaba en su presencia. Él sólo parecía tener ojos para las jóvenes desenvueltas de las fábricas, que por la tarde atravesaban la pedanía camino de los barrios de Esperanza. También la señá Clara admiraba sus risas, su insolencia. Las veía caminar en grupo de regreso de los talleres charlando con los hombres, de tú a tú. Sus batas se elevaban, dejando al aire los tobillos finos, y en el trayecto de los tranvías algunas leían libros, esas novelas de cincuenta céntimos que pintaban el mundo tal como era. Leían la historia de *Doña Perfecta* para no repetir su error, pues había malgastado la vida atada por los prejuicios; o devoraban la historia de *La Madre* para seguir su ejemplo, pues aunque fue maltratada por el marido y trabajó hasta el agotamiento, había encabezado la revuelta en memoria de los miles de asesinados en las escalinatas del puerto. Cuántas cosas ejemplares guardaban aquellos libros y cuánto bien hacían a sus lectores. Las frentes se despejaban, los ojos se aclaraban.

La primera vez que la señá Clara vio en uno de aquellos grupos de trabajadoras a Alejandra, tuvo la sensación de haber saltado atrás en el tiempo. Como si Mercedes, la condesa, volviera a ser aquella joven sencilla de belleza insultante que más de veinte años antes la seguía a la salida de la estafeta de Correos. Madre e hija tenían el mismo pelo, los mismos ojos, los mismos labios. Alejandra aprendía el negocio familiar arriba, en las oficinas de las fábricas, entre puños de camisa blancos y máquinas de calcular, pero le gustaba mezclarse abajo con las batas azules del taller y las cintas transportadoras. Que una chica de su rango y clase compartiera la hora del bocadillo con los subalternos no era la peor de sus extravagancias. Desde su mayoría de edad, en la capilla familiar de la catedral su asiento quedaba vacío durante la misa del gallo y la homilía del santo patrón. Para montar a caballo, se embutía en pantalones, y en lugar de cabalgar como las amazonas, lo hacía a horcajadas, virilmente, desoyendo a un especialista local, hombre piadoso, que advertía de los riesgos para la fertilidad. Pero todos concedían que no era hombruna. Algunos ojos, apostados tras unas ramas, la habían espiado nadando desnuda en la presa, aguas arriba de la fábrica de la luz. Sus pechos eran redondeados; las nalgas, blancas; y su estilo de natación resultaba grácil. Los patos salvajes la acompañaban cuaqueando de una ribera a la otra. Era desde luego muy distinta de sus hermanos; no sólo del mayor, Miguel, con el que no compartía sangre, sino también del pequeño. Luisito era ya todo un hombrecito larguirucho que lucía un felpudo ralo y gris sobre el labio superior. Hablaba poco, pero ya había mudado la voz, que no sonaba como la flauta infantil, sino como el trombón de los adolescentes. De tipo hierático, sólo la hinchazón de una vena del cuello, que se azulaba y oscurecía, palpitando más y más rápido, delataba sus sentimientos. Don Esteban tenía gran confianza en su hijo menor. Algún día, él tomaría las riendas del patrimonio familiar y cuidaría de todos. Casi desde la cuna, le había asignado un instructor privado, doctor en ciencias de la educación por la universidad de Trebungen. Se le confeccionó un plan de estudios exigente, que le llevó desde el cálculo elemental hasta las matemáticas de ene dimensiones, y se le habían dosificado las raciones de alimento y juego. Quizá no fuera el más afectuoso de los hijos, pensaba don Esteban, pero no podía imaginar un mejor sucesor. Desde hacía un lustro, era el mayor el que gestionaba la Sociedad Titulciana de Fomento. Pese a la naturaleza blanda de Miguel, la empresa no había dejado de crecer. Don Esteban sabía que sólo un cataclismo podía impedir que las chimeneas de sus industrias dejaran de emborronar el cielo. Desde la altura de su sofá, donde pasaba los días cavilando sobre el ser y el tiempo y haciendo oes con el humo de los cigarrillos, contemplaba el porvenir con perfecta calma. Había firmado un contrato indefinido con el futuro al admitir como socios accionistas a elementos de tres viejos estamentos, el de la sotana, el del sable y el de la caja de caudales. Uno consagraba las herramientas y las jornadas de doce horas, el otro mantenía estables las fronteras y alta la bandera, mientras que el tercero avalaba el pago de los salarios mínimos. Se rumoreaba que, mediante sociedad interpuesta, también contaba con acciones un apellido de la mejor madera, una mano larga y blanca con puño de encaje, que firmaba los títulos a la vieja usanza, mojando la pluma de ganso en un tintero decorado con una corona.

Sin embargo, el cataclismo estaba a punto de suceder. Una mañana de primavera, justo al mediodía, sacudió Titulcia. Los tranvías, los carros y los coches a motor, los martillos, las sierras y las poleas, las máquinas de escribir, todo se detuvo. El silencio se posó en la ciudad. El capitán Servando, extrañado, se levantó de su despacho y miró por los ventanales. Frente al viejo parque del quiosco, las aceras fueron ocupadas poco a poco por los blusones naranjas de los recaderos y transportistas, los grises de los almaceneros y tenderos, los monos azules de los obreros y las batas blancas de las enfermeras. Finalmente, también de las oficinas salió alguna camisa con su respectivo chaleco oscuro para incorporarse a la multitud tranquila. Quedaron vacíos los almacenes, las trastiendas, los talleres, las fábricas. Transcurrió un cuarto de hora lento y silencioso, y después la multitud se fue dispersando. Cada cual regresó a su trabajo. Volvieron a oírse las máquinas de escribir y los martillazos. El tranvía hizo sonar de nuevo su campanilla para abrirse paso entre los remolones, los más atrevidos, o sólo despistados, que en pequeños grupos seguían ocupando las calzadas.

Aquella tarde se distribuyeron miles de octavillas. Unas se entregaban a las salidas de los talleres y las oficinas, otras eran lanzadas al aire desde la ventanilla de una furgoneta que se escabullía tras una esquina. A la puerta de la factoría del metal, Alejandra y otros miembros del sindicato las repartían en mano. Saludaban por su nombre a cada uno de los trabajadores, que sonreían y se guardaban el papel en el bolsillo. Se felicitaban unos a otros con palmadas en la espalda o se abrazaban. Los delgados parecían más gordos, con el pecho hinchado; y los bajos, más alargados, con la frente alta. Se hacían corros para leer juntos el comunicado: «Gran éxito del paro de quince minutos. En todo el país, las principales ciudades se han sumado. Día histórico: la capital, paralizada».

Por la noche, no se habló de otra cosa en las tabernas. Eran conversaciones por lo bajo, entre chatos de vino, palabras que se deslizaban al oído. Se rumoreaba que el Gobierno aún se hallaba estudiando la situación, reunido en medio de un cazadero, en una casona rodeada por una alambrada punteada de garitas y por una hilera de tupidas arizónicas. Las demandas de los representantes de los trabajadores habían hundido a los ministros en la perplejidad. ¿Quién en su sano juicio podía pensar que una economía podía ser productiva y competitiva trabajando sólo ocho horas diarias? Respecto de la abolición del trabajo infantil, la propuesta les parecía de lo más extravagante. ¿Cómo querían que los niños aprendieran su oficio si no trabajaban? El propio rey se avino a recordar, con las piernas cruzadas y ambas manos sobre el vientre, que él había tenido que trabajar de rey desde antes de poder montar en su caballito de madera. Un ligero temblor sacudía su mano derecha, y para disimularlo, la sujetaba con la izquierda. Cuando, horas después, se retiró ya fatigado, dejando solos a los miembros de su gabinete, aún le temblaba la mano. Aquella mañana también había hecho la visita de rutina a su caballo favorito. Después recordaría que ya entonces había notado que a su entrada en el hipódromo la guardia real tuvo una actitud diferente. Apreció que los gastadores tardaban una fracción de segundo más de lo habitual en levantar el codo y golpearse con el guantelete el hombro contrario. El corcel tordo se mostró esquivo. Le enseñó la grupa y piafó molesto cuando se aproximó a la cuadra, y cuando le acercó la mano con el terrón de azúcar, volvió violentamente la cabeza hacia él y dio una dentellada en el aire. Las dos primeras medidas del gabinete de crisis fueron el relevo de la guardia y el sacrificio del caballo. La tercera fue redactar una nota que explicara al pueblo llano, con palabras simples que pudiera entender, la necesidad del trabajo duro para la buena marcha de las naciones prósperas. Y, de hecho, el escrito insertado en los periódicos era tan claro y persuasivo que la mayoría no pudo menos que dudar de la conveniencia del paro al que se habían sumado de modo tan irreflexivo.

Alejandra y los demás miembros de la Federación de Sindicatos de Titulcia mantuvieron un acalorado debate acerca de cuál debía ser su siguiente paso. Una veintena de personas, en representación de todos los sectores laborales, se hallaban sentadas a la mesa, bajo una bombilla nublada por el humo. Sólo Ricardo fumaba en ese momento en la habitación, en su pipa, despidiendo unos hilachos anaranjados que olían a azafrán. Tenía irisaciones anaranjadas en el bigote, los dedos y el cuello del blusón, que llevaba abierto y mostraba la maraña de su pecho. Sentado de través en la silla, acodado en el respaldo, chupaba la pipa y no le quitaba ojo a Alejandra. Representaba al Sindicato de Artistas Plásticos, integrado, además de por él mismo, por un retratista al óleo que nunca se había plegado a suavizar las arrugas de sus clientes y un grabador sordo y huraño que registraba y catalogaba las viejas prácticas supersticiosas.

Escultor de mármol y granito por encargo, fundidor de bronce por vocación, Ricardo era un joven corpulento. Con un cabeceo decidido, cada tanto se apartaba del hombro la melena negra y rebelde. Si sus clientes -querían bustos solemnes, él se los proporcionaba, y si querían eternizarse sonriendo, daba un par de cincelazos en las comisuras de los labios. La creatividad la reservaba para el bronce, donde deformaba las figuras y les añadía tornillos en las orejas o cazoletas en las rodillas, dejándose llevar por la inspiración y los últimos hallazgos en las chatarrerías. Su nave se hallaba en un extremo de los barrios de Esperanza, una zona barata llena de almacenes y talleres. Arriba tenía el dormitorio, siempre con la colcha arrugada, y abajo las herramientas y los restos del material en bruto. Un revoltijo de manos, patas y cabezas de animales y de hombres, cuerpos descuartizados y fríos conformaban un paisaje desolador tras la batalla de yeso. De costumbres noctámbulas, solía trabajar hasta la madrugada y dormir hasta el mediodía. Pero los últimos meses se levantaba al amanecer y se apostaba a la puerta del taller con la pipa prendida. Miraba pasar a los obreros que se dirigían hacia las fábricas. Buscaba con la mirada a Alejandra, que se apeaba del tranvía y caminaba rápido por la acera opuesta. ¡Qué hermosa era! Ricardo dejaba que su pipa se apagase y luego regresaba al altillo, donde hundía la cabeza bajo la almohada para conjurar los ruidos de la calle.

En la reunión del sindicato, un puñetazo sobre la mesa sacó a Ricardo de su encandilamiento. Retiró los ojos de Alejandra. El representante de los impresores atravesó a los asistentes con la mirada, uno por uno:

–¿Vamos a echarnos atrás ahora? Lo más difícil ya se ha hecho. ¿Cuándo hemos conseguido nunca que todos paren a la misma hora? Se sienten fuertes e ilusionados. En la capital y en todas las demás grandes ciudades del país ya se ha aprobado la huelga. Si ahora nos frenamos, pensarán que no ha servido para nada enfrentarse al patrón y señalarse; los frustraremos y habremos perdido una ocasión de oro.

Hubo palabras de aprobación.

–Estoy contigo. ¡Votemos!

El delegado de hostelería y restauración se puso en pie, tieso, con una mano a la espalda, y levantando en alto la otra afirmó que su sector estaba mayoritariamente «a favor de la huelga general indefinida». El de los impresores se apresuró a secundarle. Lo mismo hicieron los almaceneros, los albañiles y los dos delegados de la industria textil, uno por los obreros de los telares y otro por las modistillas a comisión. También mostró su aprobación el representante de los carteros y transportistas. Y el de los jornaleros del campo y el de los mineros... Uno de los delegados del metal expresó su conformidad. El otro, Alejandra, levantó la mano y dijo con firmeza: «A favor de la huelga general». Sus ojos se encontraron con los de Ricardo.

–Bien –dijo el impresor, repasando a los concurrentes–. Parece que existe unanimidad...

El representante del Sindicato de Artistas Plásticos se sacó la pipa de la boca y carraspeó.

–Señores... señorita... En primer lugar... en primer lugar, antes de expresarles nuestro parecer y emitir el voto, quería agradecerles que hayan admitido a nuestra agrupación entre los demás compañeros. No soy hombre de palabras. Mis brazos están acostumbrados al cincel, así que disculpen mi rudeza. Por más que nuestra tarea no sea la de producir bienes y servicios, sino la de generar belleza, no fabricar las alfombras que se pisan, sino las alfombras con las que se vuela, también somos trabajadores y así nos sentimos, como simples miembros de la gran federación del sufrimiento y del trabajo...

Alzaba y bajaba el tono según la frase y la palabra para mantener viva la emoción. Movía los brazos, se llevaba una mano al pecho.

−¿No ha llegado ya el día luminoso en que todos los hombres caminen de la mano? −exhortaba−. Hombro con hombro el profesor y el carpintero, el pintor que inventa paisajes y el que adecenta las fachadas...

Concentrado como estaba en su charla y con los ojos posados en los iris verdes de Alejandra, no advirtió que el presidente impresor había dado por concluida la reunión y se había puesto en pie, ni que los demás compañeros delegados le habían seguido por la puerta, escaleras abajo. Tan sólo Alejandra se mantuvo sentada. Se sentía atraída violentamente por este hombre impetuoso, de brazos musculosos y pecho peludo, que la miraba con insistencia. Tampoco ella dejaba de mirarlo. Intentaba penetrar en aquellos ojos grises y fríos, sin conseguirlo.

9

Mercedes sentía una fuerza gravitatoria que la iba alejando del palacete y la retenía entre las orquídeas del invernadero. Fue consciente la mañana en la que se hallaba en el salón escuchando música, adormecida en el sofá con la gata sobre las rodillas. Cuando Circe se desperezó y saltó al suelo, Mercedes reparó en que hacía una eternidad que la aguja del gramófono rascaba el disco, que giraba mudo. Circe la miró un instante desde el umbral y luego salió por la gatera. Mercedes la siguió y giró el picaporte de la puerta principal. Desde el porche, buscó con la mirada por el jardín. Allí estaba, a la entrada del invernadero, lamiéndose sus dos patas delanteras.

Con el paso de los años, Mercedes había reunido miles de orquídeas. Ataviada con una bata blanca y guantes de látex, provista de pinzas y probetas traslúcidas, procedía a recrear la vida sobre su mesa de operaciones. A los ejemplares enfermos los alimentaba con un gota a gota, calibrando líquidos y minerales. Cuando se reponían, los devolvía junto a los demás, una colección admirada por los lectores de las revistas especializadas de todo el mundo. Desde el hemisferio sur, media docena de corresponsales la mantenían informada de las novedades en la materia, sus desvelos por el progreso de la ciencia botánica y sus dificultades financieras. Para la captura de algunos ejemplares, había que adentrarse en parajes inexplorados de la selva, vadear ríos fiscalizados por cocodrilos y sobornar el conocimiento de los nativos. Algunos ejemplares atravesaban el océano en camarotes privados, protegidos en urnas de cristal. Mercedes sabía que su marido, don Esteban, estampaba su firma sin mirar los pagarés que ella extendía. No habían vuelto a hacer el amor desde que lo sorprendió en el despacho con Carmela, el ama de llaves, que columpiaba sus nalgas fofas sentada sobre él en el diván, le ofrecía con ambas manos dos pezones hinchados y lo insultaba. Mercedes había cumplido con los deberes del matrimonio, pero nunca le había clavado las uñas en la espalda ni le había hecho gañir entre sus pechos. Así que, liberada, mandó construir junto al invernadero una casita, donde instaló un estudio fotográfico y su cuarto oscuro. A veces se le hacía de noche entre las placas y los haluros de plata. Pensaba que el ser humano no tiene tanto la capacidad de crear como la de ensalzar la vida. Aquella imagen que iba floreciendo en el papel blanco bañado en la cubeta prolongaba la existencia de un ejemplar único. Mucho después de que la orquídea se hubiera marchitado, después de que ella misma hubiera muerto, alguien apreciaría en el juego de luces y sombras la pasión que la flor despertó en ella.

Acabaría mudando sus muebles a la casita del invernadero, y en el futuro allí dormiría y comería sola. Tomó por costumbre recibir a las visitas sin cambiarse de ropa ni interrumpir la tarea. Estaba entregada a la ciencia y el arte. Sus ojos se habían ido debilitando y sus hombros habían descendido, los primeros para adaptarse a la oscuridad de sus veladas y los segundos para acomodarse a la altura de la mesa. Su pelo, que le gustaba proteger en una redecilla, aún conservaba el brillo. Pero cubierta del cuello a los tobillos por la bata y armada de unas gafas de cristales ahumados que le ahorraban los deslumbramientos de la luz diurna, nada se apreciaba de su hermosura entre tanta belleza del invernadero.

Alejandra fue a buscarla allí la mañana en la que, decidida a trasladarse a la capital, regresó para recoger sus últimos baúles. Junto a la cancela de la finca la esperaba Ricardo, recostado en el auto, despechugado y con la pipa entre los dientes. Mercedes no se volvió al oír entrar a Alejandra, cuyos pasos en la tarima habría reconocido en la barahúnda de una avenida. Y mientras la madre limpiaba con un algodón los pétalos multicolores, la hija paseaba en silencio entre las filas de bulbos, girando sobre sí misma, reclamada por unos pétalos encarnados con irisaciones azules, por una explosión de amarillo moteada de naranja, por el zumbido mínimo de un insecto que se entrampaba entre los pistilos morados.

Apenas si necesitaban hablarse para que cada una supiera qué pensaba y sentía la otra. «Son la misma mujer», se decía la señá Clara cuando, cada sábado, seguía encontrándolas en el mercadillo. Don Esteban solía confundirse y llamar «Mercedes» a Alejandra. Y cuando Mercedes se hallaba sentada en el sofá y su cabellera se encaramaba por el respaldo, sus propios hijos, que se acercaban por detrás, no sabían si se trataba de su madre o de su hermana hasta que alcanzaban el centro del salón y distinguían las rodillas cruzadas. Alejandra, por el contrario, solía descalzarse y subir ambos pies al sofá, donde se sentaba en pantaloncito corto en la posición del loto para pintarse de fresa las uñas. No recordaban el primer día de su enfado mutuo. Alejandra albergaba, en el fondo de su pecho, el poso crónico de una desaprobación. Nunca se atrevió a preguntarle a su madre por qué se casó con el conde, por qué renunció al amor. Su madre, que le había dado la vida, también le había cambiado el rumbo con un golpe de timón. Alejandra jamás logró apagar del todo el sordo reproche que se encendió al enterarse, por un miembro del servicio, de quién era su padre. Mercedes leía la censura en los ojos de su hija, y otras veces notaba en su propia garganta el nudo de la culpa. Cualquier cosa que una dijera molestaba a la otra. Durante las cenas, ni se hablaban ni se miraban. Y cuando se mencionaba a una en presencia de otra, alzaban imperceptiblemente la ceja izquierda.

Mercedes no soportaba ni la adulación ni la vanidad, pero Ricardo, el novio de Alejandra, había entrado en su vida derrochándolas. La mañana en la que coincidió con la pareja en la avenida Grande y Alejandra se lo presentó, el escultor la fijó con sus ojos huecos y le marcó el mentón con el índice.

—Un perfil búlgaro —dictaminó, observándola, y añadió—: Me sentiría honrado si vinieras a mi estudio y me permitieras tomar apuntes para un busto.

Mercedes calló, confundida, pero no fue ella, sino Alejandra, la que se ruborizó. El resto del día Mercedes se sintió incómoda consigo misma por dar a entender que el tuteo del jovenzuelo la había molestado. El rubor de su hija ¿no se debía a que ésta había observado su propia turbación? Una sonrisa y un «por qué no, quizá algún día visite tu estudio», entonado con cordialidad, habrían bastado para que el encuentro no mereciera ser incluido en su diario. Pero habría más ocasiones, en las que Ricardo también ocultaría su nerviosismo. Chupando la pipa con insistencia, podía contener la lengua y las manos hasta media hora. Pero con esa reincidencia propia de los obsesos, para demostrar que sus intenciones habían sido amables desde el principio, volvía a elogiar el perfil búlgaro de Mercedes, después de haberle marcado de nuevo el mentón con el índice.

Desde los ya lejanos días en que se fraguó la huelga, Alejandra había pasado muy poco tiempo en casa. Cada tarde al cierre de la factoría, tomaba el tranvía hacia la plaza Mayor. En el último portal de un callejón húmedo, en la última planta de una escalera quejumbrosa, se hallaba la sede de la Federación de Sindicatos, el cuarto iluminado por la bombilla pelada, con la mesa ovalada y el cenicero. Antes de cada reunión, el presidente miraba por el ventanuco hacia los tejados vecinos y corría la cortina, pegaba la oreja a las paredes y las golpeaba con los nudillos, tentaba con el pie cada baldosa, palpaba por debajo de la mesa. «Todo limpio», anunciaba. Aunque a las reuniones sólo asistían los representantes de los trabajadores, parecía que las autoridades se anticiparan a cada uno de sus movimientos. Si se citaban para interrumpir una proyección en el cinema y hablar al auditorio desde el escenario, en el extremo de cada fila de butacas se sentaba el uniforme de un guardia. Si el domingo temprano acudían por sorpresa a la plaza para distribuir panfletos a los feligreses de la primera misa, en los aledaños se hallaba la guardia urbana montada. La decena de caballos nervudos ahogaban sus deseos de relinchar mientras abonaban el adoquinado con sus bostas.

¿Quién era el informante infiltrado en los sindicatos? Desde la ventana de su dormitorio junto al invernadero, Mercedes había visto varias noches la llegada al palacete de un automóvil azul marino. Atravesaba el jardín con las luces apagadas y aparcaba junto a las caballerizas. Se bajaban tres hombres. Uno de ellos, de espaldas tan anchas que parecían a punto de reventar las costuras de su uniforme, era un alto mando de la guardia urbana. En otro reconoció a su propio hijo, Luisito, que con zancadas desgarbadas precedía a sus dos acompañantes hasta un acceso trasero, camuflado entre las buganvillas. El tercer hombre se cubría con una capa y un sombrero de ala negros. Sus botas marcaban una profunda huella en el barro mientras el humo de su pipa dejaba un rastro de azafrán. Mercedes, empujada por la curiosidad, los siguió hasta el interior del palacete. Recorrió la primera planta, pero no había nadie en el salón, ni en la salita de fumar, ni en la del billar. Un rumor la llevó hasta la cocina. Dentro se encontraban el jardinero, el caballerizo, un camarero y el ama de llaves. Ésta, al verla, se levantó. Aunque Mercedes dio media vuelta y volvió sobre sus pasos, no tuvo tiempo de alcanzar el otro extremo del pasillo. «¿Deseaba algo la señora? —oyó a sus espaldas—. ¿Un vaso de leche caliente?» Imaginó la cara de luna del ama de llaves, su sonrisa de cartón. Mercedes se limitó a dar las gracias por encima del hombro, volviendo apenas la cabeza, y continuó andando, luchando consigo misma para no acelerar el paso.

El auto azul regresó otra noche a la misma hora. Mercedes entró en el palacete y siguió de cerca las sombras y el rastro de azafrán. ¿Cómo no lo había pensado antes? Dos sótanos se solapaban bajo la planta baja, hasta la misma roca madre sobre la que se asentaban los cimientos. El primer sótano se utilizaba como almacén; trastos, muebles y viejos baúles en un ala; el laberinto de la bodega del vino en la otra; en medio, otras estancias para la leña, el carbón o los sacos de grano y harina. Sólo una vez había bajado al subsótano, con su marido, don Esteban, el único que disponía de la llave. Tras una empinada escalera de piedra, en una oscuridad total, se sucedían las galerías y las estancias cerradas por pesadas puertas de madera. Nunca se les había dado uso, le dijo su marido. Era un resto de la vieja edificación medieval, que se había levantado sobre la villa romana, construida a su vez sobre el castro neolítico. Al final de la galería central había una sala de armas de planta circular. Se había sentido sobrecogida: las viejas armaduras de hierro se miraban unas a otras con hocicos de dogo y morros de toro, sobre un suelo cubierto de alfombras y entre paredes tapizadas con escenas de caza. No se equivocaba al intuir que era allí donde encontraría reunidos a los tres hombres. Pero había más, no menos de una docena, entre ellos varios uniformes y algunos chalecos con reloj de bolsillo. «Hay que pararles los pies de una vez. Por el método que sea. Han ido demasiado lejos. Si los descabezamos, los demás volverán al trabajo como corderitos». No reconocía la voz, que le llegaba distorsionada. El resto de los congregados pareció asentir. Su recuerdo le había engañado. Por la puerta entornada, ahora veía una sala espaciosa e iluminada por una elegante lámpara de cien brazos. Las armaduras no tenían cabezas monstruosas, sino simples yelmos con visera. Los invitados se sentaban en sofás de terciopelo y había vasos de cristal en la mesa. Pero su memoria le era fiel respecto a los tapices de las paredes. Un águila imperial mantenía las garras hundidas en el lomo de un cervatillo mientras le picoteaba las entrañas. En una esquina, recogido en un mástil, el trapo de la gloriosa patria reposaba.

Un brazo la tomó desde detrás por la cintura y la arrastró hacia la oscuridad, lejos de la puerta. La mano que le tapó la boca olía a azafrán.

151

–No digas nada... –le susurró Ricardo al oído.

Mercedes forcejeó y se giró, hasta sentir que el abrazo se aflojaba y quedar cara a cara con Ricardo.

–Suéltame si no quieres que grite –dijo ella.

–Disculpa mi brusquedad –musitó–. Esto no es lo que parece.

Mercedes calló. Atravesó los ojos grises de Ricardo. Al verse descubierto, de pronto sus pupilas se mostraban brillantes, húmedas y verdaderas.

–No será lo que parece –dijo ella–, sino lo que constato: que estás haciendo doble juego.

–Eso es la superficie –contestó Ricardo–. Escucha. Sé que eres de los nuestros y que nunca has llegado a creerte tu papel de señorona burguesa. Alejandra, tu hija, cree en ti. Pero alguien tiene que hacer lo que yo hago. No le cuentes a tu hija lo que has visto. Aún es joven e inexperta, no lo entendería. Tú sí puedes. Si no fuera yo, sería otro. Esos de ahí dentro forzarían a otro a informarles de todo lo que se organiza, punto por punto. Le sobornarían, le coaccionarían; el resultado sería el mismo. Pero yo los camelo. Les doy algo para que se contenten y ganar su confianza, pero me reservo lo decisivo. ¿Entiendes?

La duda cruzó el semblante de Mercedes. En los siguientes encuentros con la pareja, de nuevo el escultor de ojos grises, soberbio y pedante, le hablaría de perfiles búlgaros y sesiones de pose. ¿Cómo sería en la intimidad con Alejandra? Ella se aferraba al brazo de Ricardo con cariño y, a ratos, apoyaba la cabeza en su hombro con complicidad.

Madre e hija podían compartir horas en el mismo lugar sin dirigirse la palabra. Era preferible el silencio a otra discusión atrabiliaria, que las dejaba a ambas confusas e irritadas. El día de la despedida en el invernadero meses después, fue Alejandra la que se atrevió a arrojar la china al agua.

–Me marcho –dijo. Cuánto le había costado pronunciar esas dos palabras. Su madre continuaba inclinada sobre la mesa, limpiando los pétalos de una orquídea con un bastoncillo de algodón–. ¿Y bien? ¿No dices nada?

El tiempo que transcurrió hasta que su madre habló se le antojó un montón de años.

–Demasiado sol –había dicho. Se refería a su paciente, al que tenía que encontrarle un emplazamiento más sombreado.

–Tú y tus flores –le reprochó Alejandra.

–...Yo y mis flores... –repitió Mercedes como un eco vago, perdido.

Pero aquella respuesta, que casi parecía el comienzo de una conversación, dio pie a Alejandra. Necesitaba explicarse, necesitaba que su madre la mirara a los ojos, que le diera un abrazo y le deseara feliz viaje. Aunque la capital se hallaba a tan sólo media jornada en tren, quién sabía cuándo volverían a verse. Sentía que en Titulcia le faltaba el aire y que se asfixiaba. Los trabajadores volvían a caminar cabizbajos, las criadas bajaban la vista. En la capital se estaba reorganizando la contestación contra el rey y el dictador, que no tardarían en caer. Ella quería estar allí, donde el futuro se refundaba, no donde el pasado se imponía.

–¿Cómo puedes permanecer tranquila mientras a tu alrededor el mundo sufre?

¿Era esta actitud propia de la conducta que, en su infancia, le había puesto su madre como modelo? «Tú me enseñaste a no flaquear ante la injusticia, a no callar ante la ignominia», pensó. Al tiempo que se instauraba la dictadura y se ilegalizaban las asociaciones de trabajadores, su madre seguía cuidando las flores. Lo veía como un todo continuo y necesario. ¿Cómo se comportaría la hermosa matemática Hipatia en estas circunstancias? Alejandra no podía seguir viviendo en el palacete. Le había resultado difícil conciliar el compromiso político y un edificio de cincuenta piezas atendido por una docena de sirvientes. Ahora soñaba con un piso limpio en un barrio popular, donde estudiaría leyes y traduciría libros mientras Ricardo, a su lado, hacía bocetos de esculturas. Tenía que marcharse si no quería verse empujada a enfrentarse a su familia.

–Tus orquídeas echan raíces sobre un polvorín. ¿Lo sabías?

Así que Alejandra también había visitado el subsótano. En una de las galerías, habían almacenado cajas de madera rellenas de paja: escopetas y pistolas, granadas de mano, cartucheras. Había munición suficiente para abastecer a un centenar de hombres. Mercedes había pedido explicaciones a su marido, que palideció. «Serán cosas de los niños», contestó. ¿Cosas de los niños? El mayor, Miguel, dijo no querer saber nada. A Mercedes le asustó la mirada de Luisito cuando entró decidida en su despacho. Sonrió desde detrás de la mesa y tapó con la palma de la mano el micro del teléfono. Con el leve tartamudeo que le afloraba al ser interpelado por su madre, le dijo que «so... sólo es para defendernos». En los días más tensos de la huelga, algunos burgueses habían recibido amenazas de muerte. Algunos trabajadores, conducidos a callejones solitarios, habían recibido palizas. Mercedes regresó al invernadero, enfadada con su hijo, con su marido, con el mundo. Pasó el resto del día haciendo fotos, arrancando a las flores su gama de negros y blancos.

Cuando su hija se hubo marchado, Mercedes se sintió mareada. La vista se le nubló. Con el pensamiento siguió los pasos de Alejandra hasta el auto y la besó antes de que se subiera a él: la abrazó como hacía años que no la abrazaba. Imaginó que aguardaba junto a la cancela hasta que el auto giraba en una curva y desaparecía dando botes tras una nube de polvo. Mercedes se abrazaba a sí misma en el invernadero, con la cabeza inclinada sobre la mesa. Ya no veía nada y un zumbido le llenaba los oídos. Las rodillas le temblaban y el suelo ondulaba. Cayó despacio, ligera, como quien se hunde en una cama de plumas.

El primer día de huelga, un lunes soleado de finales de verano, las calles de Titulcia habían amanecido desiertas. Nadie en las aceras. Nadie en los bancos de los parques. Para garantizar el transporte, el ejército había destinado a tres cabos con sus respectivos escoltas al volante de los tres tranvías. Circularon aligerados, sin pasajeros, y al tropezar con los cables del suministro eléctrico tendidos sobre las vías, fueron abandonados como juguetes rotos. La mayoría de los comercios permanecieron con el cierre echado. Los propietarios que se arriesgaron a abrir, pronto vieron desde el mostrador cómo una silueta se deslizaba ante el escaparate con una lata y una brocha y, en un pestañeo, escribía «esquirol» en el cristal con pintura roja. La guardia urbana montada patrulló al trote las callejuelas del centro. Al intentar atravesar el río por el puente romano, hacia la estación ferroviaria, se toparon con que al otro lado un montón de sacos terreros les cerraba el paso, y al dar media vuelta, con que otro montón recién puesto les cortaba la retirada. Allí quedaron atrapados buena parte de la mañana, reposando sobre la milenaria arcada de piedra. Cuando por fin otra patrulla les ayudó a despejar los accesos, cuatro caballos se negaron a moverse. En los años siguientes, las abuelas contarían a sus nietos la leyenda que atribuía este origen a las estatuas de caballos sedentes que custodian las bocas del puente. Según otras abuelas, era una versión falaz, que suplantaba al relato histórico y verídico de los cuatro caballos que, exhaustos, se petrificaron a su regreso de combatir a los infieles en el otro extremo del mar civilizado.

La huelga general se prolongaría varias semanas. Por las mañanas, ni un alma recorría Titulcia. Las calles y las plazas renacían por las tardes. De nuevo los trabajadores y los críos, que habían permanecido agazapados, desbordaban las aceras. Sin taquilleras ni acomodadores, los cines abrían gratis sus puertas por orden del Gobierno, con un programa de películas de guerra que exaltaban el espíritu nacional. A la misma hora, en la glorieta la banda municipal tocaba sin uniforme ni compás. Los espectadores se agrupaban con las manos en los bolsillos en torno a los poetas, que leían sus sonetos subidos a taburetes en las esquinas. Algún comerciante avispado, presintiendo el negocio, sacaba brillo a la barra de cinc y ofrecía mesa y carajillo por el precio de un café solo, pero los viandantes continuaban con su paseo, los poetas con sus rimas, los músicos con sus partituras, los actores con sus guerras.

Los periódicos no dejaron de imprimirse. Cada madrugada publicaban mapas del reino con banderitas rojas clavadas en las ciudades, izadas o a media asta según el seguimiento de la huelga, y eran distribuidos a precio reducido con el patrocinio de las empresas locales. Cuando la tercera semana un titular anunció que en la capital la huelga se había desconvocado, las manos de los piquetes anónimos embucharon una octavilla que desmentía la información: «¡Los obreros resisten!» proclamaba.

Pero nada podían las huelgas contra los procesos de la naturaleza. Como explicaba con regocijo un columnista de *El Correo de la Verdad*, «los perales siguen dando peras; y las encinas, bellotas». Un licenciado bisoño, escritor en ciernes y seguidor de las vanguardias, publicó un relato de ciencia ficción en *La Gaceta Ilustrada*. Pintaba un mundo tecnificado en el que los tomates se cultivaban bajo plástico, con raíces aéreas y tierra fertilizada con abonos industriales, procurando seis cosechas al año, alimento para todos y buenos sueldos. Pero aquellos días estaban lejos, y ahora se acercaban los de la vendimia. Las viñas, pasado un verano amable, estaban cargadas de uvas y reclamaban las manos callosas del vendimiador y una cesta. Quienes se acercaban a Titulcia por las comarcas del sur veían su faz añeja: ni chimeneas fabriles ni edificios de viviendas, sólo la vieja llanura despejada. Hacia el castillo se orientaban los miles de surcos en la tierra roja, tachonada de vides. La torre del homenaje, recortada contra el cielo, era el puntero que los jornaleros y las bestias no perdían de vista mientras araban. La tradición quería que una semana al año niños y grandes abandonaran talleres y aulas y lucieran pañuelo y espuerta entre los sarmientos. De noche, las guitarras gemían y el dulce mosto se regaba sobre los vasos. Los representantes de los trabajadores suscribieron un contrato con los bodegueros, que a cambio de una parte para la exportación se comprometieron a poner el caldo en el comercio interno a precio de coste. Los paladares y las lenguas de los diputados quedaron satisfechos con el primer zumo de aquella temporada. Aunque muchos en Titulcia, e incluso en la capital, casi se habían olvidado de que existían diputados, se trataba de personas de retórica competente y gran prosopopeya. En nuestra monarquía, tenían poco más poder que el de su verborrea, pero sus palabras eran transcritas y entrecomilladas en los periódicos, y los cómicos gustaban de celebrarlos en las comedias. El rey y su Gobierno se sentían superados por una huelga sin precedentes en la historia y que ya duraba más de un mes. Pero con esa humildad propia de las gentes verdaderamente grandes, el monarca llamó a las Cortes a consulta. ¿No brota la verdad del libre debate, de la opinión expresada sin coacción ni interés ni utilidad por los mejores hombres de letras?

Coincidió la sesión extraordinaria de las Cortes con las últimas jornadas de la vendimia, cuando los campos se llenaban de moscas juguetonas excitadas por el azúcar de la uva madura. Sin reconocer rango ni oportunidad, algunas moscas solitarias exploraban los escaños de terciopelo. En la tribuna los ponentes se sucedieron toda una tarde, con discursos bien trabados en los que aprovechaban para colar algunos versos propios como citas de poetas modernistas. La alocución de un viejo general retirado, avezado estratega en las batallas y calculador en las tertulias, fue despedida con aplausos y mereció los mejores elogios en los periódicos de la mañana siguiente.

—Si bien las contingencias nuevas demandan soluciones nuevas —el orador concluyó con brillantez, apartándose una mosca de la nariz de un manotazo—, situémonos de modo que la luz que nos alumbra no arroje sombras sobre el camino recorrido, no sea que debamos desandarlo. Tampoco olvidemos que es preferible dar una patada a la piedra y concretarla, a volver a tropezar con ella.

Al rey le gustó mucho esta cadena de figuras. Tras las deliberaciones del Consejo de Ministros, el titular de la cartera de Trabajo comunicó a los representantes de los trabajadores que el Gobierno se avenía a regular la jornada laboral de ocho horas «según las contingencias». Tras la desconvocatoria de la huelga, se iniciarían negociaciones para «su concreción».

Hasta las sirenas de las fábricas cantaron el día de la vuelta al trabajo. Los obreros retomaron las llaves inglesas como quien lleva demasiadas horas sin comer y se lanza sobre el plato. Los oficinistas no tenían tiempo ni de mordisquear el bolígrafo. El cartero entregó en un mismo día la carta atrasada de un enamorado tímido y la respuesta de su amor, que, decepcionada por una espera sin noticias, ya se había comprometido con otro.

En el curso de la huelga, mi tío Isidro no había dejado de visitar a diario la huerta. Regulaba la compuerta de la canal y, por respeto a la convocatoria, se cruzaba de brazos y dejaba que el agua trabajase por su cuenta, distribuyéndose risueña por la acequia y filtrándose hasta las raíces de las verduras. No vendía los productos en el mercado, pero acababa surtiendo la cesta de unas pocas clientas que se acercaban muy temprano hasta la misma cerca para tentar las cebollas y ofrecerle precios muy subidos. En la pedanía vivían muchos obreros en huelga, padres de niños en edad de crecer y con la despensa vacía. «Tengo dos o tres melones que me sobran —les decía mi tío—, a ver si me haces el favor y te llevas alguno. También hay unas judías que se pasan de maduras y no sé qué hacer con ellas». Y el vecino pasaba a saludarle, haciendo luego el camino de vuelta a su casa sonriendo, imaginando la felicidad de la parienta al verlo llegar con una calabaza gigante.

Mi tío Isidro, que seguía siendo analfabeto, tenía oídos para escuchar las palabras y sesos para medirlas. No le habían convencido ni las «contingencias» ni la «concreción» expresadas por el Gobierno, pero era tozudo cuando estaba en juego el cumplimiento de la palabra dada. Por eso compartió la ira general cuando, días después de la desconvocatoria de la huelga, el nuevo ministro dijo lamentar que las «contingencias» actuales no le permitían «concretar», como sería su deseo, la jornada laboral de ocho horas. En *La Gaceta Ilustrada*, un jurista indicó con ironía que la actitud del Gobierno era rigurosa en el acatamiento de la ley y el uso ambiguo de las palabras, pues ahora no desmentía nada que antes hubiera afirmado con claridad, pero también que menospreciaba el carácter y la inteligencia del pueblo, que le había hecho una demanda. Aquel número del semanario fue retirado de la venta por orden judicial, el mismo día en que, sin convocatoria formal, miles de trabajadores abandonaban sus puestos y ocupaban otra vez las calles. En la capital, la guardia urbana montada había cargado contra algunos impresores que colgaban una pancarta de lo alto del viaducto, y de las montañas del norte llegaban noticias confusas de una mina cuyas galerías se habían derrumbado por el efecto de una carga de dinamita. En Titulcia, los obreros destrozaron a golpes de palanca los chasis de motocicletas y sidecars almacenados en las naves. Bandas de pistoleros a sueldo empleaban las mismas palancas para romperles las piernas a los obreros. Se oían carreras y disparos por las noches. Las lunas de los comercios que osaban abrir eran apedreadas. El género acababa en la calle, alimentando las llamas de grandes piras. En las cárceles de gobernación ya no sabían qué hacer con tanto detenido. *El Correo de la Verdad* publicó en portada un artículo editorial: «Ya habíamos advertido contra las veleidades del individualismo, las ideas democráticas y los intelectuales». Reclamó autoridad y pidió la vuelta a la senda de los valores esenciales y el ruido de sables.

El golpe de Estado tuvo lugar en una plaza de la costa este y fue secundado por los cuarteles de todas las ciudades importantes. El ejército ocupó la plaza Mayor de Titulcia, mientras una columna de artillería desfilaba precedida de tambores por la avenida Grande, al sol del mediodía. El general golpista acudió a la capital, donde hizo una reverencia ante el rey y le besó los pies. «¡La vuelta a la razón!» saludó el editorialista de *El Correo de La Verdad*.

Los sindicatos fueron declarados ilegales. Los trabajadores directamente implicados fueron procesados. Un tribunal llamó a vista oral a mi tío Isidro. Un anónimo le había denunciado por colaboración con los insurrectos y se le acusaba de haberles suministrado provisiones.

–Soy hortelano, señoría. Y vendo mi mercancía a quien quiere comprarla.

–¿A cualquiera?

–Claro. La huerta no se ha puesto en huelga.

Gustó esta respuesta al juez, que ordenó su liberación sin cargos.

Sin embargo, pronto recibió mi tío una carta certificada del mismo juzgado. Se la dio a leer a don Silvestre, el arqueólogo, que primero abrió los ojos como girasoles y después lloró, sin llegar a concluirla.

–Tú no, Isidro. Tú no te mereces esto.

El despacho de abogados, costeado por la Sociedad Titulciana de Fomento, presumía de hacer su trabajo a conciencia. Los legajos podridos encontrados en lo más recóndito de los archivos del palacete establecían que Isidro no era propietario de la huerta. Un miembro de la dinastía condal, trescientos años atrás, había cedido la propiedad en usufructo. Ahora, el legítimo heredero reclamaba la huerta, que debía ser anexionada a la finca.

Asimismo, un nuevo decreto real establecía, con carácter retroactivo, el pago de impuestos por el derecho de usufructo: en el caso de Isidro, trescientos años de atrasos, pagaderos en los siguientes quince días. A los deudores que no desearan pagar en metálico, el rey les concedía la gracia de evitar la cárcel si aportaban sus brazos en la conquista de nuevas arenas para la corona.

Mi tío Isidro pasó una semana durmiendo al raso bajo el olmo. Las acequias le cantaban nanas, las estrellas vigilaban su sueño. Apretaba un puñado de hierba y se lo llevaba a la nariz. Quizá nunca volvería a acariciar la cáscara dura del melón, ni a hundir los dientes en la pulpa de una sandía recién arrebatada a la tierra.

Un guardia viejo y varios soldados fueron en su busca. Dejaron el furgón junto a la cerca. Isidro se levantó al verlos llegar y se sacudió el polvo del pantalón. El guardia, jadeando por los cuatro pasos dados, desplegó la orden y comenzó a leer, pero mi tío le interrumpió:

—Esto no es justicia, es un robo.

—Te conozco desde que eras un crío, Isidro. ¿Qué necesidad tuviste de juntarte con esos que pretenden acabar con la justicia y la propiedad?

Mi tío Isidro esta vez notó que un torrente de voz clara le brotaba en el pecho y se apropiaba de su boca. Alzando la frente, contestó al juez y a todos los presentes: «¿Qué es la tierra? ¿Es la tierra nuestra? Monten en sus vehículos y recorran las comarcas. Encontrarán tierras y más tierras sin cultivar, llenas de maleza, y todas tienen un señor: un diputado, o un marqués, o un abad, o el rey, o un latifundista, o un comerciante de la ciudad al que le gusta cazar conejos y perdices unos pocos días cada año. Esa tierra roja que usted pisa no es mía. No es de nadie y es de todos, aunque los papeles digan lo contrario».

Y continuó: «Lo que es mío es ese surco en el que se hunden sus zapatos, porque yo lo cavé con mis propias manos empuñando un azadón. Y ese árbol a cuya sombra se ha puesto usted tiene mucho de mí mismo, porque yo lo planté cuando era un niño, y porque cada día desde entonces saqué un cubo de agua fresca del pozo y lo derramé al pie del tronco. La tierra no es mía, ni el sol, ni el agua del pozo; son míos los cultivos, los bancales, el brocal, el alcorque del árbol... me pertenecen estas manos, estos callos de las palmas son míos. Mi trabajo me pertenece. Y no reconoceré justicia en el mundo que no respete eso».

O puede que no dijera nada. Tan sólo deseó decirlo, mientras apartaba los ojos de aquellas cuatro siluetas negras, daba media vuelta y se encaminaba hacia el furgón, que le aguardaba con la puerta abierta.

10

A mi tío Isidro se le encendían las pupilas cuando alguien en la fonda le pedía que contara la historia del camello.

Se ponía el sol tras las dunas. El cielo estaba rasgado por nubecillas rojas, señal de que se avecinaba una tormenta de arena. Había que apresurarse y encontrar refugio para la caravana. Los cuarenta camellos no habían bebido agua desde hacía semanas y las cisternas se hallaban vacías. El jefe beduino recordó una alejada charca entre palmeras, en una hondonada al abrigo del viento, y tiró de las bridas en esa dirección. Sin embargo, el camello más viejo, que iba en el segundo puesto, se detuvo. Sólo cargaba con un ligero paquete de especias, en reconocimiento a su edad, pero los otros treinta y nueve camellos le tenían enorme respeto y también se detuvieron. El beduino saltó de su joven montura y se acercó al viejo animal, pero por más que tiró de sus bridas, no se movió. Y cuando le pegó con la fusta, el camello dobló solemne las rodillas y se sentó sobre sus cuatro patas, resignado a morir a golpes. El jefe, profiriendo alaridos, viendo cómo las nubecillas con forma de lanza continuaban avanzando, descargó la fusta sobre su joroba una y otra vez, con rabia. Luego le cortó la cincha, lo liberó de su carga y lo apartó del resto de la caravana. Un anciano, que había oído los gritos, acudió con toda la ligereza que le permitieron sus piernas arqueadas y unos pies tan hinchados que apenas si cabían en las babuchas. Se abrazó al cuello del viejo camello y le habló al oído. «Querido Abderramán, ¿por qué no quieres caminar? La tormenta pronto se nos echará encima. Si deseas que tú y yo muramos aquí, está bien. Hemos vivido mucho y hemos visto mucho». El camello berreó. «¿Deseas decirme algo, viejo amigo?» Abderramán, con la joroba sangrando y las patas temblorosas, se levantó y se apartó de la ruta, dirigiéndose a una cadena de dunas orientadas al sur. Todos los camellos le siguieron. Después de media hora de marcha alcanzaron un cerro, en cuya falda se abría una amplia cueva. Sus paredes estaban decoradas con escenas de hombres desnudos que perseguían ciervos por bosques frondosos. Descansaron allí dos jornadas, bebiendo hasta saciarse del hilo de agua que en lo más profundo de la cueva brotaba pura de la misma roca.

Don Silvestre se conmovía cada vez que escuchaba este relato de labios de Isidro. A los que deseaban saber qué ocurría después con el camello, el anciano y el jefe beduino, les sugería que dejasen caminar los pensamientos, pues en un cuento era tan importante lo que se decía como lo que se callaba. El arqueólogo disentía de los que criticaban al jefe beduino. Pensaba que no era un mal hombre. Tenía la responsabilidad de poner la caravana a resguardo y había perdido los nervios. Su crueldad al fustigar al camello era la espuma de su frustración, de su impotencia, y aquel atardecer había aprendido que una fuerza superior no concede a su titular ni el acierto ni la verdadera autoridad. En los momentos difíciles, los camellos jóvenes preguntaron al veterano con la mirada y siguieron su huella. Y por encima de todo, en el cuento se ponderaba el valor de la amistad. Sentía afecto por ese viejo camellero dispuesto a morir abrazado al cuello del animal con el que había compartido años, día tras día, paso a paso.

La tarde en que don Silvestre, recién elegido alcalde de Titulcia, salió al balcón del ayuntamiento seguido de los concejales y saludó con timidez a la multitud de la plaza Mayor, su cabeza volvió a llenarse de sol y dunas. No atendía a las voces ni a los aplausos de la plaza. Acababan de llegar noticias de la proclamación de la República en la capital. A causa de los resultados en las elecciones municipales, el rey había abdicado y preparaba sus baúles con destino a un exilio dorado. Don Silvestre, vacilante, tendió las manos hacia el mástil del ayuntamiento. Mientras izaba la tricolor, no pensó en el rey, ni en los generales arrestados en sus despachos, sino en aquel viejo camello del cuento. Mirando atrás desde la experiencia de sus setenta años, su vida le parecía la caravana que atraviesa el desierto. Como arqueólogo se había dedicado al estudio del pasado y como político se había consagrado a la preparación del futuro. La intuición le dictaba que el presente se le iría escapando de entre los dedos. Antes de abandonar el balcón, volvió a saludar a la muchedumbre que festejaba el cambio de régimen. Unos agitaban los sombreros con la mano, otros lanzaban las boinas al aire. Subidos a una farola, dos hacían ondear una tricolor sobre las cabezas de sus paisanos.

Cuando, cuatro décadas antes, llegó a Titulcia con su doctorado y con una beca en la maleta de cuero, por los pantalones y el monóculo todos le atribuyeron más edad de la que tenía. La barba entrecana y el título *don* pegado a su nombre de pila acabaron de condenarle a la vejez prematura. Amaba la soledad, y pasaba menos tiempo con los humanos que con sus mulos de carga. Cuatro se sucedieron en la tarea de portar los trastos en sus correrías por los campos, aunque el último tuvo por principal misión la de llevarlo a lomos. Don Silvestre era hombre de rutinas. Todas las mañanas de verano cruzaba la pedanía a la misma hora sentado de lado en su mulo, sosteniendo sobre su cabeza un parasol y chasqueando la lengua, camino de la historia.

Vivía alquilado en un piso del casco antiguo, cuyos balcones daban al parque. Nadie más que Hermenegilda, la portera, tenía llave y, en cuarenta años, sólo ella accedió a la vivienda. Lo hacía tres veces por semana, para barrer y fregar refunfuñando, cambiar el ramo de flores y recoger el cesto de la ropa sucia. Don Silvestre tenía la pulcritud propia de los solteros empedernidos. El florero reposaba en el centro de la mesa del saloncito, sobre el paño de encaje; en el balcón, la escudilla con migas para los gorriones; bien a la vista en la mesita de noche, la jarra de agua, el vaso y la gragea que tomaba antes de acostarse. Había tenido una novia en su juventud, allá en la capital. Cristina interpretaba a Chopin al piano con sus dedos blancos, y sus ojos tenían el color de las castañas. Los lunes, a la salida de la universidad, Silvestre se dirigía a la casa de la muchacha para impartirle clases de griego. Tocaba el timbre de la puerta. El piano seguía oyéndose desde la calle. Mientras aguardaba a que la criada le abriera, aprovechaba para sacudirse las mangas y las perneras, y en este gesto una vez de cada dos algún libro se le caía de las manos. «Soy Silvestre, el profesor de griego», saludaba, incorporándose tras recoger los libros del suelo. «Ya sé quién es usted. El mismo torpón de la semana pasada», respondía adusta la criada. Sentado frente a Cristina a una mesa redonda, de roble encerado, le repetía las declinaciones. Sentía fuego cuando ella se mordisqueaba el mechón de pelo con la cabeza inclinada sobre el manual. «Página veintisiete, párrafo segundo –leía Silvestre–. Alocución de Edipo». Le respondía el silencio. Alzaba los ojos y se encontraba con los de ella, que lo contemplaba con la cabecita apoyada en la palma de la mano. «Me aburro, profe», decía. El mechoncito humedecido le rondaba los labios. A media tarde, descansaban para tomar en el salón, con el resto de la familia, un zumo de naranja y una tostada. El padre de Cristina, catedrático de latín, consideraba adecuado el interés que un prometedor estudiante había mostrado por su hija. Sólo tardó un semestre en aceptar concederle la mano, condicionando la boda a la superación del doctorado y a la obtención de un puesto en la universidad. Silvestre estudiaba con ahínco. Por las noches tardaba horas en conciliar el sueño. Miraba el techo de su cuarto en la pensión y fantaseaba con el viaje de novios, paseando con Cristina del brazo por las pistas pedregosas del estadio de Olimpia. Entre el doctorado, las pruebas y los concursos, faltaban no menos de tres años para poner el pie en el monte Cronos. El tiempo se deslizaba lento, los pechos de Cristina crecían. A veces ella se levantaba del asiento y se acercaba para darle un beso. Cristina lo besaba en la frente, en las mejillas y en la boca y él miraba hacia la puerta. «¿Y si vienen tus padres?» «Eres mi novio». «Pero la puerta...» Cada lunes, la prometida desplazaba un poco más su silla en la mesa, como las manecillas de un reloj: las seis y cinco, las seis y cuarto, las seis y veinticinco... Un lunes, en medio de un discurso de Aquiles, el atardecer los sorprendió con las sillas juntas, las rodillas tocándose. Cristina lo abrazó, lo besó, hizo que hundiera la cabeza en su escote y lo apretó contra sí. «Hagámoslo ya. Ahora», le pidió. «La puerta...» rezongó él, señalándola con el dedo.

Silvestre se encontraba en la pensión, desayunando su café solo con magdalenas, cuando le entregaron la nota del catedrático de latín. Se le comunicaba que en adelante podía disponer libremente de sus lunes, pues ya no se consideraban necesarias sus clases de griego. Junto con la nota, había un billete en pago por las horas adeudadas. Supo gracias a la criada, que le atendió con la puerta entornada y la cadenilla echada, que para el sábado siguiente ya se había dispuesto, «con ciertas prisas», la boda de Cristina con su profesor de piano, que le impartía clases los martes.

Don Silvestre no se consideraba misógino, pero había renunciado a encontrar una compañera. A veces conocía a mujeres que amaban las piedras, pero que bostezaban cuando se hablaba de política. O a otras que se mostraban interesadas por la cuestión social, pero se quedaban planicéfalas ante las trazas de unas ruinas. Para ponerlo más difícil, su mujer ideal seguía teniendo las manos blancas y un mechón rozándole la boca. Era consciente de que se había convertido en un maniático. Todo en su sitio, todo a su momento. No faltaba a su cita diaria con la tertulia del café Palas. El establecimiento había ido cambiando de propietario, pero los camareros y la decoración permanecían. Los espejos mutiplicaban la superficie y el aforo, permitían mirar sin ser visto, saludar sin girarse en el asiento. A las ocho, don Silvestre entraba por la puerta y encontraba en la mesa la edición vespertina del periódico y su copa de vino, con una tapa de anchoa y tomate. Que no se le molestase hasta haber dado cuenta de la lectura y del tentempié. Leía con gusto *El Correo de la Verdad*, puesto que, en su opinión, «nada fortalece tanto el pensamiento como la gimnasia de confrontarlo con majaderías». En las tres décadas de existencia de la tertulia, centenares de curiosos habían asistido a ella. Numerosos poetas locales y algunos foráneos se habían estrenado allí en el arte de exponer sus versos y encajar las críticas adversas. Estrictos partidarios del positivismo debatieron con acalorados vitalistas. Sólo don Silvestre había salido indemne de todos los nacimientos y funerales, celebraciones y prohibiciones, debates y trifulcas. Era tal el prestigio intelectual alcanzado por el Palas que, tras el golpe de Estado, el Gobierno toleró sus sesiones, con la recomendación, hecha por persona de confianza, de que en ellas no se mencionaran ni la figura del monarca ni el nombre del dictador. A don Silvestre el planteamiento no le pareció mal, pues todo obstáculo en el camino aguza el ingenio. Al primero le llamaba Gigante, a causa de su estatura, y al segundo, Cabezudo. Observaba que, como en las fiestas populares, Gigante y Cabezudo desfilaban a menudo juntos. Los noticiarios de radio se abrían cada día con la narración de su viaje a otra potencia vecina, que visitaban para hacer diplomacia y divulgar la buena marcha de la nación.

A causa de la Gran Guerra, que había arruinado la industria continental, se demandaban nuestros productos. El dinero cambiaba de mano. Las noches de los sábados, los jóvenes de apellido hacían carreras de velocidad con sus autos nuevos, subiendo borrachos la avenida Grande a más de setenta por hora. Los guardias urbanos los cronometraban y felicitaban al ganador, que pagaba contento la multa con un billete verde, diciéndoles que se quedaran con el cambio. En el casino rodaba el champaña y la bolita de la ruleta, mientras que en las orgías de los reservados se eximía del uso de etiqueta, alzacuellos y galones. En las tabernas populares no faltaban el vino ni el embutido, pero estaba prohibido cantar y sentarse más de cuatro personas a la misma mesa. La juventud obrera se mostraba inquieta. Desde las mesas miraban por debajo de las viseras, con ojos desafiantes, a los desconocidos que se acercaban a la barra. Cuando la noche avanzaba y el vino se espesaba en las venas, algunos se soltaban a cantar «La internacional» abrazados en corros. Un tipo se levantaba y abandonaba el local. Muchos otros pedían precipitadamente la cuenta y miraban con preocupación hacia la puerta. Al poco entraban por ella los guardias, porra en mano, tocando la música de los silbatos.

Al nuevo régimen, que velaba por la unidad de la nación y los estómagos de sus habitantes, le gustaban los teléfonos y las sopas de pasta. La Compañía Telefónica Nacional, con capital de los nuevos aliados yanquis, estaba extendiendo poco a poco por valles y montes una red de postes cableados, llevando la voz incluso al más remoto de los pueblos. A los hambrientos se les daba sopa en los comederos populares, por el precio de media hora de cola a la puerta y un minuto escuchando de pie el himno patrio, ante el plato humeante. Eran tiempos de prosperidad, estabilidad institucional y paz social.

Nuestro monarca y nuestro dictador visitaron la tierra de los italos. Admiraron las gradas del Coliseo y escucharon el eco milenario que se repetía en el mármol del Senado. Al caminar por la vía Apia, donde veinte siglos antes fueron crucificados miles de gladiadores paganos, les sobrecogió el carisma de la ciudad eterna. El nuevo líder de los ítalos los recibió en un palacio con aspecto de fortaleza. Capolini, con el mentón alzado, ordenó a una compañía de camisas negras que demostraran su dominio de la marcha, el braceo y el talonazo. Desde la tribuna, él y sus huéspedes contemplaron a los doscientos hombres desfilar en perfecta formación, dar media vuelta y desfilar en sentido contrario sin que uno solo perdiera el paso.

Nuestro dictador regresó inspirado de su viaje. En el país vecino había descubierto una nación ordenada, limpia y sana, donde todo se distribuía conforme a la jerarquía natural y que le recordaba a los mejores cuarteles de sus años de instrucción. Nuestro monarca tampoco ocultaba su entusiasmo. «Admiro el fascismo –había expresado a Capolini en presencia de periodistas y fotógrafos–. Felices vosotros que termináis vuestra obra. Nosotros empezamos». Y pasando familiarmente el brazo por los hombros de nuestro dictador, añadió: «Éste es mi Capolini».

–Gigante y Cabezudo juegan a los soldaditos de plomo –comentaría don Silvestre en la tertulia del Palas al tener noticia de la parada.

Un contertulio ocasional se puso en pie y, antes de marcharse, encasquetándose el sombrero, protestó:

–¡No consiento que en mi presencia se viertan injurias contra nuestros próceres!

–Se equivoca usted, caballero; aquí sólo hacemos crítica y elogio de las representaciones de guiñol.

Casi todos los presentes rieron y se felicitaron por el ingenio y el atrevimiento de don Silvestre. Además del caballero ofendido, que se marchó tieso con el bastón colgado del brazo, sólo permaneció serio un individuo que desde cierta distancia escuchaba cuanto se decía en la tertulia y que sostenía sobre sus piernas un libro de notas. Se sentaba con las piernas cruzadas y llevaba puesto el sombrero. Cada tanto empuñaba su estilográfica y garabateaba unas palabras. Acudía a menudo al café y ocupaba siempre la misma silla, en una esquina del local. Vestía chaleco negro, camisa blanca y pantalón milrayas. Calzaba zapatos café con leche. Una sombra le tapaba la cara. Todos le evitaban, como si fuera portador de una enfermedad contagiosa. Informante y colaborador de la guardia urbana, algunas madrugadas salía de gobernación con la cabeza inclinada y arrimándose a las fachadas. Se decía que las punteras de sus zapatos eran de hierro y la voz del pueblo le atribuía varias palizas a jóvenes contestatarios.

De regreso a casa, don Silvestre alcanzó en la acera solitaria al individuo, que caminaba con las manos en los bolsillos. La sombra negra se le pegaba al rostro como una mancha. Anduvieron juntos un buen trecho.

–Hace una hermosa noche de verano –dijo don Silvestre.

–Hummm...

–Me gusta pasear en noches como ésta. Da pena llegar a casa demasiado pronto.

–...

–Hacía mucho tiempo que no te veía. ¿Vives cerca?

El individuo sacó una mano del bolsillo. Señaló adelante, hacia la avenida Grande y el río. Siguieron caminando unos metros en silencio.

Al llegar a la esquina siguiente, don Silvestre se detuvo.

–¿Sabías...? ¿Sabías que a Isidro le expropiaron su huerto? Ahora está en la guerra. Ignoramos si continúa con vida.

El individuo volvió hacia él la cabeza. Abrió la boca, cruzada en diagonal por la sombra. Varias piezas plateadas sustituían a los dientes ausentes. Don Silvestre apenas si reconocía en aquel rostro a Juan Expósito y no pudo inferir si la mueca expresaba malestar o alegría, pues el sonido gutural que emitió podía ser tanto una queja como un conato de risa. Para don Silvestre, que había leído a los griegos, la tragedia no consistía en desobedecer a los dioses. Había mucha dignidad en aquellos héroes castigados por su lucha imposible. Aquí estaba la tragedia en persona: un hombre que había traicionado a sus amigos y sus ideales para convertirse en su verdugo, y al que ya sólo le movía el desprecio de sí mismo y el rencor.

Le palmeó en el hombro, antes de tomar la bocacalle en dirección a su portal.

–Te deseo lo mejor, Juan. Te deseo lo mejor –se despidió.

Durante la dictadura militar, la supresión de las escasas libertades del periodo precedente había estimulado la conspiración. «El río que no fluye en superficie socava la tierra», decía don Silvestre. Los patronos recelaban de sus obreros, que los miraban sin parpadear y cumplían las órdenes a desgana. Los guardias urbanos se sentían amedrentados cuando, al término de los partidos de fútbol, centenares de jóvenes salían por los vomitorios del estadio y abarrotaban los aledaños, antes de dispersarse hacia sus casas. En el propio ejército crecía el descontento. Entre el pueblo, el uniforme ya no tenía el prestigio de antaño ni se le guardaba el mismo respeto. Incluso había perdido el magnetismo con el sexo opuesto. Los guapos sargentos recién ascendidos eran ignorados por las gachís, que preferían pasear del brazo de los operarios de la Compañía Telefónica, pues tenían contrato fijo, pocas probabilidades de accidente mortal y una buena paga. A diario, el cartero repartía telegramas escuetos por las calles de Titulcia, desde las casas pobres de los barrios de Esperanza hasta los portales con zaguán y ascensor de la zona alta. La guerra contra los bereberes se había convertido en una lenta sangría. Una viuda por aquí, una anciana desolada por allá. En la puerta de aquella casa, la novia colgaba un crespón negro, cerraba la ventana para siempre y se quitaba el maquillaje ante el tocador de su alcoba.

Caía el otoño cuando don Silvestre fue citado en un tranquilo restaurante junto al río. El camarero que lo recibió insistió en recogerle el abrigo y el paraguas y lo condujo por un largo corredor hacia una salita con vistas al embarcadero. Las ramas de los sauces llorones pendían sobre el agua. El general Servando se había permitido pedir vino para su invitado, que nada más sentarse procedió a hacer una cata: miró la copa al trasluz, hundió la nariz en ella, se enjuagó la boca con el caldo.

—Sabía que le gustaría —Servando parecía satisfecho. Con un gesto indicó la carta a don Silvestre.

—Me gusta, de verdad que me gusta este vino —concedió don Silvestre, tomando la carta y repasándola—. Cuando quieren, en el ejército hacen las cosas bien. Si se aplican.

—No nos meta a todos en el mismo saco. Muchos no están de acuerdo con la guerra.

—Judías verdes con patatas hervidas, por favor —pidió don Silvestre al camarero, que acababa de traer una jarra de agua fresca–. El «pretexto», querrá decir –corrigió al general–. No había ningún motivo de estrategia internacional que aconsejara emprender esta locura. Fue un pretexto para entretener al pueblo y no dejarle pensar en sus verdaderos problemas. Cuando el opio de la religión y la propaganda no basta para atontarlos, se los fumiga con el opio de la guerra hasta matarlos.

–Sólo quería comunicarle... –el general Servando se había puesto en pie y se abotonaba la guerrera, cargada de condecoraciones.

–¿No come usted?

–No me queda tiempo. Salimos en convoy dentro de una hora. Me envían al frente... al «pretexto». Pero quería despedirme de usted. Como amigo. Es usted un hombre valioso para el Estado y quería expresarle que ha sido un placer conocerle. Los últimos años, uno de mis cometidos ha sido evitar que le ocurriera nada... digamos... desagradable. Mi sustituto en el cargo es un militar responsable. Puede confiar en él. Llegan tiempos de cambio.

Don Silvestre se mostró algo confuso. El general Servando le tendió la mano:

–No sé si volveré a verle.

–Espero que sí –contestó don Silvestre, respondiendo al saludo.

Desde la puerta, el general lo miró una vez más, calándose la gorra.

–Cargarán su menú en la cuenta del cuartel –dijo.

Por el buen cumplimiento de sus deberes en los dos años siguientes, el general Servando ganaría una nueva medalla, de la que nunca se sintió orgulloso. Destinado al Estado Mayor, tuvo la oportunidad de seguir los movimientos clave de la guerra y de tratar con esos reputados militares africanistas que componían lo más espantable de nuestro glorioso ejército. El general Asdrúbal: tuerto, cojo y emasculado; arengaba a las legiones escupiendo por el colmillo podrido; las piernas de sus hombres temblaban de emoción cuando les pasaba revista. El general Redaños: barrigudo, campechano y bromista; era un entusiasta del ejercicio físico de sus subordinados; en las treguas, arbitraba partidos de fútbol con la cabeza de un enemigo como pelota. El general Parco: ambicioso, calculador, afeminado; se subía en una banqueta para hablar a las tropas, pero en las reuniones con sus oficiales los invitaba a sentarse mientras él paseaba por la sala, meditando con las manos a la espalda; la naturaleza no quiso que fuera el más alto, pero la historia le concedería ser el más grande.

Cada tres meses los barcos descargaban en el puerto una hornada de reclutas. Jóvenes deslumbrados por el sol y el temor iban bajando por una pasarela, aún calzados con las alpargatas, en mangas de camisa, con los pantalones de pana y las boinas caladas. Por otra pasarela, la bodega iba tragando una fila de camillas con soldados descalabrados, tullidos o mutilados. Estos últimos eran los afortunados que habían escapado con vida de las refriegas en los barrancos. El frente de batalla se había estabilizado a unos pocos kilómetros de la costa. Durante meses, los soldados defendían fracturas del terreno ante los intentos de avance del enemigo. A veces, con gran esfuerzo y grandes pérdidas, conquistaban un nuevo barranco, y otras veces se veían forzados a retroceder hasta el anterior. A menudo pasaban semanas arrastrándose entre los arbustos, de día y de noche, intentando encontrar en ellos cobijo contra las balas de los francotiradores apostados en las alturas. No era éste el tipo de guerra que había poblado los sueños del general Servando cuando era un niño. Como todos los militares de carrera, había estudiado con detenimiento las estrategias napoleónicas y había jugado a introducir variaciones en el mapa, cambiando de sitio las banderitas, las baterías de cañones y los caballitos. Ninguna figura representaba al soldado que, acosado por el hambre y la sed, mataba de un machetazo a una lagartija y se la comía cruda. ¿Éramos nosotros la nación culta que se disponía a civilizar a los pueblos atrasados? ¿Era la guerra, como creía en su juventud, la prueba suprema con la que el hombre medía su capacidad de entrega a entidades e ideales que le trascendían? A lo peor, tal como sugería don Silvestre, sólo era la excreción de un sistema que se niega a ser analizado y mejorado. Pero el deber estaba por encima de todo, y para seguir cumpliéndolo, el general Servando tenía que arrancar las dudas de su cabeza. No perdería la reputación de militar cabal, atento a los detalles, eficaz en la ejecución de las misiones. Los soldados a su mando habían interiorizado sus virtudes. No costaba imitar su conducta recta ni cumplir y hacer cumplir unas órdenes precisas. Cenaba con los demás generales y aceptaba una breve sobremesa sentado en la butaca con la copa de coñac, pero en las conversaciones se mostraba distraído y esquivo, y pronto, disculpándose, abandonaba la sala.

Cada tarde de su estancia africana, a la hora en la que el almuecín llama a los musulmanes a la última oración, el general Servando subía al torreón más alto del castillo. Escrutaba en lontananza, al otro lado de la ancha lengua de mar, los cerros pardos de nuestra tierra.

Sentía ganas de gritar, como si su voz pudiera llegar a la lejana Titulcia; gritaba en su imaginación, mientras dejaba que la brisa le acariciase el rostro y el pelo, aspirando la sal con los ojos cerrados.

Por primera vez en su vida, sintió la necesidad de llevar un diario, donde anotaba los sucesos de la jornada y sus pensamientos. Antes de acostarse reservaba quince minutos a la tarea de reorganizar cuanto había visto y oído. Se tumbaba en la cama, con el pantalón puesto y en calcetines, y escribía a la luz de una lamparilla. En la adolescencia despreciaba los papeles de los literatos y había escogido ser un hombre de acción, pero ahora añoraba disponer del tiempo suficiente para redactar la crónica de esta guerra. ¿El testimonio de tanta crueldad y tamaña estupidez quedaría para el futuro? Una idea le aterrorizaba: ¿también los caudillos del pasado, también los capitanes de las estatuas fueron hombres cerriles que despreciaban la vida? ¿Cuántos soldados desconocidos agonizaron en los campos sin el consuelo de dar su vida por una causa justa o verdadera, simplemente solos y asustados en la oscuridad?

Cartas sin responder se amontonaban en su despacho. La mayoría eran de su mujer, que después de un preámbulo, en el que le ponía al corriente de la marcha de la casa y los estudios de sus hijos, le transmitía la preocupación de algún vecino. Tal joven estaba embarazada y llevaba meses sin recibir noticias de su marido, destinado en artillería. ¿Podía hacerle llegar el recado de que escribiera a su familia? Un anciano estaba enfermo; lamentaba la discusión el día de la despedida de su nieto, fusilero de caballería; el sobre contenía una nota con la letra vacilante del moribundo. Y un padre preguntaba por su hijo, y una tía por su sobrino.

Todo el mundo tenía a un ser querido al que echaba de menos y que deseaba ver pronto de nuevo en casa. Difícil saber dónde se hallaban. Quizá atrapados en un barranco o detenidos en las prisiones del enemigo. Entre los muertos, muchos no podían ser reconocidos ni recibían cristiana sepultura. En las rápidas incursiones de exploración, se descubrían cadáveres sentados en las cunetas con el último pitillo en los labios. Si los buitres no se daban prisa en apurarlos, el sol y la arena los momificaban. Muchos soldados desertaban. Más temerosos de las balas disciplinarias que venían por la espalda que de las que les enviaba el enemigo, echaban a correr hacia un destino incierto. ¿Cuántos desgraciados habían muerto deshidratados, para luego ser enterrados por el viento bajo una media luna de arena?

Una mañana se creó gran expectación en el patio de armas, ante la entrada de una carreta que traía a un hombre asilvestrado, con grilletes en pies y manos. Era corpulento, tenía melena entrecana y barba de meses. Apestaba a orines, y al pie mismo de la carreta, para diversión de la tropa, que se echó a reír, le despojaron de sus harapos y le rociaron con la manguera.

El general Servando lo visitó en el calabozo. Ordenó al sargento que los dejara solos, abrió una silla plegable y se sentó en ella al revés, separando las piernas y apoyando los brazos en el respaldo. El asilvestrado no se movía de su rincón, sentado en el suelo, y lo miraba con orgullo contenido.

–Me dicen que eres de Titulcia... –dijo amable el general–. Nos habremos visto en alguna ocasión... Pero no tengas miedo... Me han dicho que no hablas... No hables si no quieres...

Mi tío Isidro calló. Se sujetaba las piernas flexionadas contra el pecho y hundía las greñas y la barba en las rodillas desnudas.

—Pocos regresan de donde tú vienes... —prosiguió el general, que miró un instante a su espalda, para cerciorarse de que el sargento se había marchado—. No tengas miedo de mí... Creo reconocerte por los ojos. Nos hemos visto antes, ¿verdad? ¿Qué llama tu atención, mis galones? Son... son un pedazo de tela cosida a la bocamanga. Entiendo que tengas miedo. Desertaste y ahora temes represalias... Esta guerra horrible y absurda... Hagamos una cosa. Dime tan sólo tu nombre... Confía en mí... La verdad es que no hay mucha gente aquí que pueda ayudarte... tendrás que confiar en mí...

Aquella noche, antes de acostarse, el general Servando se entretuvo en su diario más de lo acostumbrado. Era un milagro que Isidro estuviera vivo si, tal como afirmaba, había caminado treinta jornadas sin llevar consigo agua ni comida. No podía dar crédito a su historia, según la cual habría permanecido más de un año con los hombres azules, en cuyas caravanas habría recorrido media docena de veces el inmenso desierto, llevando cueros adobados al este y trayendo de allí especias y ungüentos. Era más probable que hubiera permanecido escondido en una cabila pobre, adoptado por nativos hospitalarios. Salpicaba su charla con términos bereberes y decía haber aprendido a descifrar la escritura cúfica leyendo a través de un culo de vaso los caracteres bordados en las telas.

«No puedo asegurar que no esté loco —escribió el general en su diario—, pero su imaginación parece desbordada. ¿Cuánto tiempo habrá pasado solo este hombre? ¿A qué sufrimientos y penas habrá estado expuesto? Todas esas historias de odaliscas, eunucos y dátiles alucinógenos, bien puede haberlas tomado de viejos romances de nuestra tierra. A lo peor, el testimonio de sus viajes y comercios podría ser utilizado como prueba de que era consciente de sus actos al abandonar el frente y de que lo guiaba el propósito de enriquecerse. No puedo consentir que la sangre de otro hombre inocente acabe manchando el paredón antes del amanecer. Le he sugerido que no diga nada, que siga con su estrategia de guardar silencio. Mañana hablaré con los oficiales médicos. ¿Sería ésta la verdadera misión que el destino me había reservado? Salvar la vida de un solo hombre puede hacer que estos dos años de desdicha tengan sentido».

11

Huyendo en línea recta de los cláxones estridentes de la avenida del general Parco, evitando a mano izquierda el vocerío de la plaza del Movimiento, el visitante de Titulcia podía alcanzar una plazoleta silenciosa llamada 18 de julio. Un olmo centenario envejecía en su centro. Estaba presidida por un edificio cuya fachada ostentaba una columnata, que sostenía un frontón, en medio del cual se apreciaban las marcas de dos molduras con sendas máscaras de risa y de llanto, de comedia y de tragedia. Antes de albergar los almacenes Celestina, el edificio fue sede del teatro Celestina, donde en tiempos de farándula recalaron las mejores compañías, las más hermosas actrices y su corte de admiradores, que las seguían de ciudad en ciudad para regalarles flores, ofrecerles el anillo y suicidarse despechados a la puerta de los camerinos. Por entonces, la avenida del general Parco seguía llamándose avenida Grande; la plaza del Movimiento, plaza Mayor; y la plazoleta del 18 de julio era la del 14 de abril, en homenaje a los cómicos que, adelantándose en unas horas a la proclamación de la República democrática, proclamaron en ella la República de las Letras. Aquella tarde, al término de la función de sobremesa, un pierrot bajó del escenario y animó al público a seguirle hasta la salida. Se disponía a atar una tricolor en una rama del olivo, cuando dos guardias bigotudos atravesaron la plaza corriendo y lo encañonaron.

—¡Quita el trapo de ahí! —conminaron.

El pierrot, aunque muy asustado, optó por continuar con la farsa. Hizo que le temblaran las piernas y le castañetearan las rodillas. Exagerando su miedo, lo convirtió en un esperpento. En el pecho se insinuaban dos elevaciones que delataban a una mujer, travestida por la voz en falsete y el maquillaje, la gorguera alechugada y el traje blanco de botonazos negros.

—¡Oh! Pero ¿por qué? —declamó—. ¿Acaso no es el trapo de la República de las Letras? ¡Dime, oh, público! ¡Tú, que eres el dios de los escenarios, que todo lo decides desde el patio de butacas, tanto el éxito como el fracaso! ¿No es éste el trapo de los cómicos y los dramaturgos? ¿No es éste también tu trapo?

El público, amedrentado, había retrocedido, pero la curiosidad podía más, así que nadie abandonó la plaza.

—¡Basta ya de payasadas! —bramó el cabo—. ¡Descuelga ese trapo o disparo!

—¿Payasadas, dices? ¡Claro! —exclamó el pierrot—. ¡Cómo podría comportarme de otra forma! ¡Soy un payaso!

El cabo insistió y el pierrot también, hasta que de pronto se oyó un disparo. Las palomas levantaron el vuelo de los aleros de los tejados, mientras que de la boca del fusil escapaba un fleco de humo. El pierrot había bajado la cabeza hacia el pecho, se lo palpaba. Una mancha de sangre se extendía por el traje blanco. Dobló las piernas y estiró un brazo, como queriendo tocar el suelo con los dedos, pero cayó desvanecido.

El cabo estaba consternado; se le había congestionado el rostro y le temblaba el pulso. Bajó lentamente el cañón del arma. Dio unos pasos hacia el pierrot.

—¿Qué he hecho, cielo santo? ¡He matado a un simple pierrot...!

El otro militar acudió corriendo junto al cuerpo tendido y le tomó el pulso.

—No ha muerto... todavía. Su pulso ya es muy débil... Pero... es una mujer... ¡Has disparado contra una mujer, maldito estúpido...!

—Yo... no quería...

Los militares habían dejado los fusiles en el suelo, el público se acercaba poco a poco. El peinado del pierrot se había deshecho y su pelo caía sobre los adoquines. Abrió apenas los ojos.

—Me muero... ¿verdad? —acertaron a preguntar sus labios.

—Lo siento, lo siento tanto... —se lamentaba el cabo, mesándose los cabellos—. Yo no quería...

El pierrot levantó con dificultad un dedo, señaló hacia lo alto. «Parece que quiere decir algo», se rumoreó entre el público.

—¿Cómo podría hacerme perdonar? —sollozaba el cabo.

El pierrot continuaba señalando hacia lo alto:

—No la quites... —dijo con un resto de voz—. Respétala... Es de los payasos y los autores... Daríamos la vida por lo que representa, mil veces sobre los escenarios y una vez fuera de ellos...

En ese momento se oía la música: platillos, un tambor, vientos. La orquesta abría el corro del público, y la claque, mezclada con él, rompía a aplaudir. Alejandra, con el pelo suelto y el maquillaje corrido, resucitaba y se ponía en pie de un salto. Luego daba la mano a los dos militares, que sonreían bajo sus mostachos. Los tres hacían una reverencia al público y corrían hacia el callejón de los artistas, por donde entraban de nuevo en el teatro.

Otras dos veces representarían la farsa aquella tarde. Después de la última función, actores, músicos y público abandonarían la plazoleta en pasacalles, confundiéndose con la multitud que desde todos los barrios de Titulcia acudía a la plaza Mayor para celebrar la instauración de la democracia.

Alejandra tomó por costumbre no comunicar a su madre su llegada a la ciudad. Cada primavera la gira recalaba unos días en el teatro Celestina, pero ella prefería alojarse con los demás actores y los operarios en un hotelucho del casco viejo y compartir con ellos la sopa de fideos. Quizá tenía razón Ricardo y se dejaba lastrar por el sentimiento de culpa. ¿Por qué intentar ocultar su origen? Nadie en la compañía ignoraba sus apellidos. ¿Por qué no beneficiarse algunos días de la hospitalidad de su familia? En el palacete había grandes dormitorios soleados, de cama con baldaquino y un butacón al pie de la ventana, en el que abandonarse a leer un libro de poemas. Y mientras en el aparador de cedro la radio tocaba una sinfonía, dos plantas más abajo, sobre los quemadores de la cocina, unas manos sabias aderezaban el estofado. Pero, cada año, Ricardo subía las maletas de mala gana por la escalera carcomida y angosta, y al entrar en otra habitación diminuta de paredes desconchadas, con la mosca inmortal orbitando alrededor de la bombilla, dejaba el equipaje en las baldosas y

186

lanzaba el sombrero al centro del camastro. Alejandra llegaba tras él con sus maletas. Miraba dentro del armario vacío y pasaba el dedo por un estante. Recogía el juego de sábanas doblado sobre el piesero de la cama y apartaba el sombrero de Ricardo. Estiraba la bajera y la encimera sobre el colchón y las metía por debajo; luego tendía la manta, disponía el embozo y desplegaba la colcha, la alisaba. Finalmente arrojaba un almohadón a Ricardo, que lo paraba y abrazaba contra el vientre: «Al menos ponle la funda al tuyo», le reclamaba ella.

Alejandra no encontraba motivos para arrepentirse del día en que ella y Ricardo decidieron marcharse a la capital, aunque no realizaron ninguno de sus propósitos. Ella nunca traduciría libros y él guardaría el cincel y el martillo en un saquito cuando un empresario le ofreció encargarse de los decorados para la obra maestra escrita por un joven genio. Alejandra, que asistía por curiosidad a los ensayos, acabaría sustituyendo al actor que hacía los papeles de abejorro y palangana parlante. Le temblaban las antenas y las asas la tarde del estreno, pero detrás del coro de girasoles mecidos por el viento, el temblor apenas si era perceptible. Ni el público ni la crítica acabaron de entender el mensaje. El gato mecánico de lomo encrespado que maullaba como un saxofón representaba las fuerzas de la naturaleza reprimidas por la tecnología, y el jilguero de metal con canto de oboe, la esperanza en el progreso. Algunos espectadores se levantaron y abandonaron la sala cuando el gato se comió al pajarillo. La obra sólo aguantó una semana en cartel y el joven autor regresó a provincias, para ingresar de pasante en el despacho de abogados de su padre, pero Alejandra había descubierto su vocación. Gracias al teatro y a los cómicos, aprendió a no acumular más cosas de las que caben en un par de maletas, a pasear por cada ciudad como si fuera la primera y última vez que estaba en ella, y a mimar la memoria del ayer, avivar la ilusión del mañana y reírse de las cosas del ahora. «¿Ya está otra vez discutiendo la pareja?» les amonestaba Calixto, que invadía su cuarto y les cogía del brazo. «¡Por qué discutir! ¡Una mujer con esas piernas y esos ojos! ¡Un hombretón con este torso y estas manos de escultor!» Y señalaba la curva de la cadera de Alejandra y tomaba las manos de Ricardo y las alzaba. Luego giraba sobre sí mismo y miraba alrededor. «¿No les gusta la habitación a los señores ni el crucifijo de la cama? ¡Cuelguen un cartel de *Electra* en la cabecera! Y si no quieren ver el patio, ¡pongan en la ventana una tela pintada con un amanecer! ¡A brochazos, si hace falta! Usted es artista, usted es actriz... La vida no se vive, ¡la vida se inventa!» Antes de cerrar la puerta, asomándose desde el pasillo, les preguntaba: «¿Observaron que en cada nueva ciudad las habitaciones son más grandes y los menús más sabrosos?»

Pero en los años siguientes, ni las habitaciones aumentaron de tamaño ni los fideos criaron tropezones de ave y yema de huevo. Por el contrario, en el curso de sus giras, la compañía recalaría cada año en teatros de menor aforo, en pequeñas ciudades que resistían contra el empuje del cinematógrafo y donde las gentes aún consideraban distinguido ponerse los sábados por la tarde ropa de domingo y pagar una peseta en la taquilla. En vegas apartadas y en lo más profundo de llanuras interminables, Alejandra descubrió el paisaje de los invisibles. El trío de furgonetas cargadas de bártulos recorría los caminos, y mientras Ricardo y los demás compañeros dormitaban tapados con los abrigos y cabeceaban, ella descorría la cortinilla y dejaba que los ojos se le llenasen de terruño escarchado. En aquellas aldeas que atravesaban sin reducir la velocidad, tocando la bocina y levantando polvaredas, reconoció la tierra primaria de donde habían emigrado los obreros que habitaban los barrios de Esperanza. Donde había pan no había fruta, y donde había fruta no había pan. A ninguna de aquellas aldeas llegaba el médico a tiempo, pero el cura siempre santificaba los nacimientos, las bodas y las paletadas de arcilla en los entierros. Veía mujeres avejentadas con frentes sin orgullo y hombres de mejillas cuarteadas como cuero y que cada mañana ofrecían sus brazos en las plazas. Los niños iban descalzos, rascándose la sarna del caletre, y sus miradas saltonas expresaban más hambre que curiosidad.

Aprendió que la rebeldía no cuaja por sí sola en la pobreza. Donde la miseria y la incultura eran absolutas, las palabras de la emancipación sonaban como cáscaras huecas. Se precisaban la pólvora de la conciencia y la mecha de la expectativa. El campesino escuchaba y quería entender, pero al rato se echaba la horquilla al hombro y regresaba a las mieses. Era en poblaciones mayores, más prósperas y mejor comunicadas, donde los obreros del campo habían comenzado a despertar y organizarse. Algunas noches, Ricardo y ella se entrevistaban en las Casas del Pueblo con los comités locales de trabajadores. Les llevaban desde la capital panfletos y algunos libros de economía o higiene para sus bibliotecas. Como delegados del sindicato, les transmitían instrucciones y les hacían sugerencias para mejorar la organización. Alejandra se sentía cohibida entre aquellos hombres endurecidos por el sol y las heladas, reservados, que incubaban en sus párpados la larva del resentimiento y que la miraban de reojo. Notaba que recelaban de ella, de una señorita de ciudad con el cutis fino y la voz modulada. Las mujeres, en cambio, la adoraban. Sentían admiración por una mujer que no se sonrojaba ni apocaba entre hombres y que en las reuniones se imponía con voz suave: «Escuche. Luego le paso la palabra. Ahora estoy hablando yo». En la función teatral popular, los jueves a primera hora de la tarde, las mujeres con sus niños de pecho abarrotaban la sala y rompían a aplaudir cada vez que Alejandra salía al escenario y decía una frase. El entusiasmo alcanzaba su cima cuando casi al final de *El amor ni se compra ni se roba*, la molinera, que había sido llamada a declarar como testigo, le decía al señorito, sentado en el banco de los acusados: «Me tenías loca y hubiera bastado una caricia tuya, pero me ensuciaste con tus manos y tu saliva en noche oscura. Que la justicia decida lo que el corazón ya ha resuelto. Yo ni te perdono ni rencor te guardo, porque tú no eres hombre... no eres ná». Las mujeres se ponían en pie, aplaudían y vitoreaban, lanzando al escenario espigas de centeno. Tras esta participación de Alejandra, quedaba algo deslucido el final de la obra, porque ya nadie hacía caso a la primera actriz, que, en el papel de gran señora y madre del culpable, recitaba un discurso versificado acerca de la fuerza del cariño y el amor verdadero. Pero ¿no era lo mismo que ya había dicho la molinera con palabras que llegaban directas al estómago?

Mi tío Isidro asistía en el teatro Celestina a cada estreno de la compañía de Alejandra, que meses antes le anticipaba por carta su llegada: «El sábado día tal del mes tal, llegamos con tal obra. Sería feliz si vinieras a verme, querido Isidro». Aquel sábado Isidro pasaba una hora larga sumergido en la tina y enjabonándose, hasta que las yemas de los dedos se le arrugaban y las uñas de los pies se doblaban con tan sólo mostrarles la tijera. Petra le hacía la raya de los pantalones y le remarcaba el cuello de la camisa con la plancha de carbón. Le cepillaba la chaqueta, colgada de un gancho a la puerta del patio, mientras que los zapatos embetunados se oreaban en el alféizar de la ventana. Dos pasadas de navaja por la barba, el pelo bien peinado hacia atrás, la corbata anudada y unas gotitas de colonia en el cuello hacían el resto. Los ojos de Petra brillaban de orgullo al colgarse del brazo de su hombre, que la sacaba veinte años y una cabeza. También ella estaba muy guapa al cruzar la pedanía bajo el sol tibio de la tarde, con su vestido de flores amarillas y los zapatos y el bolso verdes. A veces Isidro tenía que regresar corriendo a la fonda para recoger las gafas, que había vuelto a olvidar. Aunque no le sobraban para distinguir mejor los detalles de los decorados y las muecas de los actores, las necesitaba sobre todo para deletrear el libreto de la obra. Sólo se quitaba las gafas cuando terminaba el espectáculo y caía el telón. Al ser alzado de nuevo, quería que Alejandra lo reconociera sin dificultad, sin hierros en la cara. Mientras los actores saludaban al público, ella lo buscaba con la mirada y, sonriendo, le lanzaba un beso con la mano.

Releía el libreto los días siguientes, atascándose en las palabras esdrújulas y en las frases con muchas comas. Mirando a través de las gafas graduadas, las cosas se perfilaban y afinaban, igual que en las jaimas del desierto cuando había leído por el culo de un vaso las telas caligrafiadas. Ahora sí apreciaba con nitidez los palotes negros de los libros. El Ayuntamiento había obligado a pasar un reconocimiento médico a sus empleados. En la misma consulta, mi tío Isidro aprendió que era miope y astigmático y, al tiempo, todas las letras del abecedario. El oculista le cambiaba el cristal de un ojo y le marcaba una letra con el puntero sobre una tabla luminosa. «¿Distingue ahora esta letra?» «¿La *ese?*» probaba mi tío, clavando los ojos sobre esos dos palitos cruzados que formaban un aspa. «No, es la *equis*, la *equis*... –le decía el doctor–. ¿Y ésta?» «¿La *jota?*» «¡No, no! –exclamaba con disgusto–. Es la *uve*, de *vista*, la que le falta a usted. Pero ¿cómo ha podido usted ganarse la vida si no podía ver a tres en un burro? En fin... sigamos. ¿Y ésta?» «La *a*». «Bueno, estamos de enhorabuena, ha acertado, la *a*, en efecto. *A* de... *alborozo*...» «Y de *albaricoque* –proseguía mi tío–, *altramuz*, *albahaca*, *alcachofa*, *alcaparra*...»

El noviazgo de Isidro y Petra había sido breve. Antes de comprometerse, ella le llevaba la tartera con el almuerzo cada mañana al Parque Nuevo, de parte de la señá Clara. Apenas si cruzaban un par de palabras mientras le iba sacando la tortilla de patata, el pan y la naranja. «No hace falta que te quedes», le decía él. «Prefiero esperar a que termines, así me llevo la tartera de vuelta y la friego. Además, me gusta verte comer». Isidro no había prestado nunca demasiada atención a Petra en la fonda, pero cuando a media mañana sentía el gusanillo en el estómago, se apoyaba en el mango del rastrillo y miraba impaciente hacia la rosaleda. Ella aparecía caminando con pies regordetes y a paso ligero. Con la edad sus caderas habían ensanchado y los pechos le llenaban el vestido. «¿Te ha gustado hoy la tortilla?» le preguntaba ella. «Sí, muy rica». «No es de la señá Clara. Hoy la he hecho yo». A Isidro le hacía gracia el mechón de pelo tostado que se le colaba en el ojo. Cuando se marchaba, la seguía con la vista. Desde la rosaleda, ella volvía la cabeza y le despedía con la mano. Isidro fue consciente de ser un pescado en la red el día en que, podando los aligustres, reparó en que los cortes le salían curvos en lugar de rectos, tan curvos como las pantorrillas de Petra, y como sus nalgas, y como sus mejillas.

Lejos de decrecer, el amor de Petra por Isidro aumentaría desde la boda. A diario, no sólo le reclamaba por las noches, sino también a la hora de la siesta, y los festivos no le dejaba saltar de la cama hasta haber cumplido. Isidro se preguntaba si la felicidad sería eso, hacer el amor con las ventanas abiertas, que su mujer le comiera el lóbulo de la oreja delante de todos y que, aun cuando no estuviera ella a su lado, siempre la sintiera cerca. Petra tenía la lágrima fácil y un carácter veleta. Cada mes la menstruación volvía a anunciarse con una persistente jaqueca que le duraba tres días. Entonces buscaba consuelo en los brazos de la señá Clara y echaba a Isidro de la habitación a gritos, arrojándole la zapatilla. Pero igual que había llegado, el dolor de cabeza se marchaba. Las mañanas de los domingos, mientras todos, clientes y residentes, se hallaban en el salón escuchando la música de la radio, o cuando se reunían en el patio a la hora de la merienda, Petra se mordía de repente el labio inferior, como iluminada por una ocurrencia, y cogiendo a Isidro de la mano se lo llevaba escaleras arriba.

A la familia de Petra, en la pedanía los apodaban los Golondrinos, por la tendencia de los varones a emigrar y volver. El abuelo, primer Golondrino de la estirpe, fue llamado a filas en su juventud, pero decidió marcharse para hacer las américas y allí ganó mucha plata. A su

193

regreso montó una taberna con el capital. Se convirtió en su mejor cliente sin salir de detrás de la barra, hasta que un día se le reventó el hígado y vomitó tanto el vino como las entrañas. El segundo Golondrino, el padre, se había criado en la taberna, mamando directamente de los barriles. Cuando a la muerte de su progenitor hubo que venderla para afrontar las deudas, cogió el dinero y también se marchó a hacer las américas. Regresó con un traje blanco, un sombrero de paja, una cadena de oro y un bastón, cojeando con señorío. Sin embargo, enseguida se comprobó que el cojeo era fingido, y el oro del broche, apenas un baño, y que sus bolsillos estaban vacíos. El tercer Golondrino, Antonio, hermano de Petra, desde muy niño trabajó en las huertas para costear la afición que el creador de sus días sentía por el vino. Jamás en su vida bebió una gota de alcohol, pero cada día de su infancia probó el bastón de su padre. En la adolescencia vio claro que no tenía más salida que tentar la suerte en las américas. Durante los quince días del trayecto, reflexionó en cubierta y decidió regresar en el mismo trasatlántico. Ni siquiera la vista de aquella tierra verde y generosa, que nunca pisó, le hizo cambiar de opinión. Nada más entrar de nuevo en la casa, levantó a su padre de la silla, cogiéndolo por las solapas del traje blanco, y le dijo: «Se acabó de huir. He vuelto, pero nada será como antes. Quédese si quiere, pero búsquese un trabajo porque en adelante las copas se las paga usted. Y como vuelva a levantar el bastón una sola vez contra mí, contra mi madre o contra mi hermana, le mato».

Mi tío Isidro y su cuñado Antonio se harían buenos amigos. A la caída de la tarde solían encontrarse en la Casa del Pueblo, adonde acudía Isidro después de haber regado la rosaleda del Parque Nuevo, aún con el olor de la tierra húmeda en la nariz. En la biblioteca había más de quinientos libros y en la sala de conferencias se daban charlas sobre la lucha de clases o la cuestión campesina. La expresión «lucha de clases» provocaba emociones entre los asiduos de las reuniones. Los panfletos la ilustraban mediante un obrero sentado a una mesa y arremangado retando a un pulso a un banquero, que ni siquiera podía acercar la silla por su enorme barriga. En la viñeta siguiente, el banquero se sacaba un billete grande y nuevo de la chistera y con él pagaba a un obrero fornido para que le sustituyera. Una flecha con la leyenda «esquirol» señalaba hacia este segundo trabajador. En cambio, sobre la «cuestión campesina» Isidro no había visto ningún dibujo. Los hortelanos siempre tuvieron cuidado de que no se les confundiera con campesinos. En las huertas había frutales, verduras y legumbres, mientras que en los campos se cultivaban grano y viñas. A diferencia de los hortelanos, los campesinos trabajaban una estación a este lado de las montañas y la siguiente al otro lado, y eran jornaleros, de modo que cada amanecer tenían que quitarse la gorra en la plaza y esperar a que el capataz les señalase con el dedo y les indicase el camión. El Gobierno había previsto una reforma agraria, para forzar a los latifundistas a cultivar las tierras, pero la ley se demoraba. También se había dispuesto que sólo se pudiese contratar a los trabajadores de cada lugar, para evitar la competencia a la baja entre jornaleros de municipios distintos. Sin embargo, algunos propietarios preferían no contratar a nadie antes que negociar con esos gañanes que siempre habían comido como gorriones en la palma de su mano. En las pequeñas poblaciones de la comarca de Titulcia, los campesinos andaban inquietos. Cuando algunos se acercaban a la Casa del Pueblo de la pedanía para hablar con sus compañeros del sindicato, un aroma a trigales y a campo abierto impregnaba la cantina. No les gustaba mucho conversar. Cuando se les llevaba la contraria, golpeaban la mesa con el puño, y al que insistía, le atravesaban con los ojos mientras se ponían en pie.

–Cálmese, que todo llegará –dijo Antonio, el Golondrino–. No se hizo Roma en una hora. Se acercan nuevas elecciones y hay que volver a ganarlas. Tenga paciencia...

–¿Paciencia? –contestó el campesino levantando apenas los ojos de la mesa y poniéndose en pie. Tomó de un trago el chato de tintorro para aclararse la voz–: La mitad de las tierras de mi municipio están muertas. Unos no necesitan arrendarlas, porque las tienen para holgar, y otros no quieren porque bajarían los precios del grano en el mercado. O eso dicen. Pero yo digo que a nadie hace daño que haya pan y alimento de sobra. Lo que pasa es que tendrían que contratar a más mozos y subir los salarios, y eso sí que no. Ustedes en la ciudad lo tienen más fácil. Si dejan de trabajar y hacen una huelga, el capitalista no gana dinero, así que tiene que negociar. Pero nosotros tenemos que trabajar, porque si no, traerán a otros con más hambre desde la comarca de al lado, o en el peor de los casos el trigo se echará a perder y el próximo invierno no habrá para comer. ¿Paciencia? Si usted hubiera manejado una hoz, sabría que para segar un sembrado hace falta más paciencia que maña y que fuerza. ¿Para cuándo esa reforma agraria? ¿Están en el tajo, trabajando, los de la Coalición del Progreso, o se dedican a hablar y hablar? Estamos ya hartos de politicuchos de tres al cuarto. Aquí no hay más solución que ocupar todas las tierras y trabajarlas, y al que se oponga... ssssch –concluyó, segándose con un dedo el gaznate–. ¿Me entiende, amigo?

Antonio callaba. Claro que lo entendía. Se acordaría de estas palabras casi un año después, la noche en que se encontraba en su dormitorio tumbado en la cama, calzado y vestido, a la espera de que los guardias vinieran en su busca. Aunque era otoño y hacía frío, la ventana estaba abierta. Una luna grande como un puño resplandecía en el cielo. Los meses anteriores, se habían sucedido en toda la comarca las ocupaciones de tierras. Los campesinos entraban en las grandes propiedades y a continuación la guardia rural los expulsaba. Los jornaleros, hombres y mujeres, abandonaban los sembrados en fila de a uno y con los brazos en alto, encañonados por las escopetas. Cantaban. Eran viejas canciones de siembra y cosecha, transmitidas de padres a hijos mientras se trillaban las espigas o cuando se aventaba el grano en las eras. Al día siguiente, ocupaban las tierras de nuevo, y de nuevo eran expulsados, y cada vez cantaban más claro, más alto, con más rabia. ¿Cuántas veces habían repetido sus labios la palabra «paciencia»? Él mismo encontraba dificultad para creer en el valor de la espera sin acción. Prefería la firmeza y la constancia en la persecución de los fines. «Ni un paso atrás», decía para sí, por más que los escritos sabios de los estrategas del partido y los estadistas sugiriesen lo contrario. «Hay que saber retroceder a veces y buscar otros caminos –le explicaba Ricardo, encendiendo la pipa y dando una chupada profunda–. La sociedad necesita tiempo para ir asimilando los cambios. La razón se acabará imponiendo. Hay que darle tiempo, tiempo...» Antonio callaba también en esta ocasión, pero sentía arder sus arterias. ¡Otros caminos, la sociedad, los cambios! ¡El tiempo! ¡Eran tan hermosas las palabras abstractas! Antonio sabía que hay razones más fuertes que la fuerza de la razón. El hambre y el orgullo renacido apretaban más que la razón, y el poder y la soberbia de unos pocos podían más que la dignidad de la mayoría. Los mismos trabajadores que habían aupado a la coalición con su voto, se desencantaron de una República que no respondía a sus expectativas. Así que cuando hubo nuevas elecciones, contra todo pronóstico ganó el Partido de la Patria. En las primeras declaraciones del Gobierno, recién formado, ya se apuntaba hacia una supresión de la libertad de asociación de los trabajadores. «Dios y la razón han iluminado por fin el entendimiento de los votantes –expresó en primera página *El Correo de la Verdad*–. Aprovechemos la luz para retomar la senda que nunca debimos abandonar». Para Antonio, sin embargo, este rumor brillaba como la luz que se enciende en el interior de una casa. Él, que había creído en esta República acogedora constituida por «trabajadores de todas las clases», veía las paredes desnudas del sótano al que se les quería confinar, los muebles desportillados, el polvo que se acumulaba en las esquinas, la humedad. Otra vez se pretendía despojar a los trabajadores de un derecho fundamental, para devolverles adonde siempre habían estado, que era por debajo de las otras clases.

Los sindicatos se adelantaron a la medida del Gobierno entrante y declararon la huelga general en todo el territorio. Estalló la revolución en las ciudades más importantes. En el norte del país, los mineros, provistos de dinamita, habían tomado al asalto los cuarteles y paseaban triunfantes por las avenidas, decoradas con banderas rojas. De inmediato se puso en camino una columna de soldados bien adiestrados, con los machetes calados y las miradas afiladas, precedidos por aviones bombarderos y carros blindados. Ni los comercios ni las fábricas de Titulcia abrieron por la mañana, y las ventanas de las viviendas permanecieron cerradas. Se escucharon tiros aislados y carreras. En el campanario de la catedral se habían parapetado unos francotiradores, que disparaban contra los obreros que se arriesgaban a salir a la calle. Por el contrario, la pedanía, siempre tranquila y apacible, bullía en esta ocasión. Campesinos y hortelanos de toda la comarca habían acudido a la Casa del Pueblo en busca de noticias, pero éstas no eran buenas. En el local ya no cabía nadie más y los recién llegados se iban congregando en la plazuela. Dentro seguían reunidos los miembros del comité local. Cabeceaban con desolación, sentados a una mesa ovalada ante sus tazas de café humeante. En la capital habían tenido lugar enfrentamientos entre el ejército y los obreros, y éstos habían sido reprimidos con extrema dureza. Había que detenerse, detenerse otra vez, y darle tiempo al tiempo. Ante la vacilación y la pasividad de sus compañeros, Antonio salió a la puerta y, subido a una silla, pidió a todos que se dispersaran. «¡Hacedme caso! —voceó con amargura por encima de las cabezas de los congregados—. ¡Volved a vuestras casas! ¡Paciencia! ¡Hay que tener paciencia!»

Esa misma tarde y a la misma hora, el general Servando supervisaba la batería de tres cañones en la torre del castillo. Nunca había considerado de buen augurio la orden de rehabilitar el monumento para devolverle un uso militar, y los hechos venían a darle la razón. Las piezas apuntaban hacia Titulcia, con los tubos emplazados entre las almenas. Acababa de llegar un mensaje en clave enviado desde el Estado Mayor, con órdenes expresas del general Parco de proceder a un bombardeo disuasorio sobre unas coordenadas precisas.

El teniente se cuadró y saludó.

–Ya hemos establecido las coordenadas, mi general. Puede mirar.

El general Servando aplicó el ojo a la mirilla.

–¡Cómo! ¿La catedral?

–No, mi general. Cinco grados a la derecha.

–Pero... ¿están locos? ¿Quieren que bombardee la pedanía?

En el informe que el general Servando remitiría al día siguiente al Estado Mayor explicaba no haber recurrido a la artillería por resultar innecesaria, pues ya se encontraban presos los líderes locales sospechosos de haber «subvertido el orden público». Omitió que tras su visita a la torre del castillo, envió un hombre de confianza a la jefatura de la guardia urbana y otro al Comité Local de Trabajadores. Algún miembro de la dirección optó por darse a la fuga, pero la mayoría se marchó a su casa, a preparar resignadamente la bolsa con el jabón, la muda de ropa interior y el tabaco picado. Luego esperaron en sus casas, aparentando normalidad. Cuando fueran arrestados, debían guardar silencio, y ante el tribunal, negar todos los cargos.

Antonio aún se hallaba en su dormitorio cuando llegó la docena de guardias urbanos y golpearon la puerta con la aldaba. Por un instante dudó. Podía salir por la ventana y caminar por los tejados hasta el final de la calle. La luna, que se había ocultado tras una nube, parecía guiñarle un ojo. La oscuridad le arroparía. Nadie conocía la pedanía mejor que él, y en unos minutos podría encontrarse en campo abierto. O la cárcel o la huida. En la cárcel estaría con sus compañeros; si huía, se habría convertido en un fugitivo.

Abajo, su madre se había llevado las manos a la cabeza, alarmada. «¡Ay, Dios mío!», exclamó. El Golondrino padre dejó el vaso de vino en la mesa, se levantó, se abotonó hasta el cuello su traje blanco y se dirigió a la entrada.

—¿Qué quieren? —preguntó, mientras intentaba mantener el equilibrio.

—¡Abran a la autoridad! ¡Sabemos que está aquí dentro!

El padre abrió la puerta, y un sargento alcanzó el centro del salón en dos pasos.

—¡Antonio el Golondrino! —voceó—. ¡Venimos a buscar a Antonio el Golondrino! ¿Dónde está?

Se escucharon pasos en la escalera y enseguida se vieron unas piernas. Antonio bajó despacio, peldaño a peldaño, con la bolsa en bandolera y mostrando en todo momento las manos.

—Yo soy. Aquí me tienen. Estoy desarmado.

—¡Siempre tan valiente! —dijo el Golondrino padre, que lo remedó—: «Yo soy... aquí me tienen... desarmado...» ¡Sí, ahí lo tienen! ¡Un vago! ¡Uno de esos vagos que no quieren trabajar y que matan a disgustos a sus padres! ¡Llévenselo de aquí! ¡Y a ver si lo enderezan!

12

El hermano Adrián, ajeno al mundanal ruido, daba cada mañana noventa y nueve vueltas alrededor del claustro del monasterio, situado en pleno centro de Titulcia. Con bochorno o con frío, ni un solo día dejó de cumplir con el voto hecho cuarenta años antes, cuando era un novicio lleno de soberbia que creía saber más que el prior y se sentía atormentado por las pasiones de la carne. Giraba siempre hacia su izquierda, en sentido contrario a las agujas del reloj, y observó que la suela de su sandalia izquierda se desgastaba más que la derecha. Aunque pudo haber comprado una sandalia del pie izquierdo suelta para sustituir a la desgastada, se dijo: «¿No es asombrosa la variedad de disfraces con que la tentación se presenta? Pero ¿no es cada tentación una oportunidad para elevarse a cumbres más altas?» Hizo un nuevo voto. Se quitó la sandalia y en adelante llevó descalzo el pie izquierdo, hasta que su planta se puso gruesa y curtida como cuero de vaca. Las vueltas no sólo le ayudaban a purgar los pensamientos impuros con los que el maligno pretendía apartarle de la senda de la perfección, sino que eran en sí mismas la expresión de un plan divino. Porque los días y las noches se sucedían como una noria, y una estación daba paso a otra. La vida era un ciclo, que acababa por reunir nacimiento y muerte, pañales y mortaja. El universo era una circunferencia que giraba sobre sí misma eternamente y emitía una música inaudible y deliciosa. Con su incansable caminata, el hermano Adrián fue trazando una senda en la piedra, y supo que ya era irremediablemente viejo la mañana en que, a falta de tres vueltas para el final, tuvo que sentarse a recuperar el resuello. Anhelaba con cada articulación de su cuerpo la llegada del día en que el dolor y la inquietud se desvanecieran y su propio ciclo se hubiera completado, integrándose en el todo. A la vida sólo le pedía eso, que se cumpliera, sin cambios, idéntica a sí misma, monótona.

Pero los hechos vendrían a turbar sus esperanzas. Anexo al monasterio se hallaba el tosco edificio de la posada municipal, que tras servir durante siglos como alojamiento barato para los peregrinos que pernoctaban en Titulcia, ahora había sido habilitado para acoger a los presos responsables de connivencia con la revolución social. No había mazmorras suficientes en gobernación para contener a tantos campesinos díscolos como habitaban en la comarca, así que el ejército ocupó la posada y cambió ventanas y puertas de madera por rejas de hierro, picaportes por candados y la recepción por el cuerpo de guardia. La última planta y su hilera de ventanas daban al claustro del monasterio, de modo que algunos presos se entretenían en ver a los frailes, y algunos frailes alzaban de vez en cuando la mirada hacia esos hombres que asomaban la cabeza entre dos barrotes. El hermano Adrián, que había aceptado gozoso la disciplina de la celda monacal, pensaba que nada bueno podía venir de retener en celdas contra su voluntad a tantos hombres trabajadores. Una noche, mientras esperaba tumbado en la tabla a que le llegase el sueño, oyó una voz que rompió la quietud: «¡Hermanos! ¡Eh, hermanos! ¿Qué opina Dios de esto? ¿Está Dios a favor de que un hombre sea encerrado y no pueda llevar el pan a su mujer y a sus hijos? ¿Por qué Dios consiente que unos hombres pisoteen a otros? ¡Hoy, a un compañero, los guardianes le han pegado hasta morir! ¿Me oís? ¡Un hombre ha muerto por creer en la igualdad y luchar por ella! ¡No he oído vuestras campanas lamentarse por su muerte! ¡No las he oído, hermanos! ¿Acaso estaba hoy descansando vuestro Dios y no ha querido verlo? ¿Dónde estaba hoy Dios? ¡Hermanos! ¿Con quiénes está Dios?»

La mañana siguiente, mientras desayunaban en el refectorio, los frailes guardaron un silencio más hondo, con las cabezas inclinadas sobre el bollo y la leche. Los bocados eran comedidos y las cucharas evitaban chocar con el tazón. El prior, sentado en una silla más alta a la cabecera de la mesa, les habló: «Ayer un preso interpeló a nuestra comunidad. Quiero responder ante vosotros su pregunta. Dios, hermanos, sólo puede estar con quienes están con Él». Ni un solo gesto traicionó la desazón de los frailes, que continuaron desayunando con el mismo recato. El hermano Simeón, el fraile más joven, acompañó esa mañana al hermano Adrián en su caminata, siguiéndole con humildad a un paso de distancia hasta completar las noventa y nueve vueltas.

—Hermano Adrián —susurró el joven—. ¿No lo ve todo Dios y toma nota de todo para juzgarnos el día de nuestra muerte?

La respuesta se hizo esperar una vuelta, y al cabo el hermano Adrián contestó en un susurro:

–Así es, hermano Simeón.

–¿Y no es la mente de Dios infinita y sus designios impenetrables para nosotros, sus siervos?

–Así es –confirmó el hermano Adrián después de otra vuelta.

–¿Puede ocurrir que, creyendo servir a Dios, a veces le ofendamos, y creyendo estar lejos de él, a veces hagamos obras que le sean gratas?

–En efecto, tal cosa puede ocurrir –contestó.

La siguiente pregunta del hermano Simeón, pronunciada con tono vacilante, llegó después de otra vuelta:

–Entonces... entonces, ¿cómo podemos estar seguros de que Dios no está con los hombres presos?

Después de dos vueltas, el hermano Adrián no había contestado. Siguieron caminando en silencio, y al cumplir con el número exacto de vueltas de cada mañana, ni una menos ni una más, el hermano Adrián abandonó el claustro y, sin acelerar ni reducir el paso, se dirigió por el largo corredor hacia su celda.

Desde la ventana de su despacho, el prior había observado que el más anciano y el más joven de su congregación dialogaban. Aunque no podía leer en sus labios, sabía que la duda les quemaba. Eran dos frailes devotos, encomendados a la búsqueda de la eternidad, pero no siempre la voluntad acierta con el camino escogido. Como prior, tenía el deber de mantener unido a su rebaño, a salvo de lobos y de extravíos. Todo lo que el hermano Adrián tenía de tozudo, lo tenía el hermano Simeón de impetuoso. Ambos desconocían ser sujetos del pecado de soberbia. Creían que su sentimiento los acercaba más a Dios, aunque en realidad les cegaba los ojos, y confundían el fuego de su ánimo con la luz fría de la paz eterna. ¡Ay, el alimento del camino de perfección no era la soberbia, sino la humildad y la obediencia! No le preocupaba tanto el hermano Adrián, un fraile maniático y ordenado, como el hermano Simeón. Nunca debió permitir que el viejo lo tomara bajo su tutela cuando ingresó en el monasterio, siendo todavía un niño de leche. Aun en el caso de que el hermano Adrián no le hubiera transmitido pensamientos descarriados –que sí se los había transmitido–, su ejemplo habría bastado para abrirle la puerta por la que se accede a ellos. Desde que apenas levantaba un palmo del suelo, Simeón había mostrado una fe sin medida. Rezaba arrebatado hasta después de que hubiera terminado el oficio, y al cantar, su vibrante voz se alzaba hasta imponerse sobre la del resto. Mostraba marcas en las muñecas, que algunos hermanos confundían con estigmas, pero el prior sospechaba que se las había hecho con sus propios dientes. En la adolescencia comenzó a azotarse la espalda con el flagelo, que remojaba en agua para que adquiriera mayor peso. El prior, preocupado por una práctica que ya era casi diaria, decidió quitárselo, pero se lo devolvió la noche en que, alarmado por los fuertes golpes que procedían de la celda de Simeón, irrumpió en ella y lo sorprendió dando cabezazos contra el muro. Algunas mañanas, con la vehemencia propia de su edad, se arrojaba boca abajo sobre las losas de la capilla, con los brazos en cruz, y en tal posición permanecía horas, ofreciendo su cuerpo a la voluntad divina. Por entonces, el hermano Simeón ya había adquirido un gran ascendiente sobre los demás frailes. Admiraban su celo, envidiaban su mortificación, creían que él se hallaba más cerca de la santidad que ningún otro. Algunos afirmaban haber sido testigos de cómo, tumbado en la cama, su cuerpo se elevaba unos centímetros y flotaba. Para el prior todo esto no eran más que sugestiones. Educado en la escuela de la teología escolástica, sospechaba que el hermano Simeón padecía un trastorno de mortificación ansiosa, acuciada por la duda sobre sus orígenes. ¿No le había dicho en el confesionario que a veces se sentía hijo del mismo Dios? «Eso es herejía, Simeón –le advirtió–. Tú eres un hombre, nada más que un hombre. Cuídate mucho de volver a decir tal cosa, incluso de pensarla». Ni siquiera entonces le reveló la identidad de sus padres, pues había jurado no hacerlo nunca. Simeón había crecido sin conocer que era hijo de un proscrito, convertido luego en cazador de proscritos, y de una mujer que, violada, en adelante mostró su desprecio de sí misma vendiendo su cuerpo a los hombres y jugando con ellos hasta arruinarlos. Desde que abandonó al niño, la dulce Isabel enviaba todas las semanas a un criado con un donativo para aliviar su conciencia. El prior, para no remorder la suya, lo aceptaba diciéndose que no importaba el origen del dinero si la mano que lo entregaba estaba movida por el arrepentimiento. Con los años, los donativos se hicieron más humildes. Y cuando mucho después la dulce Isabel, pobre y loca, no tuvo más que los harapos y el carrito con el que recorría las calles, el prior siguió aceptando por compasión sus donativos en forma de una cuchara oxidada, una cuenta de cristal o un mendrugo de pan duro. «Ahora la dulce Isabel está más lejos de los hombres –pensaba el prior–, pero más cerca de Dios». Juan Expósito, sin embargo, sólo había venido una vez. Una noche aporreó el portalón borracho e insistió en querer ver a su hijo. Al prior le asustó la estampa de Juan Expósito, la sombra que le cruzaba la cara bajo el sombrero, sus ojos apagados. «Sólo quiero verlo, nada más que eso. Tráiganmelo aquí para que lo vea y luego me marcharé. Lo juro». El prior aceptó el juramento y mandó que trajeran al niño. «Aquí lo tiene», le dijo con el niño en brazos, tapado con una manta. Juan Expósito alargó la mano y, con un gesto rápido, apartó la manta y dejó al descubierto la marca del cangrejo que el pequeño Simeón tenía en la cadera. «Ya lo ha visto –le dijo el prior–. Ahora márchese». Juan Expósito retrocedió. Levantó un instante el sombrero a modo de saludo y se alejó andando, despacio y sombrío.

El prior visitaba de vez en cuando la posada municipal, reclamado por algunos presos que deseaban aliviar su conciencia. Pasaba por el cuerpo de guardia y luego se encaminaba a la sala de visitas, cruzando el patio con las manos escondidas bajo el manto. No levantaba la mirada, pero sentía que desde cada una de las ventanas un par de ojos le observaba. Oía voces y risas burlonas que hacían eco en las celdas y llegaban al patio deformadas. «Hipócrita», «Mi hijo ha muerto por falta de leche», «¿Te consideras mejor que nosotros?» En una ocasión, al pasar por la galería junto a una celda, un preso le llamó: «Oiga, escúcheme, me han dicho que usted puede traer tabaco de fuera». Se detuvo ante la reja y lo miró. «Tengo dinero», añadió el preso, un hombre con las mejillas hundidas. «El dinero no sería necesario –le contestó–. Pida confesión y le traeré una onza de tabaco picado». El preso le respondió con un salivazo. El prior tardó en sacarse el pañuelo del bolsillo, y aunque estuvo a punto de decir «que Dios le perdone», finalmente calló. Por más que se dijese a sí mismo que debía poner la otra mejilla, sentía que la mayoría de aquellos hombres eran sus enemigos. Pensaba con desprecio que aquélla era la gente que se había felicitado cuando el Gobierno republicano elaboró una ley por la que se prohibía que las órdenes religiosas impartiesen clases regulares a los niños. Si a ellos se les impedía adoctrinar en la verdadera moral y en los valores que eran el antídoto contra la arrogante ciencia contemporánea, ¿qué vendría después? ¿Qué sería de aquel pueblo de Dios sin el amparo de la Santa Madre Iglesia? El cambio de Gobierno produjo una paralización de esa ley que, estaba seguro, había sido inducida por el demonio. Eran tiempos revueltos, que subvertían el orden tradicional y confundían a las almas ingenuas. Algunos de sus frailes, que trataban a menudo con el pueblo llano en su labor apostólica, se habían dejado contaminar por ideas modernas y proponían lecturas heréticas de los evangelios. Incluso cuchicheaban a favor del reparto de tierras. Y él, que siempre siguió la máxima de distinguir con claridad entre las cosas de Dios y las del César, ahora se veía empujado a significarse en política. En la capital y en otras ciudades, algunos bárbaros paganos habían querido prender en llamas varios recintos sagrados. En las iglesias y en la misma catedral, los eclesiásticos se preguntaban si del mismo modo que, siglos antes, los primeros cristianos tuvieron que aceptar en los circos romanos el sacrificio de sus vidas para extender la fe, ellos tendrían que acudir ahora al campo de batalla para mantenerla.

Con el paso de los meses, los presos fueron cambiando su actitud. Habían abandonado la insolencia y se mostraban disciplinados. Mientras que antes, al ser amonestados por los guardianes, se encaraban con ellos y los amenazaban, ahora volvían a su rincón y se sentaban en silencio. Presos y guardianes compartían el tabaco en el patio y, cuando se tocaba retreta, se daban las buenas noches. Antonio, el hermano de Petra, había adquirido en prisión la mirada serena y la palabra firme de los líderes. Se le respetaba, y en sus paseos por el patio, a su alrededor siempre había un grupo de hombres que lo acompañaban y escuchaban. Al contrario que los cándidos, no alzaba los ojos con ensoñación hacia el cielo, y al contrario que los taciturnos, no se demoraba en la contemplación de sus pies. Miraba a los hombres a los ojos, sin juzgarles, y su boca no pronunciaba dogmas.

–Tenemos armas suficientes –le recordaba uno–. Podemos hacernos fuertes en una galería. Si tomamos a varios guardianes como rehenes y conseguimos alcanzar el cuerpo de guardia, podremos escapar.

–¿Adónde iríamos? ¿Volveríamos a nuestras casas a retomar nuestra vida diaria? Os voy a decir lo que pienso que pasaría. Correríamos por el campo, hacia los montes, y allí nos irían cazando uno a uno como a conejos. Tenemos que esperar. Falta poco para las elecciones, y la represión le ha abierto los ojos al pueblo. Esta vez la Coalición del Progreso ganará y habrá una amnistía, tal como ha prometido. Será el momento de salir, como hombres libres, por la misma puerta por la que entramos esposados.

En las letrinas, el muro tenía una pequeña grieta que daba al callejón, donde los olores de la prisión se confundían con los de la basura del vecindario. Por ese agujero en el que cabía justo el puño de un hombre, un enlace en el exterior introdujo varias pistolas, y después los puñaditos de balas envueltas en hojas de parra. Por la misma grieta, la mano de piel arrugada y dedos largos de la señá Clara haría pasar pedazos de pan, queso y membrillo, con notas en las que se leía: «Para Gabriel, el Perdicero, vecino de la pedanía, que está en la tercera galería», o «Hacer llegar a Segismundo el de los Chatones, primo del Cejón». O un papelote de estraza con el dibujo hecho a carboncillo por un crío, y en el que se veía a un hombre vareando un olivo y al pie la frase «mi papá está trabajando en la aceituna».

Desde que se había clausurado la Casa del Pueblo, la fonda se había convertido en el centro de reunión de los trabajadores de la pedanía. Lo sabían las autoridades, pero a fin de cuentas no podían demostrar nada contra aquella anfitriona de pelo cano, guapa pese a la vejez y alta como un chopo, que echaba de la casa a los ojeadores de paisano y negaba el paso a los guardias de uniforme. A unos que insistieron en pasar, la señá Clara los señaló con el bastón:

—Os conozco a casi todos desde que vuestras santas madres os trajeron al mundo, y también vosotros me conocéis a mí, y en mi casa no entra nadie con armas ni con malas intenciones. Aquí se viene a pagar por el cocido y el vino y a disfrutar de compañía. Y a conversar, por supuesto, porque esto, aunque a algunos les pese, sigue siendo una República y nos gusta hablar y decir lo que pensamos. No me miréis así, que parecéis tontos y se os van a colar las moscas hasta la garganta. A ti, Juanito, te vi una vez mearte en los pantalones de miedo porque una paloma se te posó en el hombro. Y tú no te rías, Paquillo, que tienes de qué callar, que sé que te gusta más el sabor de los mocos que la textura del pañuelo.

—Ándese con cuidado, señora, que la edad y las arrugas no la ponen a salvo de todo... —dijo uno.

La señá Clara miró al guardia que había hablado, y que no era de la comarca. Y aunque los demás ya lo sujetaban por el brazo y le reprochaban su amenaza, ella contestó:

—No le conozco a usted ni me importa. Cuando vuelva otra vez, tráigame una orden de la Justicia y le abriré la puerta. Y si no, siga su camino, y que algún día esas arrugas y esa edad que le faltan le den piel para sentir como un hombre y conocimiento para expresarse como una persona. Y ahora, hala, márchense, que me están entreteniendo y tengo que atender a mis huéspedes –y dicho esto, regresó adentro y cerró la puerta.

El día de las elecciones generales, amaneció lloviendo en Titulcia. Era invierno y hacía frío. Llovía tan fuerte que el agua corría en arroyos por los lados de la avenida Grande. Nadie acudió a votar por la mañana, a la espera de que escampase, pero como por la tarde seguía lloviendo, miles de paraguas negros llenaron las aceras y formaron colas a la entrada del ayuntamiento y de la cámara agraria. Al atardecer, iban regresando a sus casas, donde se quitaban las botas, los calcetines, los pantalones y las faldas, que dejaban junto al brasero. Los que no tenían radio acudían a las tabernas, y mientras escuchaban los noticiarios le enseñaban a la lumbre las palmas de las manos. Dos días estuvo lloviendo, y nadie se apartó de las radios ni de los braseros. Pronto se supo que en Titulcia y en la capital la Coalición del Progreso había ganado por mucha ventaja. En algunas ciudades se había impuesto el Partido de la Patria, y en muchos pueblos era el margen entre ambos grupos tan estrecho que el contenido de las urnas debió escrutarse de nuevo, papeleta a papeleta. Cuando al amanecer del tercer día las nubes se retiraron, con la corriente bajaban ramas muertas y algún burro ahogado, con el vientre abultado y azul.

A la hora del desayuno en la posada municipal, los presos se amotinaron y desarmaron a varios guardianes, a los que tomaron como rehenes. Gracias al manejo de llaves consiguieron alcanzar la reja del vestíbulo, donde se hallaba el cuerpo de guardia. Con el alboroto, los demás guardianes se levantaron de sus catres, tomaron los fusiles y salieron. Por instinto, tal como habían repetido cientos de veces en la instrucción, pusieron la rodilla en tierra y apuntaron hacia los presos. El oficial salió del cuerpo de guardia sin la gorra y despeinado.

–¡No disparen! ¿Me entienden? ¡Les ordeno que no disparen!

Antonio, desarmado, con los brazos en alto y a la vista, agarrado a los barrotes, lo interpeló:

–¡Tenemos pistolas y rehenes! ¡Abra esta reja y déjenos marchar a nuestras casas! ¡Somos hombres libres!

–¡Esto es un motín! –replicó el oficial–. ¡Les ordeno que depongan las armas! ¡Háganlo ahora, suelten a los rehenes y no habrá represalias!

–¿Represalias? La represalia es estar aquí encerrados. Escuche usted las noticias. En este momento, el nuevo Gobierno ya estará redactando la amnistía.

–¡Menos cháchara! –dijo otro preso, que retenía a un guardián de rodillas a sus pies y atado y le había puesto la pistola en la cabeza–. ¡Bajen esos fusiles o le dejo seco de un tiro!

El general Servando, en cuanto recibió noticias del motín que estaba teniendo lugar en la posada municipal, subió a un coche y ordenó al chófer que le condujera al ayuntamiento. Pensaba pedirle al alcalde, don Silvestre, que se valiera de su prestigio entre los presos para convencerles de que abandonaran su intentona. ¿Por qué precipitar una liberación, si la amnistía del Gobierno sólo podía tardar unos días? En los aledaños de la plaza Mayor, se encontró con que la multitud llenaba la calzada y le cerraba el paso. Cientos de personas caminaban en la misma dirección. Los autos se habían detenido y los conductores se levantaban de sus asientos, salían e interpelaban a los peatones. El tranvía estaba parado, vacío. Pero el general Servando sólo distinguía pañoletas, mantillas y faldas entre la multitud. ¡Todas eran mujeres! Mientras su chófer, pitando, ganaba algunos metros entre el gentío, don Servando distinguió la pamela de su esposa, el abrigo con cuello de piel. Coreaba consignas con el puño en alto, caminando codo con codo con el resto de las manifestantes.

—¡Pare el auto! —ordenó cuando llegaron a su altura. Bajó la ventanilla y, asomándose por ella, preguntó—: ¿Tú qué haces aquí?

Su mujer volvió la cabeza y lo miró con extrañeza, como si la pregunta careciera de sentido.

—Hago lo que no hacéis vosotros. Vamos a liberar a nuestros vecinos.

Una marea de mujeres abarrotaba la plaza Mayor. Madres e hijas, abuelas y esposas, amigas y vecinas, clientes y amantes, las había de todas las edades y de toda condición. Al paso de la manifestación por la avenida Grande, los guardias urbanos se colgaban el fusil al hombro y se apartaban, rascándose el cogote. En los balcones se agolpaban los curiosos. Aunque aquí y allá se voceaban lemas diferentes, la mayoría batía palmas, con un clamor: «¡Amnistía, ahora! ¡Libertad, ya!» El general Servando ordenó a su chófer que diera marcha atrás y tomara otro camino hacia la posada municipal, pero de pronto el vehículo se encontró rodeado de una apretada masa de mujeres.

A la cabecera de la manifestación, la señá Clara caminaba en silencio braceando con su bastón. Al llegar ante la puerta de la posada municipal, se detuvo un instante. Por detrás, seguían batiendo palmas y coreando, pero conforme iban llegando ante el edificio guardaban silencio. Tras los pasos de la señá Clara, un grupo de veinte mujeres decididas entraron en el vestíbulo. Los tacones resonaron en las losas. A la derecha, se hallaban los presos, agolpados contra la reja, y a la izquierda, la decena de guardias, que habían bajado los cañones de los fusiles y retrocedían hacia la pared. El oficial, vacilante, se atusó el pelo con una mano y se caló la gorra. La señá Clara avanzó hasta el mismo centro del vestíbulo, colocándose entre presos y guardianes.

–Estoy cumpliendo con mi deber, señoras –dijo el oficial–. Por favor, márchense –las palabras se le atascaban en la lengua al hablar, y por las sienes habían comenzado a chorrearle goterones de sudor.

«¡De aquí no nos vamos sin llevarnos a nuestros hombres, que para eso hemos venido!», dijo una desde la puerta. «¡Tiene usted un problema, oficial! ¿A quién guarda, a los de dentro o a las de fuera?» dijo otra.

La señá Clara se acercó hasta el oficial, y sin que éste se moviera, tendió la mano para cogerle el manojo de llaves.

–Todo ha terminado, Tomás, cariño. Dame las llaves, que yo abro. Es hora de que cada cual se vaya a casa con los suyos.

Cuando varios días después el cartero llegó en moto a la posada municipal, con un telegrama gubernamental dirigido al oficial del cuerpo de guardia, en el que se comunicaba la amnistía para los presos, ya no había cuerpo de guardia. Paseó por el edificio abandonado y sólo encontró varios gatos que se lamían el pelaje y jugaban a perseguirse por el patio. Las cerraduras de todas las celdas habían sido reventadas, y en las paredes, justo encima de donde antes se hallaban los jergones, cada preso había escrito su nombre y la fecha de su ingreso y de su liberación. Al dirigirse de nuevo a la salida, vio en el techo una pintada: «Memorial de la infamia».

El alcalde, don Silvestre, publicó un bando en el que reclamaba la reconciliación de los vecinos. También comunicaba su decisión de reformar la posada municipal para que volviera a ser «lo que su nombre prescribe; en homenaje a nuestra historia reciente y al carácter de nuestro pueblo, y por el bien del comercio y el bienestar de nuestros visitantes». *La Gaceta Ilustrada* reprodujo el boceto del proyecto, que preveía doscientas habitaciones confortables, servicio completo en cada pasillo, un restaurante popular en la planta baja y una sala dedicada a exposiciones de pintura. En la sección de cartas al director de *El Correo de la Verdad*, un lector que firmaba como «una mujer decepcionada» se opuso firmemente a tal «despilfarro», y añadía: «Ya sabemos todos que el pueblo de Titulcia tiene más carácter que nuestro excelentísimo alcalde, que, en las horas graves en las que el orden debe prevalecer, no se atrevió a asomar su cabeza de ratón de biblioteca, de intelectual pusilánime y decadente. Como a todos los de su calaña, la historia lo relegará al sótano de la universidad de donde nunca debió salir».

Miguel, como presidente de la Sociedad Titulciana de Fomento, decidió prestar el apoyo de su empresa para la rehabilitación de la posada municipal. El hijo mayor de don Esteban no solía tomar iniciativas, pero cuando don Silvestre lo visitó en el despacho de la fábrica para solicitar su implicación, aceptó sin pensarlo dos veces, crecido por el hecho de tener al mismísimo alcalde sentado frente a él. Aunque todos los contratos de la empresa llevaban su firma, Miguel estaba supeditado al consejo de dirección. Cuando su hermano Luisito, vicepresidente, y los demás miembros se reunían en torno a la mesa ovalada, se hablaba mucho de política y de deporte, de la última sesión del Parlamento y del partido de fútbol del domingo anterior. Sólo al final se resolvían las cuestiones pendientes, casi siempre por unanimidad, votándolas a mano alzada sin haberlas debatido. Miguel regresaba luego a su despacho y, antes de sentarse a revisar los libros de producción y los de contabilidad, se acercaba a la ventana y apartaba un poco la cortina. Abajo, a la puerta de la nave industrial, aún charlaban algunos de los consejeros, los directivos de los bancos, el secretario del obispo. Luisito abría la portezuela trasera de un auto a uno de los latifundistas de la comarca, hombre ignorante y corpulento que avalaba sus inversiones con todas las casas y haciendas de un pueblo. Reían por algún motivo. Antes de arrancar el auto y marcharse, el latifundista alzaba los ojos hacia la ventana y Miguel retrocedía. Desde abajo, sólo se veía, a contraluz, el suave balanceo de la cortina.

Miguel se sentía intimidado en presencia de su hermano. En el tartamudeo de Luisito, que otros consideraban una debilidad, él distinguía su carácter nervioso, que contenía a duras penas. ¿Cuántas veces le había visto en el palacete estallar en ira cuando un plato no era de su agrado? Llamaba de modo imperioso a la cocinera, y allí mismo, delante de los comensales, la obligaba a probar la sopa. «Yo creo que está bien de sal, señorito», se atrevía a decir la mujer. «¿Está usted segura? Vuelva a probarla». Y la cocinera volvía a meter la cuchara de madera en la sopera y a probarla, y luego concedía que sí, que quizá le faltaba algo de sal. La pobre mujer se marchaba con la sopera, diciendo: «Enseguida digo que les traigan el segundo plato, señorito».

Pero le temía aún más cuando, como en esta ocasión, daba cuatro pasos a un lado, giraba, y daba otros cuatro pasos, mirándose los zapatos y con las manos en los bolsillos del pantalón. Otro que le conociera menos, creería que estaba reflexionando. Pero la vena del cuello... La vena se hinchaba y palpitaba.

—Así que una posada municipal —masculló, sin dejar su ir y venir de un lado a otro del despacho.

—Bueno... —dijo Miguel, vacilante—. Sí, don Silvestre me enseñó el proyecto y me pareció muy adecuado a nuestros intereses...

«Nuestros intereses...» repitió Luisito para sí. Se detuvo y miró a su hermano, sentado en la butaca. Nunca había conocido a nadie tan estúpido e ingenuo como Miguel. Observó su pulcro peinado con la raya a un lado, la corbata anudada con primor, el traje bien cepillado. Miguel no sostuvo su mirada, sino que bajó los ojos para añadir:

—Luisito, nuestra empresa siempre ha estado con el Gobierno de turno, y ahora en la capital gobierna la misma coalición que en el Ayuntamiento.

—Luis, me llamo Luis —corrigió—: ¿Te refieres a esa banda de politicastros que hacen falsas promesas al pueblo y lo engañan? Y hablan, y hablan, y hablan... ¡Cuánto hablan!, ¿verdad? No paran de hablar, ¡como cotorras!

—El pueblo ha decidido y les ha votado, Luisito. Así es la democracia.

Luisito se contuvo. Respiró hondo antes de contestar.

—La democracia... un hombre, un voto. Y las mujeres también, por supuesto. Las criadas, las putas, las abuelas analfabetas... Y les vale lo mismo tu voto que el del porquerizo de una aldea... todos iguales.

—Pero...

—Calla. Esto se va a acabar y nosotros tenemos que estar con los nuevos tiempos. ¿No lees los periódicos?

Esta chusma no durará mucho en el poder, ni aquí ni en ningún otro país. Nos estamos preparando. No te hagas el tonto, tú lo sabes mejor que yo. Les vamos a hacer correr hasta que se les pudra la lengua.

—Yo no sé nada...

¿Su hermano no sabía nada? ¿O no quería saber? En el extranjero, la vanguardia de la humanidad se preparaba para la conquista del futuro. Cuando el momento llegara, Luisito estaría con ellos. Acabarían con todas esas ideas absurdas sobre las libertades y la igualdad, para imponer los valores de la obediencia y la sumisión del débil. Científicos consagrados a la verdad estaban inventariando los defectos de una especie humana en decadencia, y catalogando a los hombres según medidas objetivas, tales como la estatura, la proporción de los rasgos faciales y el color de la piel. Jerarquías cuantificables y demostrables, no fantasiosas ideas construidas sobre el sentimentalismo. Voluntad, instinto de poder, fuerza.

—¡Esto! ¡Esto es lo que importa! —Luisito había sacado una pistola del bolsillo de la chaqueta y la había dejado sobre el despacho, con un golpe—. ¡Se van a acabar los chupatintas y los charlatanes! ¡La fuerza decide!

Miguel dio un respingo cuando su hermano puso la pistola sobre la mesa. Azuzado por los nervios, se levantó. Se pasó la lengua por los labios secos antes de hablar:

—No basta con la fuerza —dijo—. Hay que convencer, y hay que gobernar con justicia. A la verdad se llega a través del diálogo... Vosotros lo que buscáis es que haya una guerra...

«¿Guerra? ¿Por qué no? ¿No ha sido siempre así? —se dijo Luisito—. Una guerra. Una guerra mundial que dejará pequeña a la Gran Guerra, y en la que los fuertes nos impondremos para que la raza superior alce como un trofeo hermoso al resto de la humanidad».

«¿Dialogar? ¿Justicia?» Luisito apretó los párpados. ¿Tenía que soportar que su hermano pretendiera darle lecciones? En el palacete, Miguel fue siempre el muchacho al que se respetaba y se pedía consejo. En una ocasión lo sorprendió abrazado a su madre, Mercedes, que le acariciaba la cabeza y le decía «te quiero como a mi propio hijo. Incluso más, porque no eres hijo mío». Y Alejandra entraba algunas noches en su cuarto y los dos hablaban y hablaban durante horas...

Luisito dio la vuelta a la mesa del despacho y se sentó en ella, con un pie tocando el suelo. Sin una palabra, puso una mano en el hombro de Miguel, que aún estaba de pie y temblaba, y le obligó a sentarse de nuevo en la butaca. Luego tomó la pistola en la palma de la mano y se la enseñó:

—¿Sabes lo que es esto?

—Es una pistola.

Lusito acarició las cachas del arma. Era un último modelo, de cañón largo, capaz de acertar a una moneda a cincuenta metros. En una exhibición había visto cómo atravesaba un tabique de ladrillo sin desviarse en su trayectoria. Era de fabricación tudesca, de hechura apolínea, neta. Quitó el seguro y puso el cañón en la sien de su hermano. Miguel seguía temblando y el sudor brillaba en su frente y sus sienes.

—Luisito, tranquilízate. Me estás asustando...

Luisito apretó el gatillo. Era la primera vez que disparaba con el arma a un cuerpo. Le sorprendió la limpieza del agujero hecho por la bala, que había dejado en la piel un anillo rosa, había atravesado la cabeza y la butaca y se había hundido en la tarima del suelo. Pasaron unos segundos hasta que por la piel de Miguel fue asomando un grumo de sangre. Apenas si se había movido al recibir el impacto, aún tenía los ojos abiertos. Su cabeza había caído sobre el respaldo, como si descansara. Luisito le cerró los párpados.

–Estoy tranquilo, hermano –dijo–. Nunca me ha gustado que me llames Luisito, y lo sabes. Me llamo Luis. Vamos a probar, repite conmigo: Luis. Claro, no puedes hablar. Qué fácil es morir. Así, en un segundo. Cuando te levantaste esta mañana no imaginaste que sería la última, ¿verdad?

Luisito notó casi un estremecimiento. Una presión le ahogaba la garganta. «He tenido que hacerlo –se dijo–. Pero ¿por qué? Ah, sí, ya recuerdo. Habrá una guerra y tenemos que deshacernos de los débiles. Mi hermano habría sido un buen compañero... Pero demasiadas lecturas, demasiados mimos... Era un hombre débil. Pobre Miguel, te han engañado con su palabrería. Pero ¿qué me ocurre? No es nada, sólo es una lágrima. Ya se me pasará...»

13

Ya había amanecido sobre la tierra fría de finales de marzo. El auto del general Servando había recorrido en veinticuatro horas la carretera que unía la capital con las azules costas del este. A lo largo del camino, fueron adelantando a los miles de personas que seguían la misma dirección, unas pocas en carretas tiradas por burros de costillas marcadas, y la mayoría a pie. Algunos llevaban fardos con ropa o quién sabe qué cosas, y conforme pasaban los kilómetros y veían reducirse sus posibilidades de alcanzar el destino con su carga, la abandonaban en la cuneta. Los sanos ayudaban a andar a los heridos, pero éstos acababan por sentarse en el suelo y hundían la cabeza entre las rodillas. Eran los restos del ejército republicano, a los que desde cada pueblo se sumaban muchos civiles que temían las represalias cuando cayeran en manos del enemigo. El auto sólo se había detenido para que sus seis ocupantes evacuaran el vientre y para verter en el depósito otra lata de gasolina. Agotaron el combustible a la vista de la costa y, abandonando el vehículo, anduvieron los últimos diez kilómetros. Un barco mercante, que mantenía izada la tricolor, se hallaba anclado a media milla del puerto, y en los muelles comenzaba a agolparse la multitud a la espera del regreso de los dos botes que iban recogiendo a los exiliados. El general y sus acompañantes pasaron junto a un almendral salpicado por una explosión de flores blancas y rosas, cuando un miliciano se acercó a ellos.

–General, ¿usted también aquí...? Me llamo Antonio...

–¿...?

–Antonio, de la pedanía –tomó del brazo al general y le indicó hacia uno de los almendros, a cuya sombra se hallaba sentado un hombre–. Es el alcalde. Venga conmigo. Está enfermo, a ratos delira. No quiere continuar, pero a usted le hará caso.

A primera hora de la mañana, don Silvestre, fatigado y con los pies entumecidos, se había sentado en el suelo. Se había recostado en el tronco de un almendro, frente al mar, y se había quedado dormido. Le despertó un suave zarandeo en el hombro. Cuando abrió los ojos, reconoció a contraluz al general, en cuclillas delante de él. Detrás se encontraban Antonio y el chófer del general, que compartían un cigarrillo. A don Silvestre le pesaban los ojos, apenas si sentía la boca y tenía saliva seca en los labios.

–Usted... Todo se acabó –dijo–. Hemos perdido, querido Servando.

«Sí, hemos perdido», pensó el general.

–Vamos a sacarle de aquí, amigo mío –dijo–. Hay un barco en el puerto. Haremos sitio para usted en uno de los botes.

–Oh, no. Soy demasiado viejo. ¿Qué haría un anciano como yo en el exilio? El puerto está lleno de hombres jóvenes. Ellos tendrán una oportunidad de salvarse y de rehacer sus vidas, y de salvarnos a todos nosotros del olvido. Pero ¿y usted? ¿Y su familia?

–Hace meses que se expatriaron. No sé dónde están.

Sin embargo... usted aún puede ser útil a la causa de la democracia. Hay que reorganizarse en el extranjero. Se acerca la guerra mundial, como usted preveía, y esta vez ganaremos. ¿Me escucha usted? Ganaremos.

–Otros ganarán por mí. Yo cumplí con mi tarea. Además... Ésta es mi tierra. Nunca salí de ella... Soñaba con ir a Grecia... La juventud... Cristina. ¿Qué habrá sido de ella?

–¿De quién?

El alcalde continuó hablando, pero de sus labios sólo salían palabras inconexas, y sus párpados, pesados cortinones, luchaban por mantenerse alzados.

–Nos van a ver, Cristina. Ahora no. Cuando nos casemos... Me gustan mucho tus dedos blancos sobre las teclas del piano...

Servando se había puesto en pie y, haciéndose visera con la mano, miraba hacia el puerto. Cada vez más gente atestaba los muelles, en silencio, y por la carretera continuaban llegando por miles, una larga caravana de tristeza. El barco mercante se había hundido un poco más en el agua, casi hasta la línea de flotación. «No hay nada que hacer», oyó don Silvestre. «Nunca saldremos de aquí», contestó otro. Luego identificó la voz del general Servando, que decía: «¿En qué momento nos equivocamos?» «No nos equivocamos, mi general. Hicimos lo que debíamos», repuso la que debía de ser la voz del chófer.

Don Silvestre sintió un beso en la frente, cálido. ¿Cristina? «Hasta siempre, alcalde. Nunca le olvidaré». Abrió de nuevo los ojos y vio la silueta de Antonio, que se alejaba, pero no hacia el puerto, sino en sentido contrario, atravesando el almendral. El chófer del general Servando le seguía. Se encaminaban a la lejana frontera del norte. Don Silvestre deseó que lograran alcanzarla; su mente estaba con ellos, los acompañaba mientras se dirigían hacia el horizonte y se hacían más y más pequeños... El general, en cambio, se había quedado allí de pie, mirando hacia el mar.

Tres años antes, la noticia del golpe de Estado no había sido una sorpresa para don Silvestre ni para el Gobierno en la capital. La victoria de la Coalición del Progreso en las elecciones no había traído la voluntad de convivencia. Los caciques armaban a cuadrillas de paramilitares y los uniformaban con camisas azules, y los ajustes de cuentas entre éstos y grupos violentos de trabajadores se fueron sucediendo. Era un día de verano, y una ola de calor había sumido Titulcia en el sopor. A mediodía las golondrinas se habían refugiado bajo los aleros de los tejados y nadie recorría las calles. Las persianas permanecían bajadas y las casas sesteaban en penumbra. En su gabinete del ayuntamiento, don Silvestre repasaba la prensa. La tarde anterior, un diputado había declarado, con buen sentido del humor: «¿Así que los oficiales se van a levantar? Muy bien, señores, que se levanten. Yo, por el contrario, me voy a acostar».

Esa mañana el general Parco decretó el Estado de guerra en las plazas norteafricanas bajo su autoridad, y el general Redaños y otros confabulados le secundaron en varias ciudades del país. Allá donde les fue posible, los militares golpistas se apropiaron de los ayuntamientos, las diputaciones y las emisoras de radio. Un locutor, que decía hablar en nombre del «Estado nacional», leía un discurso en favor de los rebeldes y celebraba la supresión indefinida de las libertades y el restablecimiento del verdadero orden basado en los valores tradicionales. En otra emisora, su locutor, que decía hablar en nombre del «Gobierno legítimo de la República», afirmaba que los escasos focos de insurrección pronto serían controlados y que la normalidad democrática no tardaría en ser restablecida. Las rotativas lanzaron una edición especial aquella tarde tórrida. En un escueto artículo editorial, *El Correo de la Verdad* pidió «orden, orden, orden. Llamamos a todas las personas de fe y buena voluntad a apoyar en estos días cruciales la causa de las jerarquías militares, garantes de la paz social y la grandeza milenaria de nuestra nación». Don Silvestre había enviado un artículo a *La Gaceta Ilustrada*, en el que reafirmaba, como alcalde, el «compromiso de nuestra ciudad con la República y con el Gobierno legítimo de la patria», y reclamaba de todos «calma, calma, calma». Su artículo fue entregado en la redacción del semanario. Uno de los camisas azules lo leyó en voz alta, despertando las sonrisas de sus tres camaradas, que a punta de pistola vigilaban al editor, al tipógrafo y a dos periodistas de la plantilla, todos ellos atados a las sillas y amordazados. Aunque el ordenanza municipal no llegaba con el ejemplar de la edición vespertina, don Silvestre no se alarmó. Unas horas antes se había entrevistado con el general Servando, que le expresó su lealtad. «Mis soldados y mis oficiales están con el Gobierno en la paz, y si es necesario, también en la guerra –le había dicho–. Sólo saldremos a la calle por orden directa del Gobierno». Admiraba al general Servando, su inteligencia y su temple, también su belleza viril. Aunque ya contaba sesenta años, mantenía el vientre liso y la espalda recta. Siempre lucía un uniforme impecable. Volverían a verse mucho después, cuando el frente de combate de los dos ejércitos, el republicano y el nacionalista, se había estabilizado a orillas del río, a varios kilómetros de Titulcia aguas arriba. El general Servando había engordado y su espalda se doblaba sobre la mesa plegable, en medio de la amplia tienda de campaña. Su ayudante había desenrollado un mapa y el general lo miraba dando vueltas alrededor, nervioso, como si contemplarlo desde varios puntos de vista le permitiera descubrir la ventaja estratégica que hasta entonces le había pasado desapercibida. A un lado del río estaban las tropas del general Parco, bien abastecidas desde la retaguardia, con capotes, latas de sardinas y ametralladoras. Al otro lado, las tropas del general Servando, la mitad de ellas integradas por milicianos, con más idealismo que adiestramiento, y que debían compartir de dos en dos el capote, la lata de sardinas y un fusil propenso a encasquillarse. Con la evolución de la guerra, los territorios conquistados por el ejército rebelde se habían ido extendiendo como una mancha de aceite. El general Servando había salido hasta la puerta de la tienda para recibir a don Silvestre. Mientras le servía una infusión bien caliente en una taza de hojalata, le pidió su opinión sobre el futuro de la guerra. Don Silvestre participaba del criterio del Gobierno, aunque en privado no se mostraba optimista. La estrategia declarada se basaba en la previsión de que una nueva Gran Guerra sacudiría el mundo, y los aliados antifascistas prestarían a la República el apoyo que hasta entonces le habían escamoteado.

—Le repetiría, como el presidente, que «resistir es vencer» –dijo–. Sin embargo... ¿a qué precio? ¿Cuántos de los nuestros están entregando su vida? ¿Y si al final tanto sacrificio no sirviera de nada?

–Mi viejo amigo... Como general, le diría que mi obligación es ejecutar órdenes y no pensar tanto en los sacrificios de mis soldados como en la victoria. Como hombre, le digo que he descubierto que hay valores por los que merece la pena combatir. Sí, mi querido don Silvestre; yo no estoy en guerra por el Gobierno, sino por esos mismos hombres sencillos que quizás mañana mueran en la trinchera, porque ellos saben que están combatiendo por un mundo más justo. No comparto los ideales de todos, pero sí su vocación idealista. Siempre estaré con ellos y compartiré su suerte. ¿Sabe una cosa? Si yo mañana les diera la orden absurda de retirarse, no la entenderían y no la acatarían. Yo me marcharía, pero ellos seguirían donde están, combatiendo. No somos nosotros, con nuestros mapas y nuestras estrategias, sino ellos, el pueblo, los que llevan la iniciativa en esta guerra.

A don Silvestre le habría gustado tener la oportunidad de conocer mejor al general Servando y de tratarlo más a menudo. Recostado en el tronco del almendro, el alcalde alzó de nuevo los párpados y sintió que el cielo, el mar, los montes, los miles de personas que se hacinaban en el puerto... todo se desvanecía en la atmósfera. A diez metros de distancia, frente a él, la silueta del general se recortaba contra el cielo. Se había quitado las botas y se desabotonaba la guerrera. Y como en un sueño, Servando desenfundaba su pistola. Sin dejar de mirar hacia el puerto, se colocaba el cañón en la sien, apretaba el gatillo y luego caía al suelo despacio, en silencio.

Al comienzo de la guerra, el Estado Mayor de la República reclamó el concurso de las tropas del general Servando, que partió de Titulcia dejando en el cuartel una compañía de ordenanzas al mando de un capitán. En las ciudades tomadas por los militares sublevados, cada mañana las tapias de los cementerios aparecían salpicadas de sangre. Era una guerra total, una guerra civil. No sólo entre ejércitos, sino también entre clases, entre vecinos. Los trabajadores de Titulcia habían comenzado a engrosar los grupos de milicianos, que en una sola mañana aprendían a formar, a tumbarse cuerpo a tierra y a decir «a sus órdenes», los más disciplinados, o «para lo que usted mande», si no lo eran tanto. El más capaz era nombrado sargento. Con el puño en alto, recorrían las calles cantando alegres el himno de Riego con letras improvisadas. Calzaban alpargatas, vestían sus monos de trabajo y llevaban al cuello pañuelos rojos y blancos. En camiones y furgonetas, salían a la comarca al encuentro de los paramilitares de camisa azul, que se habían hecho fuertes en las haciendas de los caciques y en varias quintas. Se enfrentaban a ellos durante horas, acosándolos en sus guaridas. Los camisas azules disciplinaban a los civiles bajo su dominio y mataban a los insolentes, y a menudo se aventuraban hasta la misma Titulcia. Algunas noches, a la cabeza de una cuadrilla de camisas azules, Juan Expósito hacía incursiones relámpago por los barrios de Esperanza y la pedanía. Sacaban a los trabajadores de sus camas, se los llevaban a la ribera del río con las cabezas embutidas en sacos de rafia y los fusilaban. Luego echaban los cadáveres al agua. Los milicianos, que hacían guardia en las esquinas, los perseguían, pero acababan perdiéndolos en las callejuelas del centro, donde los paramilitares contaban con el apoyo de algunos vecinos. En el caos de los primeros meses, algunos grupos de milicianos también actuaban por su cuenta. Sacaban a los colaboracionistas de sus camas, los llevaban en camión a la ribera del río, con una pelota de trapo en la boca, y los fusilaban. Después, igual que los hombres de Juan Expósito, echaban los cadáveres al río, de modo que ya no se sabía si el cuerpo que por la mañana flotaba entre las cañas era de un republicano o de un nacionalista, o simplemente el de un jugador de cartas que no había pagado la deuda de su apuesta, o el de un guapo mozo que había camelado a la novia de un celoso, o el de un crápula pobre que vestía con la capa del señorito. Quien tenía algo que temer atrancaba la puerta y las ventanas cuando el sol se ponía, pero, como decía la señá Clara, «en esta bendita tierra sólo los niños y los desmemoriados carecen de temor». Los soldados del cuartel no se aventuraban por las calles oscuras más que en destacamentos de seis, y los guardias urbanos cambiaban de acera y de esquina cuando veían las sombras que delataban el paso de un grupo. ¿No se sospechaba que los camisas azules cambiaban a veces su uniforme por la indumentaria humilde de los milicianos? Disfrazados, daban el alto a los atrevidos ciudadanos que caminaban en parejas o solos por la avenida Grande con la confianza de que la luz de las farolas los amparaba. Los conminaban a cantar «La internacional», y si lo hacían sin reparos ni equivocarse en la letra, los conducían a la ribera y también los fusilaban.

Desde las celdas del monasterio, los frailes, que permanecían en vela, oían los tiros lejanos. Habían apuntalado el portalón con maderos y colgado en la fachada un tosco crucifijo de madera. Pasada la medianoche, uno a uno iban abandonando sus celdas y acudiendo a la capilla, donde rezaban el *«Dies irae»* por todos los que habían muerto, y el *«Tedeum»* por los que seguían vivos, hasta que el cielo se manchaba de rosa y el sol acariciaba la cornisa del claustro.

Una noche escucharon unos golpes débiles pero insistentes en el portalón, y al poco el tintineo de la campanilla. El hermano Adrián acudió al vestíbulo y vio que el prior y el alcalde conversaban en voz baja. Don Silvestre les pedía, les ordenaba, que, sin recoger nada ni mirar atrás, salieran por la puerta de servicio y subieran en silencio al autocar que los esperaba en el callejón. «Ésta ha sido siempre nuestra casa», dijo el prior. «Lo sé, pero ni el ejército ni mi institución pueden garantizar ya su integridad personal», repuso el alcalde. «En esta ciudad todos nos quieren...» «No todos, prior, no todos... —e indicándole un fardo con monos de trabajo, pañuelos rojos y alpargatas, añadió—: Antes de salir, pónganse esta ropa». El hermano Adrián fue de celda en celda llamando al resto de la congregación. La puerta del hermano Simeón estaba abierta. No se hallaba dentro, pero el aceite del candil aún despedía olor. Sobre la tabla se hallaban su manto, las sandalias y el flagelo. Entretanto, los frailes fueron acudiendo a la cocina y, santiguándose, se quitaron los hábitos, se embutieron en el mono, se ataron el pañuelo al cuello y se calzaron las alpargatas.

—Prior, prior —el viejo hermano Adrián, nervioso, le tiraba de la manga—. Simeón no está en su celda...

Mientras los frailes iban subiendo al autocar, el prior regresó adentro y recorrió el monasterio. «¿Dónde se habrá metido este joven atolondrado?» El prior se asomó a todas y cada una de las celdas, al refectorio y a la biblioteca, y sus pasos resonaron en la sala capitular y en el comulgatorio. Las salas vacías, el monasterio abandonado, Dios como ausente. Al entrar por última vez en la capilla, le pareció que el Cristo tallado le miraba con reproche desde la cruz. Se arrodilló, juntó las palmas de las manos y masculló unas palabras hacia el altar: «Señor, perdóname. He perdido a uno de tus corderos, el más joven y precioso».

Sintió una mano en el hombro.

—No hay tiempo que perder —le dijo don Silvestre.

Un auto, a cuyo volante se sentaba Antonio, precedió al autocar por las calles silenciosas de Titulcia. Era seguido por otro, conducido por mi tío Isidro. A poca velocidad, los tres vehículos cruzaron el río por el viejo puente romano y atravesaron los barrios de Esperanza. Tomaron un camino rural entre sembrados. Amanecía cuando, a sus espaldas, la torre del castillo se ocultó tras el horizonte. El autocar se detuvo en un cruce.

—Ya no podemos avanzar más —dijo don Silvestre al prior—. Ahora tendrán que hacer el resto andando.

Los frailes bajaron del autocar disfrazados aún de milicianos, llevando cada uno un costal con su hábito. Dudaban de si era el momento de cambiar de nuevo sus ropas. El aire fresco les alborotaba el pelo. Miraron alrededor. Ante ellos se extendía una llanura interminable.

—El frente se encuentra a cinco kilómetros al oeste —les dijo don Silvestre—. Evítenlo, hay tropas y combates. Hacia el este y durante diez kilómetros, es tierra de nadie, con partidas de incontrolados que actúan por su cuenta y donde ya no se sabe quién es quién. Vayan hacia el norte, pasen este campo abandonado y atraviesen aquellos cerros. A dos o tres kilómetros volverán a encontrarse con el río. En la orilla oeste comienza la zona controlada por los nacionalistas. A nosotros nos fusilarían en el acto, pero ustedes estarán a salvo.

El hermano Adrián se acercó a mi tío Isidro y lo abrazó. Los frailes ya habían comenzado a caminar hacia el norte. Sus pies se hundían con torpeza en el barro del campo abandonado. A varios pasos, el prior se detuvo un instante y, volviendo la cabeza, preguntó a don Silvestre:

—Dígame una cosa... ¿Por qué ha hecho esto? Usted es... usted es ateo.

El alcalde dudó qué respuesta dar.

—No creo en la existencia de Dios —dijo finalmente—, pero quiero creer en la moral de los hombres.

En ese mismo instante, a kilómetros de distancia de aquel cruce, Simeón había vuelto la cabeza para contemplar las siete torres de Titulcia, sosegada a la primera luz de la mañana. Desnudo y descalzo, había callejeado por la vieja judería y, cruzando el río por el vado, había tomado un camino de mulas. Caminaba buscando con las plantas los guijarros más puntiagudos, sobre los que descargaba el peso del cuerpo. A un centenar de metros de su destino, se tumbó boca abajo en el suelo, rezó un «*Credo*», y luego avanzó de rodillas, dejando hasta el pie del dolmen un rastro de sangre mezclada con el polvo del camino. Ignoraba que él había nacido allí, que era en ese lugar donde la dulce Isabel le había amamantado por primera vez, pero intuía que sobre la piedra estaría más cerca de los espacios siderales y se encontraría a sí mismo. Una voz firme y serena como la de un padre le ordenó que trepara arriba y se sentara. Así hizo. La voz, antes de extinguirse, le dijo unas pocas palabras al oído: «No desciendas. No te muevas. No hables. No pienses. No sientas».

Simeón obedeció a la voz y en los tres años siguientes vería pasar ante su dolmen a milicianos con el pañuelo rojo al cuello y a soldados de uniforme caqui. Vería camionetas cargadas de prisioneros y vehículos blindados; columnas de heridos que acudían a los hospitales de campaña y columnas de heridos que los abandonaban; comitivas de civiles que huían de la ciudad con las cabezas pesadas y las carretas cargadas de bártulos, y legiones que desfilaban hacia ella marcando el paso y coreando canciones de guerra. Cada mañana de su penitencia, recibía la visita de algunas mujeres de Titulcia, que acudían para arrodillarse ante aquel símbolo viviente de la paz. Se había extendido por la ciudad el rumor de que el santo concedía milagros a quien depositase alimentos y agua fresca al pie de la piedra. Le pedían que el hijo regresase vivo del frente y que las bombas respetaran la casa. Luego alzaban la vista hacia lo alto e indagaban el rostro impenetrable de Simeón, que miraba un horizonte que sólo sus ojos veían. No se movía, no parpadeaba siquiera. La cabellera le llegó primero hasta los hombros, pero luego acabó cayendo más abajo de su cintura. La barba se le enroscaba entre los brazos, que mantenía cruzados. Las uñas de sus manos eran largas y negras, pero no tanto como las de sus pies, que se habían ido curvando hacia dentro hasta incrustarse en la roca, en la que se formaban goterones de orina y heces. Una nube de moscas revoloteaba alrededor de su cabeza. Moscas benditas, animales que nunca evitaron la suciedad ni la miseria y que trataron por igual a humildes y a soberbios, a pobres y a ricos, a feos y a hermosos.

La cuadrilla de Juan Expósito pasó junto al dolmen el día en que se decidieron a abandonar la comarca de Titulcia. Detuvieron sus autos al pie de la piedra y uno de los camisas azules apuntó a Simeón con la pistola.

–¿Disparo? Sería como matar a un ruiseñor en su rama.

–Más bien una lechuza –corrigió otro, provocando las risas de los demás.

–Dejémosle –ordenó Juan Expósito, que apenas si había vuelto la cabeza hacia Simeón, hacia aquel semblante cetrino, y enseguida apartó los ojos–. Sigamos adelante.

–¿Quién es?

–No lo sé –mintió–. Un pobre chalado. Dicen que habla con Dios.

Juan Expósito se distinguiría en el frente, más aún que por su fiereza, por su temeridad. Era ya un hombre viejo, pero fuerte y animado por una voluntad, un odio que no se aplacaba. Siempre atacaba al frente de sus hombres y a pecho descubierto, desafiando las balas de sus enemigos. Subía un cerro a la carrera, gritando entre el tiroteo, y se detenía tan sólo para apuntar mejor al resquicio entre los ladrillos donde se parapetaban los soldados republicanos, que finalmente huían corriendo y se precipitaban rodando por la pendiente opuesta. Los tercios de extranjeros, de los que había tomado prestada la costumbre de llevar al cinto ensartadas las orejas de sus víctimas, le admiraban. Cualquiera de aquellos combatientes curtidos en el desierto, condecorados con metralla en las piernas y sarro en las encías, habría dado un brazo por tener, como él, una sombra cubriéndole la mitad de la cara. Cuando se conquistaba una nueva posición, se presentaba al mando militar y ofrecía su cuadrilla para un nuevo objetivo. Participó en las refriegas más cruentas. En todas las misiones desafiaba a la muerte. Tenía rasguños de bala en los brazos y las piernas; en el costado, la cicatriz de un puñal; y en la cabeza se le había alojado la punta de un clavo. Era el recuerdo de una granada casera. Los milicianos las fabricaban con latas, que rellenaban con ferralla y pólvora y tapaban con cemento, por el que asomaba la mecha. La granada había caído a un par de pasos de Juan Expósito, que la contemplaba fascinado, paralizado. La mecha despedía un rizo de humo y siseaba. Uno de sus hombres, sin una palabra, llegó corriendo y se tumbó sobre la granada. La explosión esparció sangre y tejidos en un radio de diez metros. Juan Expósito apartó la vista con desagrado y vio que, a poca distancia, el soldado republicano que la había lanzado seguía tumbado cuerpo a tierra tapándose los oídos con las manos. Caminó despacio hacia él, hasta situar las botas junto a su cabeza. Le apuntó con la pistola y desbloqueó el percutor. «Túmbate del otro lado, boca arriba. Quiero que veas la cara del hombre que te va a matar...» El miliciano temblaba. «Esperaré todo lo que sea necesario –añadió Juan Expósito–. Yo ya he elegido el cómo, ahora tú elige el cuándo vas a morir».

Apenas si dormía un par de horas diarias. Una pesadilla le turbaba el sueño: cabalgaba por una llanura en compañía de dos de sus hombres, cuando sentía la vejiga llena, ardiente, y tiraba de las bridas del caballo. «Soooo...» Desmontaba y se acercaba a la cuneta. Aunque intentaba orinar, no conseguía sino aumentar el dolor de su vejiga. Seguía con la mirada un conejo que huía a saltos por entre los sembrados. Entonces notaba en la nuca el cañón frío de una pistola. Despertaba sobresaltado, con el cuello cubierto de sudor.

En el curso de una operación de castigo, cuando ya los republicanos se batían en retirada hacia la costa, la cuadrilla de Juan Expósito se adentró en una región de cerros pelados y barrancos sin agua. En aquellas tierras, ahora desoladas, había tenido lugar una revolución social en el curso de la guerra. Los campesinos y los obreros habían colectivizado las tierras de labranza y los molinos, y donde antes había un propietario, crearon empresas de trabajadores que gestionaron la producción y el comercio. Sobre las puertas de las tahonas y los establos, aún colgaban los carteles de «Cooperativa del pan» y «Cooperativa de lácteos». Una pintada en la fachada de una iglesia le reabrió la memoria: «¡Viva la República Independiente del Secarral!»

—Seguid vosotros —dijo a sus hombres—. Yo tengo que hacer.

Se marchó a pie, solo, y caminó dos jornadas hasta llegar a la pequeña aldea entre dos barrancos donde muchos años antes entrevió una vida feliz. El lugar se había convertido en un mito. Abandonada quién sabía cuántos años antes, nada quedaba de aquella República visionaria. En los huertos había vuelto a crecer la maleza, los tejados habían vuelto a derrumbarse, y las paredes se habían desmoronado. No había cerdos en las pocilgas, y otra vez las palomas anidaban en los dormitorios y cagaban en las camas. Sólo el eco de sus pasos le acompañaba. Pero mientras paseaba por la plaza, oyó un disparo. La bala había dado junto a sus pies y había ido a incrustarse en el tronco de un olmo. Desvió la mirada a tiempo de ver el pelo del francotirador, que se agachaba tras una ventana.

—¡Eh, tú! —gritó Juan Expósito—. ¡Sal de ahí!

El eco le respondió. Había desenfundado la pistola, pero, alzando los brazos, la mostraba inútil por encima de su cabeza, colgada del dedo por el guardamonte.

—¡Eh, tú! —repitió—. ¡Mira, no quiero disparar!

Poco a poco, el miliciano asomó la cabeza y le apuntó con su escopeta. Le temblaba el pulso.

—¿Ves? —dijo Juan Expósito—. ¡No quiero disparar!

Se disponía a agacharse y depositar el arma en el suelo, cuando oyó un nuevo disparo. En principio no sintió nada, luego vio la mancha de sangre que le iba empapando el pantalón por debajo de la rodilla. El miliciano volvió a apretar el gatillo, que emitió un simple clic, y enseguida, arrojando la escopeta al suelo, se precipitó a la puerta de la casa donde se había ocultado. Juan Expósito, cojeando, la alcanzó antes que él y le cerró el paso, encañonándole con la pistola.

—¿No me conoces?

El miliciano había retrocedido y se hallaba contra la pared. Era joven, no debía contar más de veinte años. Miraba con temor al hombre, sus ojos no podían dejar de mirar la sombra de su cara. No entendía la actitud del viejo camisa azul, que le hablaba con tono de afecto, casi como a un amigo, y se arrodillaba ante él. Había vuelto a depositar la pistola en el suelo y de un manotazo la había lanzado hasta sus pies.

—Te lo pido por favor —le había dicho—. Recoge mi pistola. Tienes que hacerlo. Mátame. Que no te tiemble el pulso. Hazlo por Dios, por mí, por ti mismo, por aquello en lo que creas... Sí, hazlo por ti. Si no me matas, yo tendré que matarte... Pero no, no quiero hacerte daño. Quiero que todo acabe. Arruinasteis mi vida. ¿Por qué me dejasteis con vida? Hubiera preferido la muerte a la tortura. Por vuestra cobardía me convertí en un traidor. Quiero que hagas lo que teníais que haber hecho hace veinte años. Hicisteis algo peor que matarme. Me condenasteis a traicionarme a mí mismo. Si sientes piedad, si queda en ti algo de idealismo, mátame. Mátame...

El miliciano había recogido la pistola y, llorando, apuntaba a la cara manchada del hombre arrodillado a sus pies. Le bailaba compulsivamente la muñeca, que no conseguía detener. Sin cambiar de postura, Juan Expósito le agarró de la muñeca con ambas manos y le ayudó a colocarle el cañón de la pistola en el entrecejo.

–Así... así... Ahora sólo presiona con el dedo el gatillo. Es fácil... Es...

Siempre atareada en el invernadero de orquídeas, Mercedes no oyó un disparo durante toda la guerra. Sus corresponsales no habían dejado de escribirle cartas desde el trópico, aunque los pagarés que ella les enviaba carecían de validez. El jardín se había asilvestrado y las buganvillas habían colonizado las fachadas del palacete, cegando las ventanas. Don Esteban, achacoso, cuyas piernas ya no tenían músculo para subir las escaleras, se había instalado en el salón, más cerca de la cocina y del almacén, adonde Carmela, el ama de llaves, bajaba a diario para volver a contar los jamones, las latas de pescado y fruta, los quesos y los sacos de legumbres. La tarde anterior a la entrada en Titulcia de las tropas vencedoras, una moto con sidecar aparcó junto al porche del palacete. Mercedes había oído el ruido del motor y corrió hacia la entrada del invernadero. «Vuelve –pensó–. Mi pequeña vuelve a casa». Se quedó allí paralizada, mirando desde el otro lado del cristal.

Había conducido Ricardo, con las alforjas colgando a ambos lados de la motocicleta, y Alejandra había viajado en el sidecar abrigada con una manta. Estaba embarazada. Su tez exhibía los estragos de la fatiga y, bajo los párpados, unas ojeras profundas. Ambos vestían aún los uniformes republicanos. Ricardo tomó a Alejandra en brazos, subió la escalinata y, empujando la puerta con la bota, entró en el edificio. Los muebles del vestíbulo estaban cubiertos con sábanas.

—¿Qué será de nosotros? —dijo Alejandra.

—Vamos arriba —contestó Ricardo.

Subió al primer piso y entró en el primer dormitorio que encontró con la puerta abierta. Sentó a Alejandra en la cama y regresó abajo en busca de las alforjas. Alejandra había dejado caer la espalda y miraba el techo en la penumbra. Una araña había tejido su tela entre la lámpara y el armario y una mosca se debatía atrapada.

—Nos encerrarán en un campo de concentración —dijo cuando vio entrar de nuevo a Ricardo.

—Eso no ocurrirá —contestó él.

Ricardo colocó las alforjas sobre el aparador y sacó de ellas varias prendas. Descorrió las cortinas de la ventana. Una ola de luz inundó el dormitorio. Miró hacia Titulcia y distinguió, en los tejados de los barrios de Esperanza, pañuelos blancos que tremolaban como banderas.

—No disponemos de mucho tiempo —dijo—. Los regulares podrían llegar en cualquier momento. Quizá ya estén algunos en la ciudad.

Se quitó el uniforme, hasta quedarse en ropa interior, y luego volvió a vestirse con las prendas que había sacado de la alforja: un pantalón negro, una camisa azul, un correaje de cuero.

—¿Qué es eso? —preguntó Alejandra, incorporándose.

—Se lo quité esta mañana a un nacionalista. Era de mi talla... Tú también tienes que cambiarte.

Se volvió para mirar a Alejandra.

—Tú también tienes que cambiarte... —repitió—. Busca en el armario, en la casa. Debes de saber dónde hay ropa tuya... Un vestido bonito y elegante, que no te apriete. ¿A qué esperas?

Ricardo buscó en el fondo de la alforja. Sacó una tela de colores, hecha un nudo. Abrió la ventana de par en par y salió al balcón. Desplegó la tela por encima y la ató a la barandilla. Era un trapo nacionalista, con el viejo aguilucho imperial estampado en el centro. Alejandra se puso en pie y corrió hacia el balcón.

—¡No puedes hacer eso! —gritó—. ¡No puedes hacer eso!

Ricardo se dio la vuelta y la cogió por los hombros, zarandeándola.

—¡Tranquilízate! —dijo, y como ella continuaba gritando, la abofeteó.

La obligó a sentarse de nuevo en la cama.

—Eres actriz. Finge. Has actuado durante años en los escenarios. Ahora tendrás que actuar en la vida diaria.

Alejandra lo miraba, demacrada y aún más pálida. Volvió a perderse en los ojos grises y fríos de Ricardo.

—Fingir... —dijo, bajando la vista.

—Sí, fingir. Nos va la vida en ello. La tuya, la mía, la de nuestro hijo. Tendrás que actuar cada segundo, cada minuto. Incluso cuando sueñes.

—¿En sueños...? ¿Cuánto tiempo? ¿Una semana? ¿Un mes?

Alejandra volvió a recostarse en la cama. Se tapó la cara con las manos. «¿Toda la vida?»

14

Los niños de la fonda fuimos felices durante la guerra. De día correteábamos detrás de un balón de trapo por las calles de la pedanía y metíamos goles entre dos árboles. Otras veces jugábamos al burro o al corro de la patata en el patio, y si llovía, a la gallina ciega entre las mesas del comedor. Por las noches íbamos de puntillas de dormitorio en dormitorio para tundirnos con las almohadas. De vez en cuando Petra, que no tuvo hijos, nos traía de regalo a un nuevo amigo, que había perdido a su padre durante un «paseo por el río» o a su madre en un hospital a causa de los «tubérculos». Nos lo presentaba diciéndonos que lo tratáramos como a los demás, porque era igual que nosotros, así que ya la primera noche, para comprobarlo, poníamos a prueba su bravura. Después de que sonara la una en la campana de la iglesia, el nuevo, a solas con su imaginación, tenía que recorrer sin quinqué el largo pasillo, descender los veinticuatro peldaños hasta la planta baja, atravesar la cocina, salir al patio y, a la luz de la luna, que se asomaba y se escondía tras una nube, correr hasta el fondo para coger una rosa y regresar a la habitación con ella.

Entre las sombras del patio o bajo la mesa de la cocina, un veterano se agazapaba para romper el silencio con voz hueca: «¡Dónde vas! ¡Dóoonde vaaas!»

Entre los niños, yo era el mayor, pues ya tenía más años que dedos en una mano, y la menor era una chiquilla requetebonita que sólo se separaba de mí para perseguir a las lagartijas que trepaban por la tapia del patio. La había traído una mujer pobre y sin sustento que se presentó a la puerta de la fonda diciendo: «Es la hija de Antonio». La pareja se había casado ante el juez, y pronto aquel matrimonio con toga pero sin sotana sería declarado ilegal. La pequeña guardaba entre su ropa una foto en la que se la veía vestida con ropitas de miliciana en brazos de su padre. Muchos años después viajaría al extranjero en tren con ese retrato amarillento de esquinas quemadas por la luz, y reconocería a Antonio, que, viejo y mutilado, nunca regresó a Titulcia.

El ejército fascista entró en la ciudad el Día 1 del Año de la Derrota, que sería bautizado como «el día uno del año de la victoria». En su primer número de la nueva época, *El Correo de la Verdad* invitó a todos los habitantes a salir a las calles para recibir a los militares. Ellos, «con la patria por emblema y la caballerosidad en sus fusiles», habían puesto «coto al desafuero»; y concluía: «La guerra ha terminado. Hoy la patria goza de perfecta paz». Para que nadie se olvidara de asistir a la cita, por la mañana temprano los camisas azules se adelantaron a las tropas e hicieron salir a todos de las casas. A los reticentes les cortaron el pelo al cero. Viejos y jóvenes, hombres y mujeres, fueron llevados en formación a la avenida Grande, donde ocuparon la acera oeste. De este modo, tal como indicaban las nuevas tradiciones, pudieron hacer el saludo etrusco cara al sol a las tropas victoriosas. Fue un desfile memorable, pese a que, al contrario del rumor extendido, el general Parco no acudió para caminar con el uniforme de gala a la cabeza de sus soldados. Ya estaba en la capital, trabajando con denuedo por el bienestar de los súbditos. Vendría semanas después. ¿Qué mejor marco que la alta y milenaria Titulcia para hacer juramento solemne de sus responsabilidades de Gobierno? Con música de trompetas y clarines, escoltado por una guardia a caballo con estandartes medievales, entró bajo palio en la catedral, y al pie del altar un subalterno le impuso la hoja de una espada de plata en el hombro, sobre el manto de armiño, y el obispo le colocó la corona en la testa. Al compás alegre del repique de las campanas, tanto la pompa de la ceremonia como el catálogo de virtudes del nuevo soberano corrieron de boca en boca por la ciudad. «Parco» significaba «moderado», «sobrio», «contenido», «templado». La señá Clara expresó su desacuerdo en la fonda: «No. Es Parco de Parca, la de la guadaña –dijo–. Es el novio de la muerte».

Mi tío Isidro fue detenido con los restos del ejército republicano, tras haber combatido en la última gran batalla, junto al río, y fue acusado de sedición y apoyo a los rebeldes. A la espera de juicio, se le recluyó durante dos meses en un campo de concentración a cielo abierto. Luego fue enviado a Titulcia, a las celdas del monasterio, pues las de gobernación y de la posada municipal estaban atestadas de condenados. Cada mañana se aliviaba la población de reclusos de gobernación mediante el fusilamiento en el patio de cinco escogidos, y a los que caían enfermos los llevaban a la posada municipal, donde los bacilos de Koch acababan por estragar la salud que la mala alimentación ya había minado. En el monasterio pasó un año a la espera de juicio, hasta que se ordenó su arresto domiciliario. Estaba de nuevo en casa, en la fonda, pero durante seis meses se le prohibió traspasar el umbral. Y durante otros seis, abandonar la pedanía. Cuando se extendió su salvoconducto a todo el término de Titulcia, el equipo municipal consideró llegada la oportunidad de restituir a la vida civil a aquel hombre roto, de brazos cansados y que tosía a menudo, pero cuyos conocimientos de jardinería serían útiles para devolver su esplendor al Parque Nuevo.

En los atardeceres, de regreso a la fonda, daba una caminata para contemplar la puesta de sol sobre la ciudad. Las siluetas de las siete torres de Titulcia se recortaban contra el cielo encendido. Contemplando la ciudad y los campos desde la distancia, nada indicaba que allí hubiera tenido lugar una guerra, ni cabía imaginar que en ese momento, en el resto del continente, una nueva Gran Guerra, más devastadora y mortífera, sumiera a la civilización en el caos. Apenas si había combustible, por lo que sobre las arcadas del puente romano transitaban más carros tirados por mulos que autos a motor; y apenas si había comida, de modo que al atardecer los niños de la ciudad cruzaban el río por el vado y, como gorriones, buscaban su cena en huertos y sembrados. La guardia rural los perseguía por los caminos. Si pillaban a uno pequeño, lo arrastraban cogido de la oreja hasta casa y allí abofeteaban al padre, por maleducarlo; y si pillaban a uno grande, lo abofeteaban a él mismo, porque ya era mayorcito para entender que hay que respetar las propiedades ajenas. El reloj de la historia había dado marcha atrás. La mayoría de las fábricas estaban cerradas y las grúas no se erguían girando sobre los tejados. En la factoría del metal de la Sociedad Titulciana de Fomento, volvían a fabricarse bicicletas de chasis cromados. No había luz ni agua corriente en los barrios de Esperanza, y muchas familias obreras sin trabajo abandonaron sus casas y regresaron a ocupar las viejas viviendas en los eriales perdidos de donde habían emigrado sus abuelos cuarenta años antes.

Mi tío Isidro pasaba casi a diario ante el dolmen de Simeón. A veces coincidía con algunas mujeres de luto que se arrodillaban ante la piedra. Quemaban ramilletes de romero y de espliego para ahuyentar el hedor a excrementos y las nubes de moscas persistentes. Pasaba por delante sin detenerse ni alzar la cabeza hacia el santo, aunque a veces la curiosidad le vencía, y lo miraba por el rabillo del ojo. Entre las greñas del largo pelo, la cadera de Simeón mostraba la marca del cangrejo.

Por fin una tarde mi tío Isidro se detuvo al pie del dolmen. Había caído un chaparrón y el paraje se hallaba solitario, los goterones resbalaban por la cara del santo.

—Yo sé quién eres —le dijo—, pero no sé para qué haces esto ni qué utilidad pueda tener. Está bien, no todo se debe hacer para obtener algún provecho. Pero tampoco entiendo el porqué. Por ahí dicen que haces milagros y que hablas con Dios, pero yo no me lo creo. Algunas vecinas de la pedanía incluso afirman que eres hijo del mismo Dios, que te ha enviado para purgar nuestros pecados. No las creas. Conozco a tu madre, y sé que alguna vez ha venido hasta aquí para verte, tirando de su carrito... pero tú no la has reconocido, ¿verdad? Fue una muchacha alegre y hermosa... hace muchos años. También conocí a tu padre. Sí, a tu padre, porque tú eres hijo de hombre y de mujer, como yo y como todos, ni más ni menos, y lloraste al nacer. Esa marca de la cadera no es un estigma ni una señal. Te la dejó en herencia mi amigo

Juan Expósito. ¿No te lo explicaron los frailes? Tenían que haberte hablado de él, de tu padre y de tu madre... A tus oídos habrán llegado historias crueles sobre Juan Expósito. A veces... a veces se diría que la vida hace de nosotros lo que quiere, que nos zarandea y nos fuerza a recorrer los caminos que siempre quisimos evitar. La vida fue despiadada con él. Yo creo que sufrió más que nadie y luego se sintió empujado a hacer sufrir a los demás tanto como él. A mí me gusta recordar los años en que trabajábamos juntos en la huerta. Sabía silbar. Imitaba el canto de los jilgueros. Así... en fin, yo nunca fui demasiado bueno imitando al jilguero. Juan era un buen amigo, leal, que ponía mucho entusiasmo en todo lo que hacía, cuando trabajaba y cuando discutía. Antes de convertirse en confidente de la policía y en faccioso, fue un guerrillero... Pero aquéllos ya eran tiempos dolorosos... ¿Qué tiempos no han sido dolorosos? Me he hecho viejo, casi sin darme cuenta, y tengo la impresión de que nunca, ni un solo día he dejado de sentir dolor. Claro que ha habido cosas buenas en la vida, momentos que son como... como islas. Yo también creí en el futuro de un mundo más justo, y odié las injusticias, sí, las odié con toda mi alma, y desprecié a los que se aferran a sus privilegios, están dispuestos a matar con tal de mantenerlos y dejan de dialogar cuando un Gobierno se los discute. Y sigo despreciándolos. ¡Cuántas mentiras se cuentan ahora sobre nosotros! Los que permanecimos leales al Gobierno somos rebeldes, y los que se alzaron contra él, los gobernantes legítimos. Es... es como si la noche fuera convertida en día por decreto, y lo alto, bajo, y lo feo, hermoso. Y como si lo injusto se proclamara justo, en un mundo al revés, donde las mesas y las sillas estuvieran patas arriba y... y comiéramos la sopa con el plato boca abajo, utilizando el tenedor en lugar de la cuchara... Nosotros sólo queríamos justicia y libertad. Y qué importa ahora que unos pocos se equivocaran y, forzados a elegir, confundieran la justicia con la venganza, la voluntad con el miedo, y la libertad con la confianza ciega. Si todos nacemos iguales, ¿por qué unos pasan frío y hambre desde niños y otros reciben títulos y acciones y heredades? Tú desde ahí arriba no puedes verlo, Simeón. Es cómodo estar ahí arriba para no ver lo que está ocurriendo. Si salieras a la comarca, verías otra vez al pueblo arañando la tierra con los bueyes para recibir un jornal de miseria y comprar con él un mendrugo de pan ácimo. Y a bandadas de niños que se meten entre los viñedos cuando ya se ha hecho la vendimia. Y aunque sólo pueden llevarse a la boca la garulla, esa uva arrugada y reseca, los guardias los sacan de las fincas a disparos. Y otra vez tienen que bajar la cabeza ante los señoritos y los capitalistas para que les den trabajo. En el monasterio sigue habiendo presos, y cada amanecer se fusila a unos cuantos en el patio de gobernación. Muchos otros esperan a que se cumpla una sentencia de muerte que se va aplazando y aplazando. ¿Es esto justicia? Mira mis manos, Simeón, mira las palmas de mis manos. Tú no ves las manchas de sangre que yo veo en ellas. Estuve en dos guerras, en el trópico siendo joven y luego en el desierto, y en las dos me las apañé para no dar un solo tiro. Pero ahora mis manos están manchadas de sangre. En el frente, en mi propia tierra, maté para que no me mataran, y también maté para vencer. Y no me arrepiento. Si estuviera de nuevo en las trincheras, volvería a disparar, aunque supiera con toda certeza que estábamos condenados a perder esa maldita guerra. Porque yo pienso que nada de lo que ocurre sucede en vano. Todo tiene sentido, y es el sentido que nosotros le damos. Esto se sabrá, Simeón. Yo soy viejo, me duelen el pecho y las entrañas, pero algún día esos niños que huyen de los guardias recordarán lo que han visto y vivido y lo que les hemos contado. Y si no lo hacen ellos, lo harán sus hijos o sus nietos. Hay libros de historia fraudulentos que escriben las cosas a su manera, pero nosotros lo haremos a la nuestra, porque las injusticias no pueden caer en el olvido, ni la memoria de los hombres y mujeres que lucharon contra ellas... ¿Me entiendes, Simeón?

Había caído la noche sobre Titulcia y volvía a llover. El agua se derramaba con suavidad. Mi tío Isidro miró una vez más a Simeón, que se había removido en lo alto de la piedra. Las gotas se deslizaban por su cara y se le metían en los ojos. A mi tío le pareció ver que Simeón pestañeaba.

Al día siguiente, las mujeres que acudieron a llevar sus ofrendas no vieron al santo encaramado en el dolmen. Algunas moscas seguían zumbando alrededor de la piedra. Cuando regresaron a Titulcia, las mujeres hicieron correr la voz de que el santo, cumplida su misión, había subido a los cielos reclamado por Dios, que ya había perdonado nuestros muchos pecados. Sin embargo, pronto se extendería el rumor de que Simeón Expósito batía la comarca al frente de una partida de maquis. Se refugiaban en los montes, donde dormían en agujeros excavados en la tierra, y de vez en cuando bajaban a la llanura y ponían en fuga a los guardias. Los camisas azules de Titulcia montaban en sus autos y salían a su encuentro. De noche se oían disparos distantes, y a la mañana siguiente regresaban los autos con algunos muertos propios y otros ajenos.

Pasó un año y en el continente concluyó la Gran Guerra. Entre nuestros vecinos del norte se volvían a proclamar las democracias, pero nuestra patria mantenía las sólidas instituciones que cinco siglos antes habían hecho de ella un imperio. Los maquis de Simeón Expósito, cada vez menos numerosos, seguían peleando en los montes. En gobernación cada día se fusilaba a unos pocos presos, al rayar el alba, y en la posada municipal iban muriendo los enfermos.

Pasó otro invierno y llegó la primavera. Los campos estallaron en color. Luisito, director de la Sociedad Titulciana de Fomento, había comprado una avioneta. Con casco de cuero y gafas estrambóticas, pilotaba el bimotor sobre su finca y a veces, si llevaba a un invitado en el asiento trasero, sobrevolaba Titulcia, trazaba bucles en torno a la torre de la catedral y rozaba con la panza los mástiles del campo de fútbol. Aquella primavera, al volar sobre el Parque Nuevo, vio que la pradera de amapolas estaba dividida en tres franjas. A un lado, las amapolas rojas; en el centro, las amapolas amarillas; y a otro lado, las amapolas moradas.

Mi tío Isidro compareció ante el juez.

–¿Cómo es posible que la pradera exhiba una infame tricolor? Explíquenos este prodigio de la naturaleza.

–No lo entiendo, señoría. Planté la pradera como siempre.

–Entonces, reconoce usted haber plantado las amapolas.

–Cierto es, señoría. Lo hago cada año por orden de nuestro excelentísimo Ayuntamiento y para solaz de los vecinos.

–¿Pretende usted que crea que las amapolas se han distribuido así solas en tres franjas de colores distintos?

–Sí, señoría. Aquí tiene los saquitos con semillas. Son todas iguales, las rojas, las amarillas y las moradas. No hay manera de distinguir unas de otras.

Un perito botánico estableció que, en efecto, todas las semillas eran idénticas, correspondientes a las plantas anuales conocidas por el vulgo como amapolas de jardín o adormideras, *Papaver somniferum* en el lenguaje de los sabios, de la familia de las Papaveráceas. El juez ordenó que el cultivo insurgente fuera arrancado, y mi tío fue puesto en libertad sin cargos, pero una noche de vuelta del trabajo varios hombres lo asaltaron a la puerta de la fonda y allí mismo, en la plazuela, a la vista de todos los vecinos, le golpearon con puños y botas hasta darlo por muerto.

A causa de la paliza, perdió el oído, se le rompieron casi todas las costillas y se le quebraron un brazo y una pierna. Pasó dos meses en cama, recibiendo la sopa caliente y el mimo de Petra y la señá Clara. Cuando se restableció, nunca volvió al trabajo. Desde la mañana temprano hasta muy avanzado el día, paseaba su cojera y su sordera por las calles de Titulcia y por los caminos de la comarca. Caminaba sin descanso por la ribera del río y entre los sembrados. Recorría los parajes de su infancia y su juventud, el vado con el antiguo verraco partido en dos y la escondida vaquería de Materno, y cada día se abría paso con su bastón por entre las zarzas del monte del castillo, entraba por la grieta en los muros y subía los trescientos escalones de la torre del homenaje.

La noche en la que no regresó, Petra dijo:

–Se ha perdido.

–No –corrigió la señá Clara–. Lo han matado.

El cuerpo apareció a la mañana siguiente entre las cañas del río, con tantos tiros que no había quedado en su piel un palmo libre de pólvora. Como el obispo prohibió que se le enterrara en el camposanto, la tumba se cavó en la que había sido la huerta de Isidro. Mercedes, por primera vez en veinte años, salió del invernadero de orquídeas y obligó al viejo don Esteban y a su hijo Luisito a que firmaran una cesión de la propiedad, para que el enterramiento pudiera tener lugar en ella.

—Aún soy tu esposa y sigo siendo tu madre —les dijo, recogiendo el papel firmado—. Maldigo el momento en que decidí no ser una criada. Os creéis con derecho a estar por encima de los demás, pero sólo sois peores.

El entierro de mi tío Isidro tuvo lugar en lunes. De todas las ventanas de la pedanía colgaron crespones negros al paso del cortejo. Y aunque no sonaron las campanas, por Titulcia corrió la noticia de la muerte de su jardinero y en las tabernas se guardó un minuto de silencio. En la huerta estuvieron presentes Petra, la señá Clara, Alejandra, Mercedes y muchos vecinos de la pedanía. Mercedes plantó una orquídea en la tierra fresca. Y cuando ya oscurecía y todos se marchaban, oyeron un largo graznido. Desde la torre del homenaje del castillo, venía volando un cuervo negro. Trazó un círculo sobre la pedanía, sobrevoló las huertas, giró alrededor del olmo y adelantó las patas para posarse sobre la tumba de Isidro. Depositó en la tierra una cuenta de cristal. Luego se picoteó el plumaje, alzó de nuevo el vuelo, y su silueta se perdió en la noche.

Durante treinta días, Petra lloró sin parar y la señá Clara no se levantó de la butaca, hasta que una mañana de sol dio un respingo y, poniéndose en pie, dijo:

—Se acabó. Se acabaron los lutos y los llantos. Me han quitado a lo que más he querido en la vida, pero estos niños tienen derecho a conocer la felicidad y a crecer con fe en su futuro. Tienen derecho a la inteligencia y a la alegría.

Tan vieja como era, en adelante sólo se pondría vestidos floreados. Ordenó que se pintaran de nuevo las paredes de la fonda y que se encalara la fachada. También ordenó a los obreros que picaran la pared del pasillo de la primera planta, para acceder al cuarto ciego donde, cuarenta años antes, se había alojado Fernando Platero.

—Tomad estos libros —nos dijo—. Son libros de ciencia, de libertades y de igualdad. Mantenedlos ocultos, pero leedlos y aprended de ellos. Con algunas cosas no estaréis de acuerdo, pero os ayudarán a pensar y a ser críticos con el mundo y conscientes de vosotros mismos.

Por entonces, yo contaba una docena de años. Ya era alto para alcanzar la crin de la mula y tenía el brazo fuerte para empuñar el azadón. Bajo la mirada de la señá Clara, subía baldes del pozo y regaba las flores y los ajos del patio. Las flores no daban dinero, pues casi nadie tenía monedas para gastar en flores, pero seis cosechas de rosas nos alegraban cada año y, a cambio de los ramos, los gitanos nos cantaban canciones, las modistillas nos remendaban la ropa y los pastores extraviaban algún cordero. Vivíamos de los dineros de los viajantes que se alojaban en la fonda, pero la sal y la achicoria las pagábamos con el beneficio de los ajos. Los sábados muy temprano uncía la mula al carro y salía a vender mi cargamento. Puesto que en Titulcia había demasiada competencia, recorría los pueblos de la comarca. Voceaba mi mercancía por las calles. Si alguna paisana me paraba, le vendía los ajos a su puerta. Finalmente detenía a la mula en la plaza, allí donde algún hortelano generoso me cedía una esquina junto a sus lechugas y sus melones. Todos los sábados igual. Llegaba a un pueblo y voceaba:

–El ajeeeerooooo... aaaaajooooos.

A veces, los chiquillos seguían mi paso por una calle paralela. Los miraba por el rabillo del ojo.

–El ajeeeerooooo... aaaaajoooooos –voceaba, mientras acariciaba con la vara a la mula.

Y los chiquillos coreaban:

–¿Quién es el más tonto del pueblo?

–El ajeeeerooooo... aaaaajooooos...

–¿Quién es el más tonto del pueblo? –repetían.

Yo seguía a lo mío, vendiendo la mercancía.

Así pasaron los años. Todo pasa, aunque no he visto que el tiempo acabe poniendo a cada cual en su lugar. Algunos tienen más de lo que se merecen, muchos carecen de lo que necesitan. Nunca olvidé ni los cuatro números ni las cuatro letras aprendidas en mi infancia, ni el beso del cariño ni la mano de la amistad. Y por fin he hecho lo que un día me prometí cumplir: una de esas promesas que no se pueden decir hasta que no se han realizado. Tan sólo me prometí contar algún día la experiencia de mi tío Isidro. Para que lo lea quien lo pueda leer, para que lo escuche quien lo quiera escuchar. Para que no caiga en el olvido. Y la he contado sin apartarme un solo punto de la verdad que fluye por debajo de la historia y que seguimos oyendo cuando el viento nos sopla en los oídos.

Más información en
www.acvf.es